梁宋平，1946年出生于湖南省安化县大桥乡，本科毕业于北京大学生物学系，后获北京大学生物化学硕士、博士学位，美国波士顿大学博士后，英国诺丁汉大学访问学者。现为湖南师范大学生命科学学院退休教授。曾被聘为北京大学生命科学学院兼职教授与博士生导师，曾担任湖南师范大学生命科学学院院长，湖南师范大学副校长，国家重大基础研究计划（973）项目首席科学家，被国家人事部评为国家级有突出贡献中青年专家，被国家教育部评为全国模范教师。

两山居笔记

梁宋平·著

湖南师范大学出版社

序

　　书名中所谓"两山"，指湖南长沙的两座山：岳麓山与谷山。

　　过去三十余年，从1990年我于海外回国工作始，共在两处居住，其一为岳麓山山麓的湖南师范大学上游村，其二为谷山山麓的悦禧山庄宁清园，后者也是我父母度过他们晚年的居所。两处居所都在山坡上，山上树林的清香，窗下开阔的视野，夜晚虫声唧唧，清晨鸟鸣悠悠，使我常有某种"诗意地栖居"之感，以为是人生的一种幸运。本文集的文章基本是在上述两处居所写，其中某些文章的写作灵感和思路与两处山居清新雅静的环境有关联，这也就是本书书名中"两山居"的含义。

　　我至今未养成在电脑前完全用键盘写作的习惯，写文章时，最初都是把事端、思路、要点、感悟粗略地写在笔记本上，而后也是在笔记本上修改成基本完整的文章，只是在需要给人阅读或投寄发表时，才在电脑上编辑修订成电子版。故本书的文章最初都源于笔记，这次编辑本书时，有些文章是在笔记本上找到的多年前的讲话稿。

　　以上便是书名"两山居笔记"的由来。

　　本文集的文章多属于杂文之类，"杂文"在中国《辞海》第六版被诠释为：随感式的杂体文章；内容无所不包，格式丰富多样，有杂感、杂谈、短评、随笔、札记等。同时我也以为，书中这些文章很难归属于某一主题，也无统一形式或风格，且与文章内容相关的时间和空间都有某种偶然性，也可谓杂。因而本书基本上可视为一本杂文集。

过去三十余年，我的职业是大学教师，主要工作是给本科生和研究生讲授"生物化学与分子生物学"及相关课程，同时将很多时间用来进行自己感兴趣的研究工作并指导硕士生、博士生完成学位论文。我写科研论文以外的文章是偶尔为之，本书收集的三十余篇文章，在过去三十多年工作中平均而言也就大约每年一篇，我的主要写作是在我本人或与研究生合作完成的百余篇科研论文上（大部分发表在国际英文学术期刊）。我对自己的评价就是一位普通的大学教师，教学与科研上并没有什么非凡的成就。但以为每个人都有独特的经历，每个人的头脑里都有过不同于他人的思想的流淌。

每个人在生活中、工作中、学习中，在与家人、朋友、同事相处中，或在经历一些难忘的事情中，头脑中常出现某种感悟、联想，理念、情怀，或者灵感即流淌出各种思想，而且这些思想对每个人都有其独特性。而把某些思想付诸笔端，与他人交流，是很多人内心的一种召唤。

亿万年进化中形成的人类社会性本能，使人类生来期望与他人交流，这也许是很多人写文章、写诗、写书，以及今天写微博、微信并想与他人分享的内在驱动力。从源头上说，此举并非为了功利或虚名，而是此种交流常使人得到某种情绪上的愉悦，而这种内在的情绪感受可能源自进化，从远古人类祖先始，相互交流有利于人类在生存竞争中胜出，因而进化使人类产生希望把自己的思想与感觉交流给周围人的天性。人类的很多社会性本能，其生物学基础关联到人类大脑中的奖赏系统，关联到多巴胺、血清素相关的神经回路，或许还能追踪到人类的 DNA。

从来文章之主体，不外乎记事、说理、抒情。本文集收集的文章，是过去若干年个人生活中，在从事教学与科研中、参与行政管理工作中，或经历某种境遇与事件时，作为一个普通人或教师的有感而思，有感而发。我头脑中流淌过的思想可能有独特性，但肯定有局限性。从大学阶段始，我也未有过专门的中文写作训练，阅读十分有限；我的中文写作水平，自以为还停留在长郡中学读高中时的阶段。因此，本文集的文章我以为并没有什么了不起的振聋发聩的思想，也没有行云流水的文采。如果说有所可肯定之处，仍是与每个人的唯一性有关。每个人将生活中的感受写成文字，如同飞鸿踏雪留下的痕迹，人与人不尽相同。与我个人经历相关而产生的某时某刻的真实的情感与思想，不会与别人的完全重复，其中的不同之处，或许对读者会带来某种启发与联想。

此外，熟悉和与我有过交往的人，包括我的亲人、同学、同事、学生和朋友，可能与文集中某篇文章提到的事情有所关联，或许会给他们带来某种记忆，抑或某种往事情感的共鸣，即此文集也许有一种以文会友的功效。朋友间以文会友是中国传统的君子之交。

最后，对于我这样一位年近八旬的老人，今天与最后的终点间日子已很有限，编辑这本文集也自认为是对亲人和朋友的一种事先的告别。此说可能有点不合时宜，但确是事实，且我确想借此书向本文集中提到过的亲人、老师、同事、同学、学生、朋友以及所有有缘相交的人表达我此生内心的感谢。正是他们的存在，促成了我平凡而又独特的人生，并使我所处的时代和社会不是抽象的概念，而是鲜活、生动、具体、带有情感的社会联系，这种联系融入我大脑中的意识，这也是我作为一个"人"的本质。此话背后的哲理正如马克思所言，"人的本质不是单个人所固有的抽象物，在其现实性上，它是一切社会关系的总和"。

本文集中表达的很多思想与观点，肯定有浅陋或不当之处，希望阅读此书的朋友给予指正。

是为序。

2024 年 9 月于谷山悦禧山庄

目 录

附录 诗词习作选

烛光永照，师恩长存

——读长篇报告文学《生命的烛光》

当我第一眼看到陆士虎先生寄给我的他的呕心力作《生命的烛光——记北大校长张龙翔》的封面，可用两个字概括我当时的心情：惊喜。

封面上那隐约可见的母校校门，那苍劲有力的行书书名，还有张先生的名字和他的红色印章……我惊喜能在古稀之年，还有机会读到我的博士生导师，曾几回在梦中相见的恩师张先生的详细传记。

当我逐字逐行阅读全书，我为张先生有那么多我从未知晓的不平凡的故事和足迹，为他作为海外学子、教师、学者、科学家、学科创建者、青年提携者，以及北京大学校长等的无数事迹中所凸显出来的敬业精神、实事求是、淡泊名利、谦和低调、宽厚待人，和正直善良的情怀所感动，更增添了我内心对他老人家的敬仰和怀念。

这是一部构思独具匠心、图文并茂、写作甚佳的报告文学。每一章的题目，每一节的开篇小诗，作者都用心良苦，展示了深厚的文学功底。字里行间体现出作者对这一传记的主人翁张龙翔先生的敬重，也让人感觉到作者具有的诗人般的激情。书中所有关于张先生的事迹，都有根有据、原原本本，没有丝毫的夸张。使人读来感觉既生动传神，又真实可信，给我们呈现了一位著名学者和教育家的有亲和感的、立体的、多彩的、难忘的形象。

从书中读到我以前未曾知晓的张先生的众多故事中，我想在此提及特别让我内心为之感动并产生无尽联想的几件事。

"俄国皇后号"邮船的同行者和他们之间的友谊与报国情怀

1939年8月，张龙翔考取第七届中英庚款公费留学生。当时共录取24人。1940年1月，他们接到通知在上海英租界集合，乘英国海轮经日本去温哥华，但他们上船后，发现由英方办理的护照上竟有日本签证，注明可在经留日本神户登岸参观。当时日本侵略中国，正给中国人民带来深重灾难，这些青年义愤填膺，群起反对，宁可不去留学，也绝不能接受有日本签证的护照。大家愤然离船，一起把加有日本签证的护照扔到了黄浦江里，各返原地。张龙翔到8月再次接到在上海集合的通知，这二十四人终于乘"俄国皇后号"邮船起航，去加拿大留学。

与张先生一道登上"俄国皇后号"邮船的同行人中，我们看到了一些至今在中国学术界仍然如雷贯耳的名字：钱伟长（力学家）、郭永怀（空气动力学家）、林家翘（应用数学家）、段学复（数学家）、沈昭文（生物化学家）、谢安祐（火箭发动机专家）、易见龙（生理学家）等，他们几乎每一位都有非常精彩的人生故事。张先生与其中多位一直保持着长久乃至终生的友谊。

钱伟长的名字在20世纪60年代我上高中时就听说过，是当时中国物理学界的"三钱"之一（钱学森、钱伟长、钱三强）。后来我在北京大学东操场有幸聆听过他作的以爱国主义为主题的报告。钱伟长是中国科学院院士，曾任清华大学副校长、中国科学院力学研究所副所长，然而在"文化大革命"中饱受折磨，复出后成为上海大学的终身校长、全国政协副主席。张先生和钱先生从在多伦多读博士研究生开始便成为知心挚友，后来获得博士学位后共同到美国做博士后，抗战胜利的喜讯又召唤他们几乎同时回国，为祖国效力。回国后张先生与钱先生两家人保持了近半个世纪的亲密联系，这从他们的长子都命名为"元凯"可见一斑。张先生去世后，钱伟长先生曾在一篇回忆文章中这样评价张先生："在日渐加深的接触中，我了解到张龙翔教授是一位心怀祖国、笃志向学、谦和待人、有素养的学者"，"张龙翔教授终生从事祖国的教育事业和科学事业，他所悉心关注的是祖国科学人才的培养成长，是祖国跨世纪的前途，是深刻体现了科教兴国的精神的。"

张先生还与"两弹一星"元勋郭永怀先生保持了数十年的友谊。郭先生是中国力学科学的奠基人和空气动力研究的开拓者之一，为中国发展"两弹一星"做出了卓越贡献，1968 年 12 月 5 日凌晨，由于飞机失事而英年早逝。当时现场发现烧焦的 13 具遗体中有两具尸体紧紧抱在一起，分开以后，人们惊讶地发现，两具尸体的胸部中间，是一个皮质的公文包，虽然有些烧焦，但是在两个人相拥的身体保护下依然完整，打开后，一份热核导弹试验数据文件完好无损地呈现在眼前。这两位用生命去守护国家机密的牺牲者就是中国科学院力学研究所副所长郭永怀和他的警卫员。这一消息第一时间传到国务院，周恩来总理失声痛哭，良久不语。在郭永怀走后的第二十二天，他用生命守护的机密文件，使我国第一颗热核导弹试验成功。郭永怀是唯一以烈士身份被追授"两弹一星功勋奖章"的科学家。

在《生命的烛光》一书中共有四张张先生与郭先生同框的照片，其中一张是 20 世纪 50 年代张先生与郭先生与苏联专家一起工作的照片。书中还提到，张先生与郭先生后来都在中关村附近工作，经常见面，相见时张先生称郭先生为"郭公"，郭先生称张先生为

"张公",也显出他们之间亲密无间的友谊。当年一道登上"俄国皇后号"邮船的赴加拿大留学同行中,张先生还与数学家段学复、生物化学家沈昭文等保持了长期的友谊。

有一点特别让我感动的是,当年与张先生一道登上"俄国皇后号"邮船的赴加拿大留学同行者,学成后几乎全部回到祖国工作。即便是当年留在美国任教并成为美国艺术与科学院院士的林家翘,也在本世纪初回国定居,成为清华大学教授。

张先生那一辈留学学子的家国情怀令人感动。当年的中国贫困落后,一穷二白,无论生活与工作条件与北美相差甚远,但他们一腔热情,对故乡一往情深,即便历尽千辛万苦也要回到故国。相比之下,今天的中国工作与生活条件与当年有天壤之别,但近些年出国留学的青年人,学成后很多不愿回国。虽然每个人可有自己的选择,无可厚非,但上述现象的个中缘由,仍令人深思,难道在家国情怀这一点上,中国的现代教育还不如传统教育?

半个世纪的奉献:汗水和心血洒在燕园

师母刘友锵先生在《怀念龙翔》中笔蘸深情地写道:"龙翔从1946年10月到北大任教至1996年10月去世,度过了整整半个世纪。他对北大有深厚的感情,他一生到过很多地方,但只有北大是他的家。他把自己的一切都献给了北大的教育和科研事业。"

从我1983年做张先生的研究生开始,直到他老人家去世,近距离地接触他也就十多年,他数十年在北大的辛勤工作和巨大贡献是我这次从《生命的烛光》书中才较系统地知晓。而且我还了解到他对我的恩泽不仅仅因为他是我的博士生导师,还是他数十年在北大的辛勤工作和巨大贡献而受益的无数北大学子中的一个。

20世纪50年代初,我国高等学校院系调整时,清华大学、北京大学、燕京大学三校成立调整建筑计划委员会，建筑大师梁思成（清华）任主任，张龙翔（北大）任副主任。想不到他这样一个生物化学教授，还筹划、参与了北京大学的基建工作。虽然建筑、设计、施工、材料、监理等都是先生从未涉及的领域，但是他满腔热情地投入工作中，一方面向梁思成教授和行家学习，另一方面从实践中积累经验。北大校园、北部的教学楼、学生宿舍楼和中关园楼区都是那一批建设成型的。我在北大读书 13 年，住过学生宿舍 34、40、28、29 斋（楼），想不到这些宿舍楼的砖墙都曾倾注了他老人家的汗水和心血。

张先生是中国生物化学学科教育奠基人。军事医学科学院原院长吴德昌院士回忆："记得是 1947 年，北大化学系开设了一门新的选修课程：生物化学，它是阐明生命本质的化学基础与规律的科学，理所当然地吸引了众多学子，我也不例外。当时听说授课老师是刚从美国回国的年轻教师，他就是张龙翔。开始上课了，张先生以他那年轻学者的风度，系统地由浅入深地给我们展现了生物化学的学科领域，他的谆谆教诲，使我对生物化学产生了极大的兴趣。据我所知，这是当时全国各大学中第一个开设这一课程的，张先生是第一个在祖国大地上播下这门学科的种子的学者。"

在张先生的主导下，北大生物学系 1956 年完成了第一届生化专业学生的生化大实验课程内容。正是在这一年，经教育部批准，北大正式成立了全国综合大学第一个生物化学专业。1966 年张先生主笔出版的《生物化学大实验指导》教材，广受欢迎。1980 年，北大生化教研室决定由张龙翔任主编，出版生化专业教材《生化实验方法和技术》，这本书总结了北大几十年科研成果及教学经验，是当时国内理科中引用率最高的书籍之一。

回想起来，我能进入生物化学领域，成为生物化学的硕士与博士与博士后，能在生物化学与分子生物学领域学习、探索数十年，也指导培养了百余位生物化学与分子生物学研究生，使自己的生活得以充实并获得无数愉悦，追根溯源，竟然是源自1947年张先生在北大红楼的那第一堂生物化学课。

饮水不忘挖井人，先生之恩，源远流长

张先生对北大的贡献还体现在他二十多年间，对"748工程"投入的心血，"748工程"主要是计算机汉字精密照排系统，是汉字印刷的革命，是多学科联合攻关的结果，张先生从1976年3月担任"748工程"会战组的组长开始，直到后来担任北大副校长、校长。他充分认识到这一工程对已延续了五千年的汉字意义重大，有巨大的科学和社会应用价值，尽心尽力支持和推动了这一项目。这一项目的成功在我国引起了一场印刷界和出版界的革命。

张先生逝世后，时任北京大学计算机科学技术研究所所长、中国科学院和中国工程院两院院士、方正集团公司董事长王选写下了《追思张龙翔先生对"748工程"的扶持》一文，追忆了他一直以来尽心尽力扶持"748工程"的点点滴滴，赞扬了他不为名利，宁为铺路石的崇高精神。

1985年，汉字激光照排系统在新华社试用成功。1987年《经济日报》使用这一系统，在全国成为"告别铅与火，迎来光与电"的首家单位。北大这一科技项目的成功，在我国引起了印刷及出版界的一次革命，从此编辑、印刷、出版行业开启了从工业化向数字化时代的历史性跨越，进入了计算机和激光的时代，令人欣慰的是张龙翔生前已经看到了北大方正集团的巨大发展。

我本人有幸成为这一伟大工程的众多最早受益者之一。记得1983年我在北大的硕士学位论文，是在生物系的打字室，将手写的论文请打字员打在蜡纸上，然后用油墨油印的，中英文都只有一种字体，论文中的插图是在空白处贴上照片，然后再复印多份，封面则是请学校周边的印刷社用铅字排版印刷，最后装订而成，过程繁琐，且也不美观。而到了 1986 年我的博士论文完成时，北大的激光照排系统已经成熟，经张先生联系，我的博士论文是请北大激光照排室排版印刷的，既快捷，又便于校对，而且美观大方。

张先生对"748 工程"默默奉献达二十多年，他从来都是以铺路石与绿叶的姿态参与其中，丝毫不谋个人名利，称他为这一伟大工程的无名英雄也不为过。

上面从《生命的烛光》读到的张龙翔先生为北大做出贡献的三件事，仅是一个小的侧面让我感知到张先生半个世纪对北大的奉献。

时光永在前进，张先生在燕园的足迹和他洒在燕园的汗水和心血将不会被人遗忘。

一位有正义感、同情心、正直善良的长者

正直善良是一个人在社会上立足与成功的最重要的品格。

《生命的烛光》中的很多故事，给我们展现了一位落实到行动上的有正义感、同情心、正直善良的长者，我想在此提到两位因为遇到张先生而改变了自己的命运的学者。

第一位是后来成为世界银行高级副行长和首席经济学家的林毅夫，未曾想到，在他人生命运的关键时刻会得到一位生物化学家的帮助和支持。

1979 年 5 月 16 日傍晚，一位叫林正义的台湾青年游过 2000 米的金门海峡抵达厦门，更名为林毅夫。曾获得台湾政治大学企业管理学位的林毅夫后来申请就读中国人民大学的政治经济学，但校方以"来历不明"为由拒绝了，接着，他开始申请就读北京大学。

时任北京大学副校长兼校招生办主任的张龙翔，看了林毅夫要求就读北大的申请后，很认真地对待此事，他找到北大经济系主任、著名经济学家陈岱孙教授，告诉他有一个从台湾来的学生想到北大读政治经济学，出于谨慎考虑，张龙翔和陈岱孙便请时任北大经济系副主任的董文俊先生出面先和林毅夫面谈。谈话的结果是：董文俊发现"林毅夫是一个有理想、有上进心的年轻人"，"而且讲话很有分寸，认真而严谨，是个想搞事业的人，不像有什么特殊目的"。董先生提出可以收下这个学生的建议。随后，身为北大副校长兼校招生办主任的张先生，本着实事求是，兼容并包的理念，拍板决定接受林毅夫的申请，林毅夫由此进了北大经济系。这为林毅夫后来的成功，迈出了关键一步。

张先生的正直善良与仁爱的情怀，集中体现在他给予北大生物系姚仁杰先生的关心和帮助上——第二位因为遇到张先生而改变自己命运的学者。

1953 年，张龙翔从化学系调任生物系副主任，担任讲授全系本科生的基础课（生物化学课），姚仁杰所在的班级是在全国综合大学中第一个设置"生化专门化"课程的班，他也是张先生讲授的生物化学大课和生物化学实验课的课代表。姚仁杰学习能力强，思想活跃，得到很多老师的欣赏。然而在 1957 年反右运动中，他因言获罪，被划为右派分子，从此开始了数十年坎坷的人生。他后来在回忆文章中写道，在他人生的最低谷，是张先生的关心和帮助，使他在艰难中保持生活的希望。

姚仁杰等北大的一批右派先被押解到天津附近农场劳动改造，不仅扣发了工资和劳动所得，开始时还需自己出伙食费，他不得已只好给张先生写信，请他帮助代为把学校储蓄所的存款和翻译稿费取出。张先生立即找让同学帮忙，取钱寄给他，才暂时解了他的生活之难。

当时右派分子劳改农场生活极其艰难，食不果腹。农场号召这些右派分子自己出主意，想办法创收改善生活。因为姚仁杰是学生物化学的，且思维敏捷，遂与几个搞化工、学分析化学的右派分子办了一个小工厂，组织农用抗生素（金霉素、土霉素和赤霉素）的生产，以及生产化学试剂。正是经张先生同意，从北大借了一些设备和仪器，成为工厂创建实验室和车间的第一份"硬件"，开始制备小批量的抗生素和生化试剂，由此得到收入可以改善这些右派分子的生活。姚仁杰一直担任技术室工作的组长，参与主持研制和生产技术管理，先后推出了几十种产品供应市场。"改造"有了成绩，为劳改农场立下汗马功劳，终于破格于1960年由工厂上报，1961年经北京市委批准宣布摘掉了右派帽子。

但他仍然回不了北大工作，"文化大革命"中，姚仁杰再次以"摘帽右派"横遭折磨，以致家破人亡、妻离子散，历尽了人世的辛酸。他多次向北大党委、向中央写申诉材料。"文化大革命"开始后，他又被发配到四川的山区，担心申诉材料交不上去，就写信寄给张先生请其代为转呈。张先生每一次得到他的材料都是立即帮他转交上去的，其中一次是张先生请周培源校长代为转呈的，可见张先生对一位当时很多人避而远之的右派分子求助是多么认真。这完全出自他的正直善良之心。粉碎"四人帮"以后，邓小平复出，在胡耀邦主持的全国平反冤假错案的趋势下，姚仁杰才得以平反，并在张先生帮助下回到北大工作。张龙翔出任校长时曾说："北大要从'文化大革命'的动乱中恢复元气，恢复正常的教学科研秩序，首先要做好人的工作。平反冤假错案，恢复他们应有的名誉，更是新一届班子首先要解决的问题。"张先生任校长期间，在其他学校领导参与下，共计解决了北大两千八百六十余件冤假错案，先后为学校教授、副教授一百九十九人、讲师一百四十五人，其他教师、干部、职工、学生一千六百二十二人恢复名誉。

张先生的正直善良、实事求是、主持正义、从不以权谋私、对最底层群众富有同情与关爱之心，是他赢得广大北大师生们的敬重和爱戴的重要原因。

当我读完《生命的烛光》，合上书本，心情难以平静。张先生的音容笑貌再次浮现眼前，我仿佛又回到1983年燕园里那个金色的秋天，在贝公楼的校长办公室张先生与我讨论完博士论文选题后送我至门口，当我离开后再回头时，看到他老人家向我挥手的身影。那是我人生难忘的幸福时刻。

我想以郝斌先生为《生命的烛光》一书写的序"子不语"的最后一句话结束本文："念天地之悠悠，愿先生的精神永在！"

（2023 年 4 月）

对"人"的思考：没有终点的探索

——读张楚廷先生《人论》

张楚廷先生是当代著名的教育家，他写作出版的 32 卷《张楚廷教育文集》可称为当代关于教育学与教育哲学甚为宏大的文献，影响深远。而《人论》则是该文集的第 32 卷，即是该文集压轴之作，我以为也是这一系列书籍中最为重要的著作之一。该书已由德国 Lincom Europa 公司出版英文版。

张先生在该书的"前言"中说："人的问题最为深奥，最为艰难，却总有人去探索。并且，谁都相信，关于人的研究可能不会有终极答案，但这种研究一直没有停止，估计也不会停下来，人们在这个没有尽头的路上坚定地走着。因为一个更有力的信念支撑着我们：我们怎么能甘心不把自己弄清楚？"

古往今来，全世界不同文化，不同民族的无数哲人对这一问题进行过思考与探索。《人论》是一位当代思想家对"人"的思考，而这种思考，如书中张楚廷先生在开篇章节提到的，可以追索到两千多年前古希腊哲学家苏格拉底的"认识你自己"，和中国古代教育家与哲学家孔子提出的"吾日三省吾身"。

《人论》也是一部哲学著作。而张先生这部著作，既有其关于"人"的深刻的哲学思想，且无一般人心目中常有的对哲学著作的抽象、玄深、有如雾中看花的印象，该书从一个个具体问题入手，写作生动，有实体感，有亲和力，用当今流行的话来说很接地气，读起来如行云流水，深入浅出，让人对"人"的本质这一神秘深奥的哲学问题，产生如春风化雨般的体会和联想。

本文并非，也自认为没有水平对这本思想深邃的著作系统地解读，仅作为一位哲学专业以外的普通教师，浅谈我对书中的几点体会和感悟，以及作为生命科学领域的学习者和耕耘者对上述感悟所产生的联想。

人与自然，"人"的问题的基础和发源

人的神奇，并非产生于虚无缥缈间，人来自于大自然，并且是大自然的一部分。张楚廷先生的这一思想，指明了"人"的所有问题的基础和发源。

在"人与自然"一节中他说："说人是最神奇、最神圣的，并不恰当。大自然缔造了人，大自然难道不更神奇、更神圣吗？尽管可以说人是一个小宇宙，但它也只是大宇宙的一部分。"

张先生在书中描述说："当地球从一个热气团冷却下来之后，渐渐有了生命，有了绿色，有了一个它可以骄傲并且为它而骄傲的伟大生命——人。地球为何这样神奇？因为它上面有太阳。可是太阳系有八大行星，为何只有地球这颗行星上才有生命且有如此高级的生命呢？"他进一步说道："为什么太阳系外的其他恒星系的行星也还未发现有生命的存在呢？人们首先不是寻找生命，更不是寻找人，而是寻找水。没有水，怎么会有生命呢？去寻找水的痕迹，才可能有生命的痕迹。曾经有过水的行星，才可能曾经有过生命。这种寻找是如此艰难，至今收获甚微。"他进而说道"这种艰难同时也表明了地球的弥足珍贵"。

现代自然科学知识告诉我们，创造了生命和人类的地球在宇宙中是何等弥足珍贵。

宇宙自大爆炸诞生，138亿年的演化过程中，在离银河系中心

2.61 万光年的距离，离太阳第三近的行星——地球上发生了宇宙演化中最奇妙的事件：生命的起源。这一宇宙最奇妙最伟大的事件也许与以下特殊、偶然因素有关：太阳的年龄、结构、大小；地球的大小、物质组成，尤其是水分子（地球总水量约为 13.86 亿立方千米，约 138.6 亿亿吨）；地球与太阳的距离特别是其绕太阳非常稳定而等距的圆形轨道，以及能保护地球大气层不被太阳风破坏的地球独特的磁场等。

尽管已有很多假说，生命的起源至今仍然是未解之谜。有一种推测是，大约 35 亿年前的某一刻，或许是如达尔文所言的"某一个温暖的小池塘中"，或者某处原始海洋中，由于一种美好的巧合，某些以碳原子为骨架的有机分子，在一个特殊环境中经历一系列我们至今无法知道的化学反应过程，产生一种可以新陈代谢且可自我复制的有机大分子，即原始蛋白质与核酸。这一过程不断发展，最终产生结构有序的、能从环境中吸取负熵，并将产生的熵释放到环境中的生物大分子集合体，称为复制子。

复制子通过从环境吸取负熵和不断自我复制来抵抗热力学第二定律胁迫的分解灭亡的命运，在当时的地球环境中是十分脆弱的。然而偏偏好事成双，复制子遇到了另一种美好的巧合，即原始海洋中出现的"油膜"——脂质双分子层。脂质分子很容易形成双分子层，并会无意地把各种其他分子包覆在其中，由于某种偶然巧合，复制子被脂质双分子层所包覆，这给复制子带来了巨大的生存优势，被脂质双分子层包覆的复制子等于获得了某种屏障并可以进入一种相对稳定的安全状态。这样便造就了最原始的单细胞生命体，从此之后便踏上了生命进化之路。

现在地球上的所有生物物种都是从大约 35 亿年前一个单一的原始生命体进化来的，因为所有生命体都采用同一遗传密码。这是物质世界演变发展中最光辉灿烂的偶然，也许是一种我们至今尚未认识的必然。生命体一旦产生，进化随即发生。组成基因组DNA亿万对碱基中发生一定频率碱基突变的必然性（这种必然性可能与碱基化学键的结构及宇宙射线的辐射或其他因素有关）以及DNA自我复制的特质，导致生命演变进化过程的开始，从能量和热力学基础来说，太阳提供了几乎取之不尽、用之不竭的负熵与自由能，为生命体产生规模更大、复杂程度更高的有序结构提供了可能。在这一基础上生命体进入了近35亿年漫长的进化过程。从单细胞的原始生物，最终进化产生高等的植物和动物。

张先生在书中引用了恩格斯在《自然辩证法》中说的一段话："从最初的动物主要由于进一步的分化而发展出了动物的无数纲、目、科、属、种，最后发展出神经系统获得充分发展的那种形态，即脊椎动物的形态，而在这些脊椎动物中，最后又发展出这样一种脊椎动物，在它身上自然界获得了自我意识，这就是人。"

达尔文在他的《人类的由来》一书中说："人，尽管有他的一切华贵的品质，有他高度的同情心，能怜悯到最为贫贱的人，有他的爱，惠泽所及，不仅是其他的人，而且是最卑微的有生之物，有他的上帝一般的智慧，能探索奥秘，而窥测到太阳系的运行和组织，有他这一切一切的崇高的本领，然而，在他的躯体上面仍然保留着他出身于寒微的永不磨灭的烙印。"

至今所有的科学证据表明，人类并不是任何超自然力量的产物，人类就是地球生物圈数以千万计的生物物种中的一种，人类与所有目前地球上生活的约4000多种哺乳动物的任何一种同样，是DNA随机突变和自然选择的产物。

然而，尽管如此，人类还是特殊的，正如张先生在书中所言："人太神奇、太神秘、太神圣了，尽管它也源于大自然的神奇、神秘、神圣，但毕竟是在人身上更完美地体现出来了。"张先生在书中说："我们也可以说人身上隐藏了宇宙的所有秘密，但这首先也是宇宙的秘密。"我读到这句话时，不禁联想到宇宙的一个极为神奇让人产生无尽遐想的现实：茫茫宇宙之中，由一组共同的基本粒子组成的广袤无垠的物质世界，竟然会出现一个如此复杂精妙的从基本粒子、到原子、到分子、到细胞、到组织、到器官的组合——具有意识的人类，宇宙是何等奥妙、何等神奇！

人来自宇宙，人的秘密和神奇与宇宙的秘密和神奇不可分割，从人与自然的关系的角度探索人类和宇宙的秘密和神奇，将是吸引人类永远探索与思考的奥秘。

人与动物的分界线：自我意识

张楚廷先生在他的著作《人论》中将人和动物的区别归纳为"人的根本性的特征是人具有自我意识"。

这一观点是继承了马克思与恩格斯的思想。张先生在书中写道：马克思同恩格斯一样，对于人的特性更看重的是人具有意识，且对人的意识与自身的关系做了很深刻的揭示。由此，马克思进一步从多方面将人与动物区别开来。马克思说"人类的特性恰恰就是自由的有意识的活动""动物和自己的生命活动是直接同一的""人则使自己的生命活动本身变成自己意识和自己意识的对象"。

张先生在书中提到："说人类是万物中的精灵，这一点是站得住脚的。有什么比人更智慧？有什么比人更富于创造力？有什么比人更富于远见？有什么比人能想象到远古的过去和遥远的未来？有什么比人更能看透人间和世间是如何运行的？有谁能比人更善于知晓自身、探讨自身、发现自身、反观自身并创造自身？"

张楚廷先生在书中说："所谓自我意识，是人对自己的自觉，人自觉到自己的存在，包括存在的形式和内容。当然，充分的自我意识，就是充分地了解自己、把握自己、推动自己，自己成为自己的主宰者。"这实际上也是两千多年前古希腊哲学家苏格拉底提出的"认识你自己"有重要哲学内涵和人生实际意义的命题。张楚廷先生这句话，诠释和发扬了这一命题。

从唯物主义观点来看，意识产生于人类大脑，意识是人类大脑的功能，而人类大脑是人类与古猿类分道扬镳之后经历约500万年进化中形成的。

人类大脑是宇宙间最复杂、最精细、功能最无与伦比的体系。人类的大脑含有约860亿个神经细胞，也称为神经元，一个针头大小的空间有大约3万个神经元。胎儿在母体内发育的早期，神经元以令人惊讶的速率增长，顶峰时每秒钟产生4000多个神经元。人脑的神经元细胞包括50多种不同类型，就像数百亿的微芯片一样，神经元为大脑提供了处理和运算的能力。每个神经元有众多树突和一根轴突，有的轴突长度只有几毫米，最长的可达0.9米。每个神经元平均有5000个突触，通过其与其他神经元建立联系，因此大脑神经元之间的连接有500万亿个之多。

现代脑科学研究认为，人的所有思想意识包括快乐、悲伤、欲望、追求、理想、知识，甚至信仰都与大脑中巨大数目的神经元之间的沟通以及它们和相关分子的集合性行为相关联。

因而意识不是空穴来风，它有其进化上的由来，有其大脑神经生物学与生物化学的物质基础，但这一基础人类还远未探明，目前仅知道一些很粗浅的线索。

关于自我意识的产生过程，是至今尚无答案的人类探索的热点问题，也许诺贝尔奖获得者、奥地利科学家埃尔温·薛定谔的一段话可以给我们带来一点启发，在他的名著《生命是什么》中，他写道："意识是进化范畴内的一种现象。这个世界只有在发展的地方才能显示出来，或者只有通过发展，并产生新的形式来照亮自己。停滞的地方在意识中消失；它们只可能在与进化的地方相互作用时才出现。假定这些是正确的，那么意识与内心欲望的抗争无法分开，甚至它们似乎互成比例。"

薛定谔的话中有两个要点：其一，意识不是凭空产生的，而是进化的产物；其二，意识与内心欲望的抗争相关。因而可以认为，人的自我意识的形成，是大脑进化到一定阶段才产生的，是伴随人类大脑皮层的发展产生的。人的自我意识及"我"这一概念与大脑中形成的某种神经元群的相对恒定的连接模式是直接相关的，而"我"这一概念又与人内心的欲望相关。亿万年进化中产生的人类大脑中与欲望与愉悦相关的神经回路，可能推动了人的自我意识的形成。

人类意识的进化形成过程中，语言的产生发挥了十分关键的推动作用。德国著名哲学家恩斯特·卡西尔，也曾在 20 世纪初出版过书名为《人论》的著作，在该书中卡西尔认为人与动物的关键差别在于人有"符号语言"，因而把人类称为"有符号语言的动物"，足见语言对于人类的重要性。

但语言产生之前，人类很可能已经有了自我意识。张楚廷先生在他的《人论》中深入讨论了这一问题。他说："卡西尔特别把人的特征放在语言上，恩格斯却优先说到的是人的自我意识。自我意识是语言产生的前提。没有意识，哪来语言？人在有了意识之后，还不一定立即有语言。就人类而言是如此，就现今人的个体而言也是如此。"

关于意识的起源，语言的起源，意识和语言的关系，特别是意识和语言的大脑神经生物学基础与机制，人类还远远没有探明，这将是对今天和未来的人类最具吸引力和最具挑战性的人类"认识自己"的问题。但是，这一关于"人"的最大奥秘，人类可能会不断接近真相，但很有可能不会有最终的答案。

作为教育家的张楚廷先生，在讨论人的自我意识的问题时，也将其联系到教育理念。

每个人都有自我意识，也可以理解为灵魂。每个人的自我意识有独特性和唯一性，教育应在尊重每个人个人意识的独特性基础上，促进其自由发展，而不是按某种方向和模式去塑造、加工每个人的个人意识。张楚廷先生认为，对人的灵魂施加某种"工程"是不妥当的。"如果硬要说灵魂工程师，工程师只能是学生自己。"

他在书中说："教师工作的性质和特点是怎样的呢？教师工作是指向人的，指向人的心灵的，是内在的、神性的、柔性的、非外在设计的，并且，从根本上说人的发展不是可计划的，可以期待，但无法被左右；可以启示，却不是被安排。教育是辅佐，不是替代。"

他进一步提到："优秀的老师所关注的不是学生的行为。他们所唯一应当做的和可能做的是尽量改进自己的教学方式，把热爱学生与热爱教学融合起来，这叫作影响或感染，而不是指挥。教师没有权利去喝令，只有义务去与学生交流。学生是自己灵魂的塑造者，这种塑造可能伴随他们终生。"我认为，这是张楚廷先生对教育理念的重要贡献之一。

张楚廷先生在他作为教师的 60 余年和他担任大学校长近 30 年的历程中，实践了他的这一教育理念。

他在书中还说道："哈佛大学的一位校长萨莫斯，在访问北京大学并会见学生时，学生请他用一句话来表达他的大学理念，他回答说：'把学生培养成为他想成为的人。'在我看来，这是很精彩的一句话。"

我以为张先生的以下这段话是含义深刻的："当人越是自己、

越具有鲜明个性时，这个社会才是先进的。抑或是说，人都是自己灵魂的锤炼者，都是自己灵魂的把握者，因而，他们也都是自己命运的掌握者。这样，就可能有更多的人自觉地把自己的命运与社会的命运、民族的命运联系在一起。"

每个人包括其自我意识的独特性与唯一性，是有其深刻的生物学基础的。最为关键的是以下两条：

其一，我们每一个人从生命孕育的那天起，所具备的遗传物质即 DNA 是各不相同的。DNA 如同设计机器的蓝图，大自然给每一个人设计的原本的蓝图是不同的，唯一的。这也是为什么刑警可以依据 DNA 指纹，可以从数千万人中确定一个犯罪嫌疑人。这是每一个人唯一性的主要原因。

其二，人最重要的特质是大脑的高级神经活动相关的自我意识，这是由人的大脑中亿万个神经元之间的联结方式和集合性行为所决定的。对于每一个人由于成长过程，人生经历，所处人群，所处时代，所受教育，所感受过的喜怒哀乐的不同，我们大脑中的神经元的联结方式和集合性行为，特别是与长期记忆相关的神经元的联结方式和集合性行为是各不相同的，对每一个人都是唯一的。这是决定人与人本质不同最重要的因素。

因此，我们每一个人来到这个世界，是大自然历史长河中，宇宙间无限空间中一个极其偶然，非常珍贵，永远不会再现的事件。每个诞生的个人都空前绝后，每个人的人生故事都独特而永不重复，每个人的意识和灵魂都是绝对唯一的。这种唯一性也关联到整个人类思想的多样性和每个人生来具有的人格上的平等性。

因此，每个人应该认识自己，通过学习和实践提升自己。按照张楚廷先生的话，"做自己灵魂的塑造者"。我们应当追随自己的内心召唤，不必按照别人的眼光、追随别人去生活，敢于走自己的人生之路，用亚里士多德的话说，敢于"成就自我"。

人的本性与每个人的自由发展

张楚廷先生在《人论》中提到："人为什么活着？对于此问也可有千百种回答，为需要而活着就是一类回答，为各种各样不同的需求而活着，这就又可构成多种多样的回答。亿万人有多少种回答？他们都会根据自己人生的经历并在此过程中去感悟和回答这类问题。"

他在书中说："美国心理学家马斯洛的需要层次论，也可说是一个重要的有关人的理论。虽然是从人的需要出发来探讨人，却也是探到了人之根本。"注意，张先生在此把人的需求联系到人的根本，我以为可理解为人性的根本。

马斯洛的人的需求层次理论中人类至少有五个层次的需求。第一层次：生理上的需求，是人类保持生命的基本需求，如对食物、水、空气、睡眠及性的需求等。生理需求是人们行动最首要的推动力。第二层次：安全上的需求。表现为一种生活安全的依赖性，安全需求包括人身安全、健康安全、资源财产安全、家庭安全等，引申到对法律、秩序、社会保险、安全环境的需求。第三层次：情感和归属感的需求。包括爱情、家庭亲人的感情、友谊、知心朋友的需求等，避免孤独、被抛弃、没有归属感。第四层次：尊重的需求。包括被他人尊重的欲望、希望有稳定的社会地位、被人关注和重视、得到社会的承认等。第五层次：自我实现的需求。自我实现是最高层次的需求，是人对于自我发挥和自我完成的欲望，它是指实现个人创造、理想、抱负，发挥个人的能力到最大程度，达到自我实现境界，使自己成为内心所期望的人。

马克思与恩格斯也曾经说过，人的本性与人的需求有关。马克思和恩格斯在他们合著的《德意志意识形态》中指出，"一切人类生存的第一个前提也就是一切历史的第一个前提，这个前提就是：人们为了能够'创造历史'，必须能够生活""在任何情况下，个人总是'从自己出发的'……他们的需要即他们的本性，以及他们求得满足的方式，把他们联系起来"。

所有人类存在一个基本共有的人的本性，这是绝大多数人的共识。今天地球上所有的人类都属于进化上产生的同一个动物物种，按照人类基因组序列分析，目前全世界所有的人，物种分类上都属于同一人种（*Homo sapiens*），源头上都来自一个约 16 万年前生活在非洲撒哈拉沙漠以南的名叫"线粒体夏娃"的同一个母系祖先。今天的人类无论出生在哪个国家，何种民族，无论性别、体貌、肤色，也无论职业、语言、文化、信仰，所有的人享有 99.9% 相同的 DNA 序列，拥有几乎相同的蛋白质种类及其基本相同的表达量，因而有共同的生物学物质基础，这也是人类共同本性的基础。按照人的需求即人的本性的观点，马斯洛提出的五个层次的需求，适合于全世界所有人。

人类的需求不是凭空产生的，是通过数百万年进化产生的，其中有些需求是古老的其他群居哺乳类动物也具备的，而有些需求是人类独有的，是伴随人的大脑皮层特别是前额叶皮层的发展而产生的。在此，我想着重讨论一下马斯洛提出的人类最高层次的需求，即实现自我或成就自我的需求。

生理上的需求得到满足常使人感到快乐，而实现自我的需求的实现常使人感受到幸福。前面提到实现自我是人对于自我发挥和自我完成的欲望。听从自己内心的召唤，它是指实现个人创造、理想、抱负，充分发挥个人的能力，达到自我实现境界，使自己成为内心所期望的人。生理上的需求人类基本相同，而实现自我的需求人与人之间通常各不相同。这源自前面提到的每个人的唯一性。实现自我也就是马克思和恩格斯所提出的"每个人的自由发展"。

马克思和恩格斯对他们设想的未来社会的定义是:"在那里,每个人的自由发展是一切人的自由发展的前提。"这是150多年前他们合著的《共产党宣言》中第二章的结束语。恩格斯后来在《共产主义信条草案》中补充道,"建立这样一个社会:使社会的每一个成员都能完全自由地发展和发挥他的全部才能和力量,并且不会损害这个社会的基本条件"。马克思与恩格斯为什么强调"每个人的自由发展"是非常值得深入思考与研究的。

张楚廷先生在《人论》中提到"自我追寻的自由是人类普遍的需要"。他在书中说:"我们可以把自在、自由的概念移用到人身上。于是可以说,自在我、自为我、自主我、自由我,这也是一个由自然的、潜在的我,向着自由的我发展的过程。"

没有人的自由发展,就不会有马克思主义的诞生,也不可能有达尔文的进化论和爱因斯坦的相对论的发现。从今天的中国来看,没有人的自由发展,就不会有袁隆平发明的杂交水稻,就不会有任正非创立的5G技术世界领先的华为公司,也不会有刘慈欣的亚洲首获"雨果奖"的长篇科幻小说《三体》。没有人的自由发展,也就不会有贝多芬的交响乐和达·芬奇的绘画,也不会有史蒂夫·乔布斯发明智能手机,以及比尔·盖茨创立微软公司。而正是这些个人的发展,促进了人类文化的丰富多彩,促进了科学的原始创新,也促进了整个人类社会的发展进步。

如达尔文所言"人类是社会性的动物",人类在进化上离动物越远,个人对社会的依赖越大。每个人的生存状态很大程度上是由社会决定。人类对什么样的社会更理想的探索,如果从亚里士多德算起,也有两千余年了。从上述讨论中,我以为能够满足所有社会成员的各种层次的需求是人类社会追寻的目标。最理想的社会应能促进人类生产力的高度发展，能实现人类的基本生活、衣食住行，能满足安全感、归属感、被尊重的需求，还要能实现马克思和恩格斯所言的"每个人自由发展"的需求。

马克思在《〈黑格尔法哲学批判〉导言》中曾经指出："理论只要说服人，就能掌握群众；而理论只要彻底，就能说服人，所谓彻底，就是抓住事物的根本，但人的根本就是人本身。"因此，当今和未来的社会形态研究，离不开对人本身的研究与思考，离不开对人类本性的研究与思考。中国共产党第二十次全国代表大会提出的"以人民为中心""人民至上"的理念，正符合马克思的上述重要思想，这一理念抓住了事物的根本，能说服人，能掌握群众，将得到全中国人民的拥护与支持！

从这一点出发，张楚廷先生的《人论》有重要的现实意义。

我想以张楚廷先生在他的《人论》一书结尾处所写的自由体诗《人颂》中的四句诗结束本文：

"每个人都是天之子，

每个人都有神奇和神秘，

每个人都可以顶天立地，

每个人都是每个人自己。"

（本文 2023 年 6 月 5 日载于《湖南师大报》，发表时略有删节）

"珍惜自己、善待他人"的生物学依据

不久前，笔者应北大朋友之邀，为北大生命科学院的同学们作了一个有关学习与人生的交流。我谈的人生感言之一是："人和人不一样，要有信心走你不同于别人的道路，不必追随别人的轨迹，羡慕别人的成功；珍惜自己的人生，听从你内心的召唤，做你真正喜欢做的事。"我当时提出，这一感言有现代生物学的依据。现代生物学证明，世界上的每一个人都是独特的、唯一的，宇宙间以前没有，将来也永远不会有，空前绝后。因此我们要珍惜善待自己，也要珍惜善待他人。最近，我对上述观点做了一点梳理，在此陈述，以求指正。

我们早就发现每一个人都是独特的。我们今生接触过成千上万的人，无论自己的亲人，从前的同学或者现在的同事和朋友，乃至电视里所见、集会上所逢的各种人物，我们从来没有发现过外貌、语音、神态、气质完全相同的人。

哲学家列宁说过："河流的本质在其下部，但其表面的泡沫也是其本质的表现。"人和人外在的差别正是本质上存在差别的表征。实际上，从本质上来说，世界上无论现在生活着的，已经过世的，还是将来诞生的每一个人，都是宇宙间唯一的，独特的。

首先，我们每一个人从生命孕育的那天起，所具备的遗传物质即 DNA 是各不相同的（同卵双生的特殊情况在后面叙述）。尽管人与人之间 DNA 序列的差异只有 0.01%，但这一差别可以表现为上百万种单核苷酸多态性（SNP），单核苷酸多态性是指人类不同个体基因组 DNA 的等位序列上单个核苷酸存在差别的现象，人基因组上平均约每 1000 个核苷酸即可能出现 1 个单核苷酸多态性的变化，估计其总数可达 300 万个之多。如果 SNP 发生在可转录的基因序列内，就可能影响蛋白质的一级结构，或者改变蛋白质表达的时间，地点和多少，会对人的性状发生影响。每个人的胚胎形成时，来自父母的 DNA 进行同源重组，即基因"洗牌"，随机组合形成独特的一套传给后代，即使同胞兄弟姐妹的基因，哪些来自父亲哪些来自母亲都是各不相同的。人类群体中数百万不同 SNP 的排列组合的种类是一个极大的天文数字，因而产生完全相同的 DNA 序列的概率几乎为零。DNA 如同设计机器的蓝图，大自然给每一个人设计的原本的蓝图是不同的、唯一的，这是每一个人唯一性的主要原因。

其二，人和动物一个本质的不同在于人的大脑的高级神经活动，这是与人的大脑中亿万个神经元之间的联结方式和参与的数量相关联的。诺贝尔奖得主弗兰西斯·克里克说过："你，你的快乐，你的悲伤，你的记忆，你的志向，你的个性，你自由的愿望等都归根结底的是你所有拥有的巨大数目的神经细胞的以及与它们相关的分子的集合性行为。"对于每一个人，由于成长过程，人生经历，所处时代，所受教育，所感受过的喜怒哀乐的不同，我们大脑中的神经元的联结方式和集合性行为，特别是与长期记忆相关的神经元的联结方式和集合性行为是各不相同的，对每一个人都是唯一的。

一个人的气质、脾气、情感、意志能力、智识水平在更深的层次上决定了人的特质，而这与每个人在特定生活历程中形成的特定的大脑中的神经元的联结方式和集合性行为是相关的。人与人不可能有完全相同的生活经历，因此即使是同卵双生的双胞胎个体最终会有不同的回忆、情感、联想和思维，即由于大脑中的神经元的联结方式和集合性行为的不同而成为两个本质上不同的人。这也是为什么我们可以克隆生物个体，但绝不能克隆有精神和思维的人的原因。人们要再造一个已经存在过的人，包括拿破仑、希特勒或者是爱因斯坦，是永远不可能的。每一个人在历史的长河中都是唯一的，他的大脑的神经元的联结方式和集合性行为方式，过去不会有，将来也永远不会有。

其三，每一个人在发育生长的过程中，还有一些因素造成组成我们个体的生物大分子，主要是蛋白质发生变化，这种变化随着时间的推移逐渐积累。这一变化主要是来自表观遗传学的变化和体细胞突变等。表观遗传学是指基于非基因序列改变所致的基因表达水平变化，如 DNA 甲基化、组蛋白修饰、非编码 RNA 的基因调控和染色质构象变化等。

大多数表观遗传的变化是生物个体响应内外环境发生变化而发生的，其中环境因素的作用占有非常重要的地位。因此，每一个人，包括同卵双生的同胞，随其生活历程、所处环境、遭遇病菌、食物优劣、外界压力、患病经历等的不同，每个个体间的蛋白质组的表达谱在定性和定量上都会产生新的变化，造成个体在生存状态上的独特性，导致个体间实质的不同。

以上说明，每一个人外貌、指纹、语音、形态的独特源自其内在本质的唯一性。归根到底，每一个人都是大自然的唯一性造化，以前没有，将来也永远不会再有。那么，由此我们可以得到哪些推理与联想呢？

要珍惜自己的人生，即使你境遇贫寒，经历平凡，你仍然值得自爱与自信，值得善待自己。你和那些达官贵人、富豪、名人一样都是大自然唯一性杰作,本质上是与他们平等的。你可能在某些方面没有他们的优点,但你也肯定有某种他们没有的优点。你可以做出别人做不到或难以做到的某件事。

与你的 DNA 蓝图和你的大脑特有的神经元联结方式相关联的某种内心的呼唤是很宝贵的,有时候要敢于追随你自己的直觉,不要违心地按照他人的意愿行事,要听从你自己内心的召唤,至少不要轻易放弃。假如乔布斯不坚持自己的直觉和他内心的启示,而是追随他人,可能就不会产生 iPad 与 iPhone,或者至少还要等较长时间。

你完全不必追随别人的轨迹,模仿他人的人生。每个人由于上述提到的本质上的不同,各人适合走的道路是不一样的,如果你选择的职业或人生能让你的某些特质和优势得到发挥,你将来会有更高的生活质量和成就。要有信心走你自己的不同于别人的道路。抛开世俗的观点,其实每个人的人生道路都是平等的,并无高低贵贱之分。或许对你来说,你现在的人生道路就是真正适合你给你带来最多幸福感的道路。

由于每个人大脑的神经元联结方式上的特点,某种外在刺激在你心中引起的共鸣是不一样的。比如一首与你童年某一经历相关联的你喜爱的歌曲,当很多年后你突然听到它时可以唤起你愉悦的回忆,此时大脑中某些神经突触分泌的多巴胺就会增多,而没有这一经历的人就不会有这种感受和反应。因此,每个人的愉悦感或幸福感是不尽相同的,应当珍惜你内心的共鸣,而不一定追求别人感觉幸福愉悦的事。

我们同样应当珍惜他人的人生,善待他人的生命,我们所遇到的每一个人,无论其贫寒富贵,无论其荣耀卑微,他们都是大自然唯一性杰作,他们都是独一无二的,一旦失去,永远不可能再有。

只要你稍加留意，你会发现你周围的每一个人，包括你并不喜欢的人，都能在他们身上，找到一个或几个你所不具备的优点或才能。假如你是一个团队的领导者，当你以上述观点来看待每一个人时，你会发现你的队伍并非你原来想象的那么平庸。对那些经常产生奇思异想，或者行为怪异的人，要有宽怀之态、包容之心，说不定他们中有的人会提出很有创意的点子。因为可能只有具有某种遗传背景和某种特定大脑中的神经元的联结方式的人，才能在一个关键点上产生某种有远见的思想。

对于社会，虽然我们考虑到所有社会成员的共性，为了社会的正常运转和大多数人的正常生活，我们制定了统一的社会纪律、法律、行为规范及价值观念等，这是人类社会必需的。但我们也应当意识到，由于组成社会的每一个人都是有特质的，只有让每一个人的特质得到发扬而不是压抑的社会才是一个符合自然的高水平运作的社会。一个理想的社会，应当如马克思所说过的"社会的发展以每个人的充分发展为前提"。

我们在努力建造和谐社会，真正的和谐社会并非没有矛盾的、人人步调一致的社会。而应当是真正实现"百花齐放，百家争鸣"的色彩丰富社会。一个真正和谐的社会，应当让所有人的特质有发扬的机会，允许一些人的奇思异想，允许各种不同兴趣存在，乃至容忍一些人独特甚至怪异行为，只要其不违背法律。或许这样的社会氛围才更能孕育原始创新的科学家，天才的艺术家，巧夺天工的工程师。

现代教育特别是我国教育的一个弊端，是忽视每一个孩子的特质和天性。每一个孩子无论出身的家庭贫寒富贵，其父母是显赫还是平凡，都是大自然独一无二的杰作，都是同样珍贵的，值得培养教育的。同时，每一个孩子的特质和潜能也是各不相同的，父母和老师在关注他们的共性的同时，应当特别关注每一个孩子的个性、独特的优点和潜能。这是为什么既要"有教无类"也要"因材施教"。

让每一个孩子的天性得到发挥，是给他们的将来带来幸福的最重要因素。当你没有把握为你的孩子选择一条什么样的人生道路的时候，可能最好的对策就是让其自由发展，让其按照他自己的天性去做他自己喜爱的事，让他自己去选择适合自己的道路。

综上所述，我们每一个人来到这个世界，是大自然历史长河中、宇宙间无限空间中一个极其偶然，非常珍贵，永远不会再重复的事件。我们应当珍惜自己、善待自己，也应珍惜他人、善待他人。一个和谐、人性化的社会，应当给每一个人发扬特质的机会，让更多的人自由地、心情舒畅地体现其人生价值，各不相同而又各得其所地度过其短暂而珍贵的一生。

（本文载于 2012 年 7 月 16 日《中国科学报》）

也答"钱学森之问"

——对科研异化与过度行政化的思考

著名科学家钱学森去世前曾问:"为什么中国创新人才总是'冒'不出来？"是为"钱学森之问"。钱老曾为国家科学事业作出重大贡献,也熟悉我国科研环境,他的发问,使人震撼,令人深思。相关讨论已有很多,笔者根据回国多年的所见、所闻、所经历的感受写成本文,权作一管之见。

笔者以为,在制约我国创新人才和创新成果产出的可能因素中,科学研究中出现的一些异化现象和科学管理的过度行政化可能是重要因素,而后者又是前者愈演愈烈的原因。

"头衔热"淡漠科研初衷

科学研究的本源是人类追求真理的探索行为,其最初驱动力是人类对未知世界的好奇。众多的科学发现给生产和生活带来利益,推动生产力发展和提高人类生活质量亦成为科研的驱动力。这些在今天仍是科学研究的最终目的和根本宗旨。

随着社会分工的细化,科学研究已由追求真理的探索行为变化为一种职业,并成为部分人谋生的手段。这是符合社会发展需要的合理演化,也是目前国内外普遍存在的现实。科研工作者通过科学研究获得个人名利是合理的,也是应该的。但是,如果环境和体制促成科研人员更多关注个人名利,淡忘或者偏离科研初衷,这种异化就是负面的,将导致浮躁和不端行为。

在发达国家，功利驱动导致的学术不端同样存在。但多年来，我国产生真正的在国际上有影响的原始创新成果数量很少，学术不端行为又屡屡发生，其原因可能有多种，除了科研人员本身的素质和心态，深层次上也与我国的科研体制有关，在相当程度上又与管理过度行政化有关。

我国恐怕是世界上对科研人员设立各种"头衔"或曰"符号资本"最多的国家，除经常提及的"教授""博导""院士"外，还有诸如"国家级专家""政府津贴获得者""优秀专家""跨世纪人才""科技领军人物""千人计划专家"，以及各级政府设立的诸如"长江学者""浦江学者""天府学者""珠江学者""芙蓉学者"等头衔。对这些名目繁多的头衔，应当用一分为二的观点来看待。一方面它们有激励科研人员的积极意义，但另一方面也衍生出一定的负面影响。

在很多单位，这些头衔直接与职称评定和个人待遇挂钩。虽然有些头衔原本为某种工作岗位，但很多地方将其推演成与经济利益挂钩的符号资本，其中一些头衔又是获取另一些头衔的条件。比如，一些大学规定获得哪种符号资本是评上哪种级别职称的关键条件。

为了评审这些头衔，科研人员投入了相当多的时间和精力，或准备材料评审，或作为专家参加评审。而判断原始创新水平是不容易的，有的需要实践和时间的考验，有的需要高水平小同行的判断，加之很多申报材料人为地拔高实际水平，为了应付频繁的评审，一些"省事"但有争议的评审标准就被制定出来。

比如曾一度盛行，目前仍占主导地位的 Science Citation Index（SCI）标准，将国外的原本为文献检索时对杂志被引用率了解的参考指标，异化为一种主导性的科研工作评价手段。虽然论文的影响因子确有评价意义，但不应作为决定性的主导评价标准。很多大学在评教授、副教授、博导时都规定了论文尤其是 SCI 论文的数量指标和影响因子指标。有的单位直接规定一篇 SCI 论文按其影响因子发多少奖金，可视为是将功利引入科学研究的过度行政管理措施。

一方面，各种符号资本与功利直接相关；另一方面，源自中国传统文化的"金榜题名"等功名思想仍存在于一些知识分子心中。因此，相当多的科研人员以获得这些头衔为科研与事业成功的标志，导致科研驱动力很大程度上衍化成为对这些符号资本的追求，很多人在按照评审各种头衔的"游戏规则"去实施科研，去准备有关材料。典型的倾向是将科学研究的全过程异化为以在某种影响因子的杂志上发表论文为中心上。在这种情况下，与原始创新相关联的科学家探索自然的好奇心与个人兴趣，以及相伴随的科学灵感渐渐被淡漠、被抑制。

与此同时，我国科研单位本身也有各种"单位头衔""群体头衔"，也可称之为"单位符号资本"。如"985 工程"大学、"211工程"大学、"国家级基地"、"国家级中心"、各种级别的"重点实验室"、各种级别的"重点学科"和各种级别的"创新团队"等。这些头衔作为推动科研的抓手有一定意义，但也伴随了另一种倾向。各单位领导以这些符号资本作为行政工作的政绩，繁多的申报、评审和检查成了管理工作的中心。

当设立和组织实施这些个人和单位头衔成为上级管理部门"有所作为"的象征，当获得这些符号资本成为下级管理部门的政绩，当各种与个人及其他利益挂钩的符号资本主导了科研人员的工作重心时，那种安静的、自然的、寂寞的促成原始创新的氛围就逐渐远离科学界，而浮躁的、急功近利的氛围则日渐浓重。

"大举措"与基础科学研究的"小科学"

科研管理过度行政化,一定程度反映在某些大科研项目的组织、大科研基地的组建和大科学平台的建设上。这些大项目、大基地、大平台对科学与经济社会发展是有意义的,特别是在工程技术领域,已产生较好成效。但对基础科学研究而言,这些"大举措"是否能、怎样才能促进原始创新和创新人才培养,仍然值得商榷。

几年前,中国科学院神经科学研究所所长蒲慕明教授写过一篇很有见地的文章《大科学与小科学》,其观点值得人们认真思考,对解答"钱学森之问"很有价值。纵观科学史,几乎所有的原始创新都是由少数人甚至个别人通过小规模科研而实现的。到目前为止,诺贝尔奖从未授予过超过 3 个人的团队,基础科学的重大原始创新几乎都不是"规划""计划"和"组织实施"而得到的产物。

诺贝尔奖得主、英国科学家马克斯·佩鲁茨把科学发现比喻为莎士比亚戏剧中奇妙的小精灵,往往"会在一个意想不到的角落里突然出现"。他曾说:"科学上的创新是不能够组织的,从上而下的指引将抹杀创新。"

当然,针对国家发展的重大需求,科学重要前沿,经过充分论证,组织大科研项目、大平台建设是有必要的,但是目前有些数千万乃至上亿元经费的大科研项目、大平台建设的组织设立主要是体现管理者的权威和政绩,且某些项目常常是源自某些院士和权威的影响力,由于名气的马太效应,一些人成为科研项目和经费上左右逢源的"富翁"。虽然这些大举措能使一些科研大户"锦上添花",但如果对一些有创新性的年轻人或小单位"雪中送炭"也许意义会更大。

国内很多学者也认为,国家自然科学基金委组织实施的针对科学家个人的小项目,对我国原始创新更有持久的促进意义,在投入和产出比上更有成效，对最有可能产生原始创新的青年学者群体更有价值。

由于管理者政绩的需要和上级部门的导向，一些国家重点实验室和国家基地的规模越来越大。笔者最近参加了2011年医学领域国家重点实验室评估工作的初评和复评，应当指出，相当多的国家重点实验室近年来取得了长足发展，为科学和国家做出了重要贡献，但也暴露了一些深层次的问题。

有一位重点实验室主任自豪地展示该实验室即将完成的新大楼，并展示这几年同时建立的基因组、转录组、蛋白质组、结构生物学以及计算生物学等达到国际先进水平的技术平台。但被问及这些技术如何与该实验室的特色相结合，并促进原始创新时，该主任却讲不出所以然。

在今年的评估中，相关部委要求注重各实验室代表性成果的创新水平。但是，研究队伍的规模、研究经费的数额、高影响因子文章的数量、硬件条件等仍然左右着评审结果。这使很多重点实验室所在的行政主管单位尽力扩大团队体量，有的重点实验室人员达数百人，个别实验室甚至拥有十几个杰出青年基金获得者和近10位"千人计划"专家的豪华队伍。

毋庸置疑，队伍的规模和技术平台对于国家重点实验室很重要，但这种大规模、大兵团式作战的模式是否真正能够，或者怎样才能促进原始创新还值得推敲。大科学项目、大科研基地、大技术平台对我国是必要的，但决策者和管理者应当认识到，正如蒲慕明指出的，"小科学"实验室是取得大科研进展的主要场所，是培养创新型科学家的最好环境，应当给予高质量的小实验室和小课题组更多的资源。

官本位让科学家难甘"寂寞"

过度行政化还催生或者促进了一种现象，即官本位思想有所泛滥。越来越多的青年科学家热衷于进入官场。数十位教授竞争一个科技处长的现象甚至时有发生。

在有些地区的科研生态环境中，科学家有了一定官衔，就会获得更多行政资源，因而就能获得更多科研资源，也就有更多机会进入各种评审圈，可以与其他官员和专家进行权力和资源的交换，这些有官衔的科技人员最终可以获得更多符号资本。

目前，一些省级市级的科研项目和奖项，以及各种头衔的评审通常不是主要取决于科研水平，公开的潜规则是各单位之间搞平衡。专家肩负着为自己所属单位争名额的任务，这更加导致了评审结果取决于人际关系，而有一官半职者，通过相互提携和资源交换，就可以为自己谋取私利。某些"官员学者"在获取科研资源和项目上得到便利和好处，会让一些青年学者感到，有一官半职比潜心科研对科研生涯的发展来说更为重要。

科学的原始创新通常来自年轻人，当环境使得年轻学者得不到应有的科研资源，就使得他们难以有一颗安静的心，这对创新人才的培养是很不利的。现代研究生教育的发源地——德国柏林大学的组织原则之一就是"寂寞"，要让学者在寂寞的氛围中，思考各种现象之间的逻辑联系和自然现象背后的规律，不为世俗之见、政治、经济和各种功利所左右。"寂寞"是从事科学研究的重要条件，也是出现重大创新的良好氛围。行政管理过度一定程度上使我国科学家已难甘"寂寞"。

科研管理可否借鉴老子智慧

上述分析是笔者的一点个人思考。发一点议论是容易的，但要提出具体的改革方案却绝非易事，需要更大视野的判断力、智慧乃至勇气和决心，非笔者所能及。笔者朦胧中感觉到，首先要做的或许是减少管理部门的过度管理，以及科研实施单位，包括大学和研究所的去行政化，改变管理者追求政绩，科学家追求功名的氛围。

也许可以借助先哲老子的智慧。老子说，"为无为，则无不治""圣人处无为之事，行不言之教"。将科研管理的有形之手变为无形之手，不仅是管理的艺术，也是形成原始创新环境所必需的。

比如，可尝试尽量削减自上而下的各种红头文件，精减各种个人或单位头衔的设立和评审，淡化研究所和大学的行政级别，适当压缩科研管理机构人员，规定当官者回避有本人或本单位人员参加的项目或头衔、奖励评审，将国家的科研经费交给与行政管理保持距离的基金委员会管理，让科研项目设立实施经费投入更加透明，并得到纳税人的监管等。

笔者在国外一所大学工作的 3 年中，感觉除了教授和副教授，很少听到过科研人员有五花八门的各种头衔，也没有见过那种兴师动众、场面热闹的评估和检查。在美国和欧洲参加的多次学术会议上，既没有看到将院士和各级行政领导请上主席台的隆重开幕式，也没有看到对他们前呼后拥的场面。总之，人们似乎很少感到管理者和各级官员的存在，以及其对科研人员的影响。笔者认为，在这样的环境中，原始科学创新才容易产生。这也印证了老子提出的"太上，不知有之"的高一筹的管理境界，也即让科学家感觉不到管理者和官员存在的境界。

当科学家的时间和精力从应对过多的申报、评估、检查中解脱出来之后，当青年科学家逐渐淡忘和不再关注各种"头衔"和官位之后，当"跑部钱进"对学者不再有诱惑力和可行性之后，当各种经济利益和名誉不再影响科学家的心态之后，当他们从事科学的热情真正源于对大自然的好奇心和个人持久的兴趣之后，当年轻学者和知名院士有同等机会获得资助之后，当科学家不需应对各种社会应酬而有更多的"寂寞"时间思考之后，钱老先生的发问也许会变成历史，中国自然科学诺贝尔奖的航船或许也将在不久的将来，在地平线上显露出它的桅杆。

（本文载于 2011 年 5 月 30 日《中国科学报》第一版）

心中的铭记

——缅怀恩师张龙翔教授

一九九六年十月二十四日午时，我实验室的电话铃骤然响起，意外地是北大博士生小吕打来的长途，他的声音异乎寻常："梁老师，告诉您一个非常不幸的消息，张先生今天上午去世了。"我被这突如其来的消息震惊了，我不敢相信，因为，就在一个星期之前，我还与先生通过电话，虽然我知道先生又一次躺在病床上，但他的声音和平常一样安详、自信。而且，在过去的四年中，先生每次病倒，最后都康复了。然而，消息是确切的，几分钟之后唐建国博士打来了电话，证实了这一使人震惊的噩耗。

悲伤的心情陡然袭来，我的眼睛被泪水模糊了，思绪飞到了我曾去过无数次的燕南园那绿荫环抱的古色平房，仿佛看到了先生最后一次把我送出门时那慈祥矍铄的面容，一位对我的人生道路曾给予过巨大影响的老人去了，一位多少年来不断给我以关怀和教诲的导师去了。桩桩往事，犹如发生在昨天，一幕幕呈现在我的眼前，也将永远铭记在我的心中。

张先生第一次指导我的博士论文

1983 年 9 月的一天，正是燕园秋高气爽的时节，我来到位于办公楼一层南端的北大校长办公室，这一天张先生约见我讨论我博士论文的选题。我在约定的时间上午九时准时赶到那里，校长办公室外间的一位老师开门后，对我说，"你是梁宋平吧，张校长已经在等你了"。说着，他把我带进了张先生的办公室。张先生从他的办公桌边站起来，亲切地和我握手，叫我坐在他的办公桌旁。办公室的房间结构是旧燕京大学时代的，古式的窗户虽使房间不是十分明亮，但光线柔和，室内的一切摆放得整洁有序，张先生桌上码着一沓沓的文件和资料，中央放着他正在批阅的公文，使人想象得出他作为北大校长日理万机的情景。张先生一边从一旁的抽屉里拿出一份我的硕士研究生论文，一边告诉我，他已和李建武先生通过电话，对我硕士论文阶段的工作已有了解，说着翻开我的论文，详细地询问有关实验过程的问题，张先生对亲和层析和蛋白质纯度鉴定等关键之处问得特别详细，然后对我说，对博士论文的工作，选题和方法是两件很重要的事，选题要有意义，方法要先进。他接着告诉我，在他的倡导下，北大生物系很快要引进一台当时最先进的 470 型气相蛋白质测序仪，他希望我在论文中利用这一仪器，把蛋白质序列分析技术建立起来。张先生在和我交谈中，始终都是以一种商量讨论的语气，总是引导我提出自己的想法，使我没有一丝的拘束。张先生最后对我说，"你可以考虑利用硕士论文阶段建立起的亲和层析技术，选取一种有价值的蛋白质开展序列分析的工作"。先生的这一句话，实际上确定了我后来博士论文的方向。

离开时，张先生送我到走廊里，对我说："你是北大生物化学专业的第一位博士生，希望你能做一篇好的论文。"我带着对我博士论文工作明确的方向离开了办公楼，这是我第一次单独聆听张先生的指导，时间虽不到一个小时，但它不仅确定了我以后三年的工作，而且也影响了我以后学术上的道路。其后不久，在潘文石先生的帮助下，我们决定选取大熊猫作为材料，开展乳酸脱氢酶的顺序测定工作，从分子水平研究大熊猫的进化。1984 年春，经张先生同意，我踏上了去四川卧龙自然保护区采集大熊猫材料的旅途。

先生教我学英文

在我攻读博士的三年中，先生不仅以他渊博的学识和严谨的作风指导我的实验工作，而且他老人家对我的英文学习的指点和教诲也使我永远难忘。我的第一外语是俄文，中学学了 6 年俄文，上研究生之前我的英语基本是自学的。我至今仍记得，我们在向《生物化学杂志》投送第一篇论文时，我写了一个英文摘要，送给先生审阅。不久，先生打电话叫我到他家，我看到我的英文稿已由张先生修改得面目全非，一篇不到 200 个词的摘要，有多达十来处错误。先生耐心地指出我语法和用词上的不当之处，他当时的一些指点，我至今记忆犹新，比如写英文摘要时，描述实验过程要用过去时，多用被动语态，表达实验结论宜用现在时等。

张先生早年在沪江大学附属中学读书时，由美国教员担任他的英文教师，使他打下了良好的英文基础，以后到加拿大攻读博士，到美国做博士后，他的英文更是炉火纯青。记得我们的气相蛋白质测序仪安装时，张先生与 Applied Biosystems 公司的美国工程师用英文交谈，讨论仪器的结构和效能，先生纯正流利的英文，曾使我敬佩不已。我后来曾问过张先生如何学好英文，先生对我的指点中，印象最深的是他说的，"哑巴英语是很难进步的"，"正确的发音和朗读非常重要"。张先生曾经纠正我的英语发音，比如我与他讨论实验中，有一次把 Sequence 这个词读成 [Sekwans]，先生告诉我这个发音不正确，应当读成 [Si：kwans]，我从此长记不忘。有一回我去看张先生，走到他家门口，听到先生在屋内朗读英文，等他读完我才敲门进去，发现他读的是一本英文政论性杂志上的文章，先生对我说，"朗读英文既是休息也是学习，看别的书累了，读读英文可以调节","英语也在发展中，常有新的词汇和术语，朗读中也可以学习"。以后我也曾效仿张先生，不满足一般默默地阅读，宿舍没人时一个人大声朗读英文，这对我的英文学习确有帮助。我们投寄《中国科学》杂志的两篇关于大熊猫乳酸脱氢酶的英文稿，开始由我按中文稿逐句翻译的，结果很多是中国式的英文，不符合英文的规范和习惯，张先生在修改时，费了很多心血。好些段落，张先生都重新写过。后来《中国科学》杂志社的英语编辑同志对我说，"你们的英文稿写得好，几乎不需再修改"。我告诉他这是经过张龙翔教授修改过的。编辑同志感叹地说："如果都是这样的英文稿，我的工作就轻松多了。"

先生虽然没有正式给我上过一堂英语课，但是在指导我博士论文的三年中却是使我获益最多的英语老师，他的指点和熏陶，为我以后英语水平的提高起了很重要的促进作用。近年来，我的大部分研究论文，都是在国外杂志上发表的，饮水思源，我将永不会忘记张先生给我的教诲。

厚德载物的楷模

张先生作为中国生物化学与分子生物学会前任理事长和北京大学前任校长，有着非常高的名望，是青年学子仰望的享誉全国的科学家和教育家。而且，凡是和张先生接触过的人都会感到，他又是一位非常平易近人，非常谦逊宽容的人。

先生对他的学生，从来没有过疾言厉色。在和学生讨论问题时，尽管在学术问题上非常严谨，一丝不苟，但从来没有命令式语气，每次讨论研究工作时，总是启发研究生讲出自己的意见，然后他再提出他的看法，对于研究方向和实验方案等重要的问题，都是在和学生商量之后再确定下来。在张先生的指导下，我从来没感到自己是一个被动的执行者，而总是意识到自己是一个主动的探索者。

先生对待学生不仅在学术上循循善诱，在生活上也如同父辈般给予关心。一年暑假，我妻子和孩子从湖南来北大探亲，我们住在29楼最西端的房子里，一天傍晚有人敲门，开门所见竟是先生和师母，张先生和师母还给我的孩子带来礼物，亲切询问我们生活上有什么困难。先生说，如不方便可以住到他家。后来先生接我们全家到他家吃饭，我的女儿当时才六岁，至今仍深深记得那间古香古色的房舍和那高高的、和蔼可亲的张爷爷。

在我跟张先生做研究的日子里，常常在他家见到系里的老师和同学们来拜访他，张先生和师母都是十分客气以礼相待，走时两老一定送下他家的台阶，我印象特别深的是张先生与沈同先生、邢其毅先生、陈阅增先生等与张先生同辈的老先生在一起时亲密无间、谈笑风生的情景。张先生创建了我国第一个生物化学专业，参与组织了很多重大的已载入史册的科研计划，如牛胰岛素的人工合成、激光汉字排版系统等，这除了张先生高瞻远瞩的洞察力之外，还与他宽厚容人，善于团结人，因而具有很高的凝聚力有关。

张先生在学术上是十分严谨，一丝不苟的。这是他给他的学生们留下的最值得效仿的作风。每次学生们给他汇报实验进展，他都要求带上全部原始实验数据，而且这些原始实验结果他都会一一过目。有一次我的实验中有一个多肽的两次氨基酸分析结果前后稍有不合，他便要求我重做了两次，直到得到可靠的结果为止。我的博士论文完稿后，他从头至尾逐字逐句地修改。当时实验室还没有今天这样的电脑和文字处理软件，张先生亲自带我来到西校门的北大老图书馆，请设在那里的当时的北大激光照排车间的同志打印，进行过几次校对修改之后，我把最后的清样送给张先生过目，他阅读十分仔细，不放过一个标点符号和一个英文字母的拼写错误，最后又经过一轮修改论文才付印。我在论文写作和打印过程中，又得到了一次老一辈科学家严谨治学的作风的熏陶。

先生曾和我谈起过他早年留学归国的经历。30年代末，张先生到加拿大多伦多大学攻读博士，后来到美国耶鲁大学做博士后，正当我国抗日战争高潮中，张先生抱着服务祖国的志愿，决定回国工作，当时正值二次世界大战期间，回国旅途艰难，他是绕道非洲好望角，在海上历时一个多月才回到祖国的。张先生告诉我，他回国时行李十分简单，唯一的"大件"是一台英文打字机。先生的风范成为我1990年在美国完成博士后研究后回国效力的动力。张先生逝世前在他的"八十回顾"中，写到他年轻时受到当时清华大学"厚德载物"校训的陶冶。先生正是以他高尚人格的一生为我们树立了一个"厚德载物"的楷模。

张先生在病中

张先生人生旅途的最后四年，是他与癌症顽强奋斗的四年，也是他坚强的毅力和高尚的人格集中闪光的四年，他人生最后的一段历程，为我们——他的学生和后辈们，树立了一个如何面对命运的挑战的堪称典范的榜样。

1993年春，我陪师母刘先生到北京城南的友谊医院看望在那里住院检查的张先生。那次他刚从美国访问回来，由于感觉非常不适而住院检查。我在老干病房见到他时，发现先生明显比以前消瘦。但他精神仍然很好，兴致勃勃地和我谈起他访美的过程和在美国见到的北大生物系的老校友的情况。他告诉我他不会有大毛病，很快会出院的。然而，绝不会想到，此时癌细胞已经开始侵袭他老人家的机体了。两个月后的一天，我突然接到博士生彭浪从北大打来的电话，她告诉我张先生已被诊断身患癌症，而且癌细胞已经转移到骨组织。当她说到医生说先生的生命可能过不了秋天时，已是泣不成声。几天之后，我匆忙赶到北京，到北医三院七楼高干病房见到张先生时，使我感到意外的是，先生脸上竟看不到丝毫晚期癌症的愁容，尽管他已卧床一个多月，而且他自己已经知道身患癌症。他见到我时，面带笑容招呼我坐下。在我们的交谈中，他从不提自己的病情，而是问我的科研进展情况，他还告诉我：不久要召开一次海外及回国青年生命科学研究者大会，他是大会主席，他要我好好准备在会上报告我的科研工作。面对这样一位坚强的老人，泪水湿润了我的眼眶，我知道先生是在克服身体上和精神上的巨大痛苦和我谈话。我多么希望此时此刻我能做点什么减轻他老人家的病痛。"文革"中在下放大兴县劳动时，我学过一点按摩，我提出给他按摩，也许能减轻他因久卧病床产生的四肢麻木，张先生似乎理解了我的心思，欣然同意了。就这样，我一边给先生按摩一边和先生谈话，以后我每次去看张先生，都给他做一下按摩，每次先生都对我说按摩后他感觉不错，我理解先生这样说是为了让我高兴，重病中的先生仍是善解人意的，我感觉我从来没有这样接近过先生，无论是他的身体还是他的情感。其后不久，留学及归国人员生命科学研讨会在北京举行，张先生在病床上克服了极大的不便，亲自写了开幕词。当大会会议主持人宣读张先生的开幕词后，全场响起了经久不息的掌声。参加会议的留学生很多是通过 CUSBEA（中美联合招考生命科学赴美留学生组织）出国的学生，张先生就是 CUSBEA 的中方主席。学生纷纷要求去医院看望张先生，为了不影响张先生休息，派出了几名代表带着鲜花去看张先生，我陪他们到了张先生的病房，张先生非常高兴地与这些留学生代表交谈，一张照片记录了这一令人难忘的一刻。照片上的张先生笑容满面，使人很难想到他已是身患绝症的病人。

病中的先生给我们以沉静乐观的形象，然而，在他与疾病的漫长斗争中，以他坚强的毅力克服了无数难以忍受的苦痛。先生在病床上一躺下就是一年多，一年多的时间不但不能有片刻下床活动，连翻身都极其困难，这样漫长的病榻生活一般人是难以忍受的。为了与癌症斗争，他长期服用苦涩难咽的中药和西药。这些药物还严重地破坏了先生的食欲，使得先生连吃饭也要用意志力迫使自己执行。然而，先生就是这样默默地与一般人谈虎色变的癌症无言地搏斗着，在一般人可能不再抱有希望的时候，他以安详的心境与坚强的毅力一点一点争夺着体内被癌细胞侵占的阵地。终于，这位年近八十的老人创造了医学史上的一个奇迹，他让他的家人，朋友和学生得到了一份惊喜。1994年春天，先生居然从病床上走下来了。医生惊奇地发现，已转移的癌细胞竟然消失了，张先生成了人们谈论的抗癌英雄。从病床上走下来的张先生，又开始为恢复行走能力而斗争，长期的卧床，使他的肌肉萎缩，他便扶着家人给他特制的支架，一步步地练习行走，终于有一天，他独自一人从家里走到生物楼，出现在二楼他主持多年的实验室里，实验室的学生和老师们无不为之欢欣。张先生在与癌症斗争和为恢复健康而奋斗的四年中，他无时无刻不挂记实验室的工作，应张先生的要求，我作为兼职教授参加实验室的部分工作，我每次去见他，他首先询问的是实验室和研究生的情况，四年中他以极大的责任心，培养了他的最后一批博士生，彭浪、吴冠铭、张东裔、李新芳均顺利获得了博士学位，而且都经张先生推荐赴美进行博士后研究。后来张元凯告诉我，1995年先生病情复发后，颈部活动不便，但他对研究生的文稿仍逐字逐句、一丝不苟地修改，颈部剧烈疼痛使他额头上渗出滴滴汗水。

人们常说到一句中国的成语，叫作"鞠躬尽瘁，死而后已"。

张先生以他无言的行动诠释了这一句名言。他为国家的教育事业和科学事业勤奋耕耘直到生命的最后一刻。先生在病中的奋斗历程，是他作为一名教师给他的学生们上的最后的也是最令人难忘的一课。

张先生为我们留下了他的精神、风范以及他未竟的事业。我们每个人的一生不论是平凡还是伟大都会遇到一份历史的责任。张先生作为一名科学家，作为一名教育家，作为一名青年的导师，尽到了他的责任。我们对他老人家最好的纪念，是把他留给我们的工作，作为一种历史责任去完成，只要我们每一个人尽到自己的责任，我们的民族定会有希望。

张先生，您请安息吧！

（本文载于 1997 年《张龙翔教授纪念文集》）

高山仰止：祝贺潘文石教授八十华诞

在 2017 年春节即将到来的喜庆日子里，我们相聚广西崇左北京大学生物多样性研究基地庆祝潘文石教授八十华诞。

我非常幸运在半个多世纪（52 年）前成为潘文石老师的学生。潘老师是我到北大后的第一位老师。1965 年 9 月我考入北京大学生物学系时，编入动物生理及动物遗传专业 65 级班，当时称"动一班"，潘老师即任我们班的班主任。那时的潘老师英俊潇洒、青春焕发，标准的运动员身材（按现在的说法是典型的帅哥），讲一口很标准的普通话，言谈很有感染力。记得他第一次召集我们班同学开会，是在未名湖边的一个草坪上，那天晚上未名湖边秋风和煦、月明星稀，我感觉到一种初进北大的幸福的氛围，潘老师给我们讲起他随中国登山队到喜马拉雅山的故事，特别是潘老师出神入化地讲述"米翠儿"即喜马拉雅雪人的传说，我至今想起来，犹如昨日。

当时和潘老师在一起的很多镜头仍历历在目，记得有一次我们"动一班"召开学雷锋的班会，潘老师讲到在前一个周末，他花了大半天将动物研究室的所有工作服洗干净了，做了一件学雷锋的好事；记得我们一起到北京毛巾厂搞劳动，我们几位同学和潘老师在同一间房间里睡地铺，他和我们班一位也从广州来的同学李武波给我们讲广东话的趣闻；记得有一次举行师生篮球赛，潘老师是场上的明星，传球带球神勇，有一个记忆中的画面永远难忘，当时我在他面前伸开双臂阻挡他进攻，他做一个假动作分散我的注意，突然将球从我的双腿间反弹传给我身后的老师。

在我生命中第二段与潘文石老师的交集，是我本科毕业十年之后，我又回到北大上回炉班，后又攻读生物化学硕士、博士，前后有八年时间。在那一段时间，我经常到潘老师在蔚秀园的家中看电视。每次有重要的足球比赛，如中国队对科威特队和中国队对新西兰队的世界杯预赛等，我都到潘老师家看，常常在他家一待就1~2个小时，我和潘老师夫人戴老师是长沙老乡，在潘老师家我常和戴老师讲长沙话，在他家真有一种回家的感觉。

然而，对我更重要更难忘的经历是1983年秋天，我和潘老师一起到四川卧龙大熊猫基地，我们一起在山上停留三个多星期，潘老师带我第一次走近大熊猫。在此期间，潘老师教给我有关大熊猫的生物学、生态学及其进化分类学的启蒙知识。最后在潘老师的帮助下，我得到了大熊猫的血液和肌肉标本，使我能够在张龙翔先生指导下，完成我的博士论文《大熊猫乳酸脱氢酶氨基酸序列测定》，该论文后来获得北京大学王式仪化学奖。

潘文石老师是我的恩师，更是我人生的楷模。

潘文石老师是科学家中的行者，是研究与保护野生动物的行者，他的研究足迹遍布祖国的崇山峻岭、峡谷密林，他的科学研究既在实验室，更在大自然，大自然使他的研究广博而厚重，他在大自然中如鱼得水。

作为动物学家，野生动物不仅是他的研究对象，更是他的朋友，他发自内心的对野生动物的喜爱，使他成为野生动物特别是珍稀野生动物权益代言人和保护领军者。

潘文石老师是科学家中的行为艺术家，他背着肩包在崇山峻岭里跋涉探索的形象蕴含诗意，是真正的高大上。他以他富有个性的风格，迎接挑战的勇气以及数十年的坚忍不拔，诠释了怎样才是一位真正的动物学家。

潘老师是唯一的，他的贡献和科学风范将载入史册。

尊敬的潘老师，我为能有幸成为您的学生而感到骄傲。

我衷心地祝愿您健康长寿。当您九十岁生日时，那时我已有八十岁，如果我能像您今天一样健康，我将一定前来祝贺您九十华诞。

（注：潘文石教授是北京大学大熊猫及野生动物保护中心主任，北京大学崇左生物多样性研究基地主任。他在野生动物研究、保护与生态文明建设方面做出卓越贡献。1996 年获得由荷兰王子颁发的保护野生生物——诺亚方舟金奖。1999 年，因在野生动物保护研究工作中的突出成就而获世界野生生命基金会（WWF）颁发的最高奖：鲍尔·盖提（Paul Getty）奖。2010 年获"影响世界华人大奖"。）

一位美国教授的中国情结

——记波士顿大学教授，湖南师范大学名誉教授 R. A. Laursen

2009 年 10 月 29 - 30 日，波士顿大学举行了一场理查德·罗森报告会（Richard Laursen Symposium），以祝贺著名蛋白质化学家 R. A. Laursen 教授光荣退休。Laursen 教授在波士顿大学执教四十多年间他指导过的研究生、博士后和曾经共事过的朋友，从世界各地汇集波士顿大学，故友重逢，高朋满座，盛况空前。

R. A. Laursen 教授是固相蛋白质序列测定方法的创始人，在 20 世纪七八十年代几乎全世界蛋白质化学家都采用他的方法分析蛋白质化学结构。1987 我年慕名前往他的实验室做博士后时，他有三个研究课题：第一个课题是抗冻多肽的研究，针对北冰洋一种鱼类能在摄氏零度以下环境中生活，因其体内有一种抗冻多肽，阻止了体液结冰，他的实验室正在探索这种抗冻肽的结构与功能；第二个课题是研究一种能够牢固黏附在岩石和军舰上的海洋软体动物的黏附蛋白，因其可能开发一种高强度的黏接剂；第三个课题即蛋白质化学结构分析方法学研究，这是他实验室长期进行的探索工作，也是我后来在他实验室承担的课题。

我和 R. A. Laursen 教授的交往，二十多年里从未间断过，他的科学情怀，探索精神，他的诚挚待人，尤其是他对中国学子的友谊和帮助以及他对中国文化的热爱，不由得使我产生一种崇高的情感，驱使我将一些往事付诸笔端，以表达我对他的敬仰。

　　我至今清楚记得他办公室的情景，他的办公室在波士顿大学化学系四楼，正对着楼道，只要他在办公，他办公室的门就敞开着，随时准备研究生和博士后进去和他讨论问题，他办公室的隔壁是著名生物化学家 H. Kalckar 教授的办公室，H. Kalckar 教授是DNA 双螺旋结构发现者 J. Watson 的朋友，J. Watson 在他的"双螺旋"回忆录中多次提到 H. Kalckar 教授并附有他的照片。Laursen 教授给我的第一印象是一米八几的高个子，清瘦而精神，看上去显得很年轻，而实际上他当时已快五十岁了。我记得他与我首次谈话并非主要关于科学研究，他似乎对中国的事很有兴趣，他开始问的问题是关于北京大学的情况，中国的情况，以及我家乡湖南的地理位置和气候等，最后才给我介绍他实验室的工作，并给我几篇文献让我阅读，同时交代要我做的实验任务。他的实验室还给我的一个深刻印象是，当时他指导的 8 位博士研究生，有 5 位来自中国（若干年后，他实验室的研究生全部来自中国）。

　　我在他的实验室近三年的时间是我一生最愉快的一段经历，我不仅在蛋白质化学技术上得到很好的训练并进行了很有意义的探索，而且在重要杂志《Analytical Biochemistry》上发表了我的最早两篇国外 SCI 杂志学术论文，更让我庆幸的是结识了一位以后二十多年里对我热心指导和帮助的导师和真挚的朋友。

　　在波士顿时我和妻子经常到他在波士顿郊区 Newton 山坡上的家中做客。他的家是一栋带有地下室的两层楼木质结构的房子，他告诉我他的房子买来时并不大，现在的规模有一半是他自己动手扩建的。他带我参观他房子的地下室，那简直是一个加工车间，里面车、钳、刨、锯各种工具齐全。他的不寻常的动手能力也曾帮助他研制成功世界上第一台固相蛋白质测序仪。他和他的夫人Irane Laursen 非常好客，他们家也是当时我们实验室成员经常聚会的地方。我的父亲和母亲访问波士顿时，也被邀请到他家做客，Laursen 教授还专门开车带我的父母和他自己的父母一道游览了整整一天波士顿的历史名胜，一路上他还不断地热情讲解。

1990 年初，为了实践我对湖南师范大学张楚廷校长三年前的诺言，我决定回国工作，Laursen 教授很希望我继续留在他的实验室，但他了解我的决定后，表示一定支持我将来在中国的工作。当时学校为我回国从省政府争取到了 5 万美元的仪器设备费，Laursen 教授专程找到 Milligen 仪器公司的老总，这位老总是他以前的学生，帮助我用这 5 万美元以低于成本价购买了一台当时价值 12 万美元的带有全套 HPLC 仪的第二代固相蛋白质序列仪，这台仪器成为我回师大后建立蛋白质化学实验室的基础设备，为了保证我回国后这台仪器的正常使用，Lenrsen 教授又送了我一批高效液相色谱柱、一批仪器配件、耗材以及生物化学试剂。

1990 年我回国工作不久，在教育部支持下，R. A. Laursen 教授应邀第一次访问湖南师范大学，并主讲了三个星期的蛋白质化学核心技术讲座，来自全国各地四十余位青年教师和研究生聆听了他的讲座，其间他还在北京大学做了一次学术报告，并会见了我的博士导师北京大学原校长张龙翔教授。Laursen 教授第一次访问中国为期一个月，中国给他留下了美好的印象。有两件事值得一提。第一件事是他回国前，由湖南师大生物学系前系主任周青山教授和我陪同他参观张家界，他对张家界的山水赞不绝口。在攀登天子山的路上，他发现路边有一些扔弃的塑料水瓶和易拉罐，就一一捡起放在自己的提袋中，回到住处后扔进垃圾箱，并对导游说这么美丽的风景区应珍爱保护,应该在景区多设置一些垃圾箱。第二件事是离开中国前对我说，他回去要学中文，以便再次访问中国。他回去后果然请了一位家教帮助他学习中文，其后的二十年中，他又先后六次自费访问中国，有五次在湖南师范大学做了学术报告，他的足迹遍及广东、云南、西藏、四川、湖北、新疆、甘肃及浙江、上海、北京等地区。

在过去二十多年中，Laursen 教授对湖南师大的蛋白质化学研究给予了长期宝贵的帮助。蛋白质化学研究室建立初期，由于科研经费紧张，Laursen 教授多年都是无偿地为我们提供实验用品和生化试剂，我只要给他发一个传真或邮件，他都会用特快专递将我们需要的实验用品寄来长沙。1997 年他在美国得到一个消息，美国洛克菲勒大学中心实验室有一台完好的气相蛋白质序列仪，愿意无偿提供给一个非营利的研究机构，他便为我们争取到这次机会，并亲自从波士顿开车到纽约，将这台仪器通过海运到中国，包装和运费都是他本人资助的。1998 年他年过六十后，他的科研经费开始紧张，当我需要请他帮助在美国购买实验用品时，我都会将费用寄送给他，他仍每次都以最快的速度将我需要的物品购买寄来。就在我写这篇文章两个星期前，因我的一位博士生需要一种特殊的用于蛋白质组学研究的高效液相分离柱，在中国需要两个月才能得到，我把需要用电子邮件告诉他后，仅过了一个星期，就收到他寄来的这种色谱柱。在过去二十年中，我收到他寄来的特快专递包裹有近两百个，且从未丢失一件。唯一有一次一个包裹被卡在海关，因为他寄给我的合成多肽用的氨基酸单体是一种白色粉末，被怀疑为毒品在海关滞留了十余天。

他第一次访问湖南师范大学时，我曾带他参观了学校的美术学院，并参观了教师画展。他对美术系教师的绘画水平大加赞誉，并拍下了很多照片，回国后不久就用传真给我发来一些美术教师绘画的照片并委托我询问是否可以购买这些绘画收藏。我随即帮他与这些教师取得联系，在其后他来中国的几次访问中，他先后购买收藏了近三十幅我校美术学院教师钱德湘、李水成、杨志坚、曲湘建等老师的绘画作品，现在他家大小房间的墙上就挂着这些画，简直就像一个小型湖南师大教师绘画展室。尤其值得一提的是1994年他在波士顿多番奔走联络，募集经费，在波士顿中国文化中心为钱德湘教授举办了一次个人美术展览，这是湖南师大教师首次在美国举办个人绘画作品展览，并取得巨大成功，当地"波士顿环球报"还专门报道了这次画展。

1995年他从美国一份英文报纸上读到一个消息，上海已故著名画家刘海粟博物馆收藏的刘海粟的油画，出现龟裂、脱落，呼吁有关专家提出如何保护的建议。他对此很关注，以他的有机化学和生物化学家的眼光，他认为这是一个有机高分子颜料降解的问题，要解决这个问题首先要得知这种油画颜料的成分。他写信给我，请我与刘海粟博物馆联络，希望取得一些油画上脱落下的碎片，以便进行分析。我专程到上海找到刘海粟博物馆的负责人，说明来意，呈送 Laursen 教授的信件，博物馆负责人对 Laursen 教授的自愿帮助非常赞许，并欣然提供了油画脱落碎片标本。Laursen 教授得到后，在波士顿大学做了一系列分析，得出该油画颜料的主要成分，将实验报告送给了刘海粟博物馆，并提出一些保护油画的建议。此事还促成 Laursen 教授增加了一个研究课题，即研究中国古代颜料和染料的成分。他的最后一个博士生张旋的研究题目就是古代中国绘画的颜料成分，Laursen 教授亲自带张旋到甘肃敦煌访问和收集标本。有一次他为了证明中国古代的黄色颜料是否来自一种叫黄藤的中国植物，写信要我帮他取得样品，为此我和谢锦云教授多方寻找，后来谢锦云老师在广东找到了这种叫黄藤的植物并寄给他。

在 Laursen 教授的影响下，他的女儿 Sarah Laursen 对中国和中国文化也产生了相当大的兴趣，她目前在费城的宾西凡尼亚大学攻读博士学位，专业是东亚艺术史（Art History of East Asia），她的博士论文题目就是"中国北方金首饰艺术史研究"。Sarah 从1998 年陪同父亲第一次访问中国以来，先后六次来中国，曾在南京大学、浙江大学进修学习过，足迹遍及中国的几乎所有省会城市，并能讲一口流利的中文。

Laursen 教授阅读了很多关于中国历史和文化的书，每次参观中国的一处名胜，他都要事先了解其历史和相关知识，1998 年我陪他和他女儿访问西藏拉萨，当时一位名叫白玛的藏族姑娘做我们的导游，参观布达拉宫时，Laursen 教授多次纠正白玛关于布达拉宫一些文物历史来源的讲解，白玛后来对我说，这位美国教授简直是研究布达拉宫的专家。

1998 年，他第四次访问湖南师范大学时，张楚延校长举行仪式，授予他"湖南师范大学名誉教授"的称号。至今"湖南师范大学名誉教授"的证书还悬挂在他办公室的墙上，旁边挂着的是我校著名画家聂南溪教授的国画，这是 Laursen 教授 1990 年第一次访问湖南师范大学时学校赠送给他的。2002 年湖南师范大学研究生处为了提高博士研究生的英语水平，决定聘请两位外籍英语教师为博士生主讲听说和写作，由于经费有限（只能提供往返交通费和生活费）而任课时间又只有半年，计划聘请外籍学语言或教育的研究生志愿者来授课，于是我请 Laursen 教授帮忙。他十分认真地对待此事，他在波士顿大学和他夫人工作的卫斯理女子学院（克林顿夫人希拉里、宋美龄等就读过的著名学院）的网站上发布了湖南师范大学招聘短期外语教师志愿者的消息，结果应聘者有八人。Laursen 教授经过对这些应聘者逐一面试，最后推荐了两位他认为的优秀者给湖南师范大学，这就是后来踏上首次来华旅途并任教湖南师范大学的 M.Tritter 和 S.Tate 女士。她们对承担的博士研究生外语教学任务十分认真负责，取得很好效果，得到博士研究生的一致好评。

这些年我几乎每两年访问一次波士顿，出席在那里举行的两年一度的蛋白质学会国际学术会（Protein Society Symposium），每次都是 Laursen 教授开车来机场接我，并安排我住在他家中，我的女儿和儿子出国留学期间访问波士顿时都是他接送并安排住在他家中，他的家也成了我在波士顿的家。我常常对我的家人说，我这一辈子遇到过几件较为幸运的事，其中一件就是今生能结识 Laursen 教授这样一位美国朋友。与 Laursen 教授交往二十多年中，他以他的行动告诉我怎样做学问，怎样对待人与人之间的友谊，怎样为他人着想，怎样使生活丰富多彩。他是一个真正实事求是的人，似乎从来不知虚名为何物，他一直在追求他自己认为有价值的目标，带有某种激情然而又踏实地做他自己感兴趣的事情。

衷心祝愿我的朋友，我的老师 R. A. Laursen 教授健康长寿。

（本文载于 2009 年 10 月《湖南师大报》）

《生命科学研究》发刊词

人类即将跨入 21 世纪。

如果说"21 世纪是生命科学的世纪"这句话以前还是一个缥缈的预言，那么今年——1997 年，以震撼全社会的克隆羊"多利"的诞生为代表的一系列生命科学上的重大突破，已经使人们真切地感觉到了生命科学世纪匆匆到来的脚步。生命科学研究将是人类下一个世纪的主要实践活动。生命科学研究的成果将会改变人类文明的面貌。

就是在这样一个临近世纪之交的时刻，《生命科学研究》杂志悄然诞生了，在"惟楚有材，于斯为盛"的岳麓山下绽开了她的第一片新叶。毋庸置疑，与众多早已蜚声中华甚至名传海外的高水平学术杂志相比，《生命科学研究》杂志今天还只是一棵谦卑的小草，而且或许在相当长的时间内将并不引人注目。但这丝毫不影响她与众多著名杂志有同样的"促进学术交流""服务科研、教育界"的宗旨，也丝毫不影响她同样遵循"实事求是、科学严谨"的办刊方针。

科学发展的规律，注定要求研究者们把他们探索自然的成果最终公布于众，而学术繁荣的一个首要条件便是百家争鸣。发表，不仅是每一个科学研究者必须具有的意识，也是学术上明辨是非，发现真理，积累人类知识财富的必由之路。《生命科学研究》杂志将为所有在生命科学的基础与应用基础领域的研究者提供一个发表的窗口。然而，发表是圣洁的，正如科学研究本身是圣洁的一样。我们《生命科学研究》的编审与工作人员也将以圣洁的心灵对待每一篇来稿。

由于地缘之故，《生命科学研究》的很多论文将来自"湘军"。湖南在面积和人口上大致与英国相等，而湘江的长度和流量也与欧洲腹地的莱茵河相当。但湖南的生命科学相关杂志无论数量和影响度与以上两地远远不可相比，这是由于我们在生命科学研究的规模和水平相差太远之故。随着我们民族的伟大复兴，未来的世纪里我们中国人，包括我们"湘军"注定将在生命科学研究中有一番作为。然而，不积跬步，无以至千里，我们不能仅仅寄希望于未来和我们的后人，我们有责任从现在起就开始一步一步地行动，以促进和繁荣我们湖南乃至全国的生命科学研究。这正是所有为促成本杂志的问世而奔走辛劳的同仁以及目前全体编审人员努力奋斗的动力和心愿。

作为生命科学学术期刊之林的一名新的普通成员，《生命科学研究》开始了她的历程，她将记录下众多湖南和全国生命科学研究者艰辛攀登的足迹，她也将作为湖南和我国生命科学不断发展和走向繁荣的见证。"待到山花烂漫时，她在丛中笑"，我们期待着这一天的到来。

（本文载于 1997 年 10 月《生命科学研究》第一期）

在生命科学学院成立大会上的讲话

尊敬的陈湘生书记，罗维治校长，尊敬的刘筠院士，尹长明教授，在座的各位老师们，同学代表们：

盼望已久的湖南师范大学生命科学学院在学校的关怀下今天成立了！

我们原生物学系，现在的生命科学学院的老师们和部分同学在这里举行这个简单而隆重的庆祝会，我想至少有两层含义，第一，它表示面对即将到来的21世纪，我们湖南师范大学的生命科学人为我们未来的发展作出了一个新的规划，如同一次出征前部队的整编集结，面对国内外称之为生命科学世纪的到来，我们要向一个更高的目标整装待发。

我想今天大会的第二个含义是，它表明经过几十年、数代人的努力，我们湖南师范大学生命科学学科，已跃上了一个有希望取得一次更大发展的台阶。我们教学和科研的规模和水平，已经具备了建立一个现代生命科学学院的基础。

在人才培养上，我们已培养出众多的像夏家辉教授、刘明耀博士这样的一流科学家；在科学研究上也取得了很多同行瞩目的研究成果，如湘云鲫、鲤的研发、杂交水稻理论与实践、苎麻酶法脱胶技术、蜘蛛分类与生态学、食用真菌的开发、有毒蘑菇研究、蜘蛛毒素与蛋白质化学技术研究等，都处在国内领先或达到世界先进水平。我们已获得包括（863）项目、国家自然科学基金项目在内的众多国家级科研项目。在学术队伍上我们已有中国工程院院士，国家级有突出贡献专家，多位博士生导师，以及十几位正教授。我们在这样一个基础上成立生命科学学院，既是面向未来的，也是实事求是的。

说到这里，我们不会忘记过去几十年为奠定今天的基础而做出过贡献的所有前辈。在座的有很多位是为这一事业辛勤工作几十年的老教师、老职工。有多位是和董爽秋先生一起创建湖南师范大学生物学系的老教授。前人种树，后人乘凉，我在这里所说的"乘凉"，就是我们在享用前辈建立的来之不易的教学与科研的基础与条件。我想我们这一届学院的领导，包括两办和5个系的负责人，要为下一个世纪我们湖南师范大学生命科学开始建立一个有更大发展的框架和基础，我们这些50来岁的人，要为现在40、30、20来岁的年轻人当好铺路石。

老师们，同学们，今天离世纪之交，离人类的下一个一千年还有不到300天，摆在我们新成立的生命科学学院前面的是任重道远，尽管我们有前面提到的成绩，但我们心里都明白，我们离国内一流的生命科学学院差距是很大的。而我们这样一个地方师范大学的生命科学学院求得发展也是艰难的。在这样一个生命科学飞速发展的时代，在这样一个竞争激烈的时代，我们不能有丝毫的懈怠。我以为，以下四个方面是我们本届学院领导和我们老师们需要重点关注的工作。

第一个要关注的是学院的学术水平和学术地位的发展提升。

学院，学院，学术研究的圣洁之院。对一个学院而言，所谓求发展就是求学术水平的发展。现在国内衡量一个学院的学术水平，已有一些公认的客观指标，如国内有影响的高端人才队伍，国家级重要科研项目的数目，国际SCI论文的水平和数目，国家专利的水平和数目，科研奖励的水平和数目，学位点特别是博士点的数目。

我以为上述最后一点，即获得博士授予权是我们学院目前特别迫切的任务，而要得到博士点，又是与前面的几个因素相关的。目前我们学院有动物学、植物学、微生物学、生物化学和分子生物学4个硕士点。但没有博士点对我们学院的发展制约是很大的，虽然我们已有好几位博士生导师，但我们只能为别的学校培养博士生，不能培养湖南师范大学的博士生，发表论文的第一单位都是别的学校。没有自己的博士生，也影响我们开展更深入的更高水平的学术研究。因此，冲击博士点，也是实现学校理科博士点的突破，是我们学院今后几年的首要具体目标。

为了实现这个目标，希望全院的老师们给予支持和付出努力，我希望我们学院的5个系，每个系能一年发表至少两篇国际 SCI 论文，这样全院有 10 篇以上的 SCI 论文（北大生命科学学院去年，1998 年，共发表 31 篇 SCI 论文），我们还要力争获得更多的科研项目，特别是国家级项目。为了实现这个目标，我们还要争取在学校的支持下，从国内外引进几位高水平学者，提升我们的学术队伍。

第二个要关注的是学院的教学工作。

我们学院和各个系的老师一定要认识，教学工作是我们学院存在的首要任务，说是我们的生命线也不为过。我们要对得起选择报考我们生命科学学院的本科同学。教学水平高，是我们生物学系创建以来的优势和传统，我们的前辈为此建立了很好的基础，经过几十年建立的我们的动物和植物标本馆是全国少有的，据我所知，要远远超过北大生命科学学院的动植物标本数。这是很好的教学资源，我们要发扬光大，更要使我们的本科生教学水平上一个新的台阶。按照学校的要求，我们不仅要关注教学结果的质量管理，更要抓教学过程的质量管理。教学过程就是教学的各个环节，我们学院班子这次请获得全校教学优秀奖的颜亨梅老师负责教学工作，他本人在教学上那么优秀，相信他一定能够做好学院的教学管理工作。

我们同时要关注教学结果的质量，也就是我们本科毕业生的质量。从长远来说，是要培养更多为社会做出贡献的人才，如优秀教师、科学家、创业者。从近期而言，有更多的本科生考上研究生是我们的一个努力方向，而且是一个具体的可以看到结果的努力方向。我们近年本科毕业生考上研究生的比例接近20%，约为五分之一，今后几年我们要努力使这个比例达到30%，40% 甚至 50%。很多老师都体会到，立志考研的本科生学习都更主动、更努力，与老师的教学互动也更多，很少有玩电游、旷课等不良行为。我们要使更多的本科生从入学始就立下考研的志愿。

我有一个尚不成熟的想法，就是本科新生入学时，我们每个系的系主任去给他们介绍本系的老师们的研究课题，包括目标、方法和意义。对那些对某一课题感兴趣的本科生，可以由学院参与，在得到老师面试认可的前提下，与某位老师建立联系，相当于某种本科生的导师制，这些本科生周末和业余时间可以到这位老师的实验室，与研究生交流，参加某些实验。这样可以提升他们考研的志向和兴趣。成功考上研究生的比例高在一定程度上反映了我们本科教学水平，同时也减轻我们学院本科毕业生的就业压力。

第三个方面要关注的是科技应用开发的工作。

这一工作既能使科研成果服务于社会，产生经济效益，也能增强学院自己的造血功能，同时也关系提升全院职工的福利。去年李岚清副总理在全国高校科技工作会议上，关于科技转化为生产力举了两个例子：一个是北京大学的北大方正；一个就是湖南师范大学的工程鲫。北大方正是中国高校科技开发的一面旗帜，其创立者王选院士被评为北京市第一号知识英雄，知识经济时代的英雄。北大方正一年产出达 60 多亿，每年给北大贡献 3000 万，还出了十几个年收入超百万的百万富翁。我们刘筠院士也是知识英雄，我们学院要努力配合学校，把湘云集团公司办起来，发展起来。我们院里希望鱼类研究室先出几个年收入十万以上的十万富翁。

当然，全院 5 个系的主任和老师们都要将成果转化工作放在心上，列入议事日程。我们已有一些很有希望的项目，比如优质水稻新品种，食用真菌品种，高效微生物农药，鹅膏菌毒素产品，蜘蛛多肽毒素的开发等。

第四方面学院要努力的工作是争取学校的支持，改善学院的教学科研条件。

今年要抓好几个基础教学实验室的评估工作，增添一些必要的实验设备。我们还要配合学校校园网的建设，建好学院和各个系的终端。学院和各个系共同努力，今年要启动每个系的多媒体教学，初步计划要求每位老师的教学中，至少有一堂课是用电脑多媒体进行的，学院要增添一定的屏幕投影设备。

老师们，同学们，我们新成立的生命科学学院是有希望的，但我们面临的发展任务也是很艰巨的。发展是硬道理，为此我们全院上下要共同努力，这也是我们的使命。我们要让 1999 年 3 月 1 日这个湖南师范大学生命科学学院成立的日子成为我们学校生命科学发展史上一个真正有意义的日子，值得纪念的日子。

谢谢大家！

（1999 年 3 月 1 日）

登攀桥赤子亭记

公元 2000 年 10 月，湖南师范大学生命科学学院新科研大楼落成。大楼耸立于义山岗上，庄重巍峨，雄视麓山湘水。此时上距公元 1988 年生物所科研楼建成为时十三年，上距公元 1960 年原生物系师生勤工俭学所建教学楼为时四十年。举凡四十年间，经数代人之努力，昔日荒山今日已成楼宇林立之科学殿堂，欣逢学院荣获国家双博士点嘉庆，倍感国家发展，科教腾兴之盛。

大楼既成，于是兴建桥亭以连接新老科研楼。桥亭清秀典雅，经院同仁磋商，分别命名为"登攀桥"与"赤子亭"。登攀桥者，取毛主席词"世上无难事，只要肯登攀"意也。从生物所大楼地面至新楼楼顶，垂高五十米，拾级整二百阶经桥亭方可至顶。可比科学无坦途，唯不断进取，步步攀登方可达光辉顶点。

亭名赤子，寓意有三。老子曰："含德之厚，比于赤子"，又曰"专气至柔，能婴儿乎？"孟子亦曰："大人者，不失其赤子之心者也。"此先贤古训，哲理深远，后人深思明义，定获益无穷，此其寓意一也；念我莘莘学子，日后为人师表，当做人坦荡，真诚正直，如纯真孩童，处事自然，发自内心，胸无城府，一腔热情，不染乖张虚伪，无有冷漠自私，逐利追名。故唯怀赤子之心方可为人师表，此其寓意二也。昔大学者牛顿，曾自比为海边拾贝之孩童。纵观天下有发明创造者，皆因有对自然好奇之童心而终能登堂科学。为解自然之奥秘，辗转思之，上下求之，甘处艰苦寂寞，不悔衣带渐宽，不随俗念，不务虚名，使其然者，谓有科学家之赤子之心也，此赤子亭寓意三矣。

今楼桥亭皆成，相映为校园一景。工程由长沙民用建筑设计公司设计，湖南教育建筑公司承建。其间，前有张楚廷校长步量选址，后有杨正午省长现场拍板拨款，至于为之奔走呼吁者，出谋划策者，热情建议者，挥汗出力者，难以数计。时逢世纪之交，改革开放，百业腾兴，科教发展，前所未有，生命科学亦如日中天，实乃我辈学人耕耘奉献之良辰矣！乘兴登楼，迎风远望，湘水若带，麓山如屏，感而为歌，摘为铭文。铭曰：麓山苍苍，湘水泱泱，生命奥秘，永思难忘，生命科学，山高水长。

（2000 年 10 月 20 日载于《湖南师大报》）

关于学位论文实验

——与新入学生物化学研究生的开学笔谈

几乎所有的生物化学与分子生物学的学位论文都是以实验为基础和核心内容的。人对外部世界的正确认识根本上来自实践。对于自然科学来说，这种实践就是观察和实验。所有的科学知识和理论都来源于观察和实验，这一点在生物化学和分子生物学的发展上体现得尤为典型。可以说，几乎生物化学与分子生物学教科书上的每一句结论，都毫无例外的有一个科学实验作为背景和依据。而生物化学与分子生物学领域的每一项探索，几乎都是通过动手实验而得以进行并最终取得成功的，从这点上看，生物化学与分子生物学的研究生应当明确动手做实验是获得学位的必由之路，应当特别关注动手能力的培养与实验技能的学习。

一、珍惜动手做科学研究实验的机会：人生能有几回

研究生即将从事的科学研究实验与本科学习阶段实验课指导老师给学员开出的实验课有很大的区别。实验课老师选择那些已为前人多次验证过，而且能很好地揭示某一生物化学与分子生物学原理的实验让学生亲自实践，通常只要遵循正确的操作过程，一般都会得到明确的结果。这与真正科学实验中要不断探索方法而又经常出现失败的情况是不同的。即将开展的论文实验，是必须在某一个层面带有创新性的（无创新性将得不到学位），肯定有某些或某一方面是前人未做过的。因此，对于其中的很多实验方法，

导师和师兄、师姐可以为你指导，但更多时候，要靠你自己去探索，要靠你自己动手解决"船"和"桥"的问题来达到彼岸。

导师领你进入的这个领域，通常是一个有某种研究价值并经过多年探索的领域，是老师和在你之前的研究生付出了多年的努力开拓出一块可耕耘的"土地"，这并非易事。同时科学研究作为社会分工的上层建筑，要消耗大量的资金，要有很多的基础设施包括现代化的实验室，昂贵的仪器设备，以及国家的各种渠道提供的研究经费等。而这一切是以社会很多其他人做出的贡献与付出的劳动为基础的，因此，有机会从事探索性的科学研究对你来说是一种"人生之幸"，在同龄人中，得到这种机会的有幸者只占千分之几。人生会有几个三或六年，你这一生又能有几次做探索性科学实验的机会呢？

另一个方面，科学实验不是一种个人的随意活动，进行科学实验不依规矩则不成方圆。前人为更有效地进行科学实验总结了很多原则、规定、程序、统一的标准以及统一的实验术语，有些适合于所有自然科学实验，有些则是专为生物化学和分子生物学实验所设定的，对这些的了解和掌握，都是今后你在科学探索上登堂入室所必备的基本功。比如实验室安全规则，实验中度量衡单位的确定，最基本仪器的使用规则，生化试剂的保存要求，放射性药物的处置，实验室资料的处理，实验原始记录的书写，实验结果的统计学分析，书写实事求是，清晰规范的实验报告等。以上这些，对于未来从事生物化学与分子生物学科学实验是非常重要的，而研究生只有到实验室并亲自动手实践，才能对其了解掌握并长久保存在记忆中。这些对你将来在研究所、学校或者生物产业公司中求职和工作是非常重要的知识与素质背景。

二、万事起头难，如何上路

1.熟悉你的新环境，了解实验室已经做过与正在做的研究，了解你的老师和同学。

尽管你在报考该实验室时可能对导师及实验室有所了解，但今天既已成为其中一员，为了今后的学位论文，你应对此有更系统的了解，最好的方法是阅读本实验室近年发表的所有论文，或者认真借阅已毕业研究生的学位论文；与老师以及高年级师兄师姐们交谈，也是了解你未来工作的实验室很好的途径；认真参加研究室定期举行的内部学术交流会是了解今后研究领域的很有价值的机会。

2.了解实验室的公用实验台面和设施。

实验室内有很多公用的实验台面和常规仪器，如酸度计、天平、双蒸水纯水器、分光光度计、色谱仪、试剂柜台、冰箱、冷冻干燥器等，要很虚心地请教老师或师兄姐如何使用，要十分小心对待这些公用设施，使它们处于有效的工作状态，保持公用台面的整洁，这不仅对大家而且对你自己今后的工作都有好处。对于实验室的大型仪器设备，你开始需有一种敬畏的态度，切不可自作聪明贸然动手，将来在老师或高年级同学指导下，根据你研究工作的需要，你会有驾驭它们的一天。

3.关于你自己的书桌和实验台面。

实验室会分配给你一个书桌同时根据需要可能分配你一个固定的属于你自己的实验台面，从某种意义上说这是你在实验室的"家""种植园"或"领地"，维持它的有序、整洁，安放必要的书籍、笔记本、实验用具对你的学习和工作是有帮助的。根据研究室的条件，研究室可能会配备一台电脑供你使用（或与别人合用），这是你今后三年最重要的学习和研究工具，你必须靠自学去掌握本研究室常用的各种研究工具软件，同时熟悉科研信息搜寻、实验数据处理、文字图形处理、多媒体课件制作等技能，若非如此，你很难成为一名有竞争力的研究生。

三、做什么实验，什么时候自己开始做实验

由于各人经历和基础不同，进入实验室的研究生什么时候动手做实验，做什么实验也会不相同。但首先都是从学习开始，除了你应从本研究室发表的论文上了解实验室的主要实验手段和相关理论之外，研究室的老师和高年级研究生会指导你一些常规的仪器设备的使用，或者会通过完成一些阶段性的实验任务让你有学习实验技能的机会。但你必须记住，像本科实验课那样老师手把手教你做实验的机会不会很多，无论是理论学习还是实验技能，作为研究生应充分发挥你自己的自学能力，通过观察别人操作，认真阅读说明书和参考文献，以及亲自实验来学会某种实验技能是研究生学习的主要形式。

实验室和导师通过激烈竞争获得的课题和研究经费来之不易，一个研究室是通过完成科研课题来生存和发展的，每一个课题可能分解成很多具体的科研任务。一些科研任务可能是由一个或多个具体实验组成，导师对刚进来的研究生有时不会马上确定其学位论文实验的内容，但却会让其承担一些实验室需要的实验任务，而这正是你通过实践学习技能的最好的机会。

无论研究室让你从事什么样的实验任务或者跟随其他高年级研究生做的哪一个实验，你都应当自己心里要明白为什么要做这样的实验，其具体目的和意义何在，实验方法的原理和关键在哪里？为此你必须先花上一段时间阅读相关的文献与实验方法工具书。在此前提下，尽早动手做起来，不要等一切工作别人都给你准备好之后才动手或一切问题都解决后才动手。只有动起手来，你才会进入角色，学习才会有具体目标和针对性，你才会知道真正在实验中要解决什么，需要什么？一句话，在实验室不要等待。探索性的实验研究有时就是"草鞋没样，边打边像"。

也许半年，也许一年，在你对实验室和实验室对你的相互了解中，导师将确定你的学位论文课题方向，导师确定你做这个方向的课题通常主要取决于课题任务的需要和探索的科学价值，也会依据他对你某种能力的了解。任何学位论文课题不是从导师头脑中凭空生成的，它归根结底是来自实践，尤其是导师本人和研究室其他老师与比你高年级的研究生的实践，以及目前研究室的研究条件乃至研究经费的情况。然而肯定的一点是，你将要做的研究实验是探索性的，带有创新性的，或者是新的材料或者是新的方法，或者是利用原有材料和原有方法发现新的成分或者新的规律。总之，总有一个方面是前人未做过的。导师的责任是把你带向一个有潜在矿源的矿区去挖掘，并向你提供挖掘的主要手段和条件，但今后的成败主要靠你自己。

在明确了任务并开始动手做之前还有一件十分重要而必不可少的事，就是文献调研。你必须尽可能全面地了解在该领域国内外同行们已做了什么，正在做什么，是怎么做的，尚有什么问题未解决，还存在何种挑战。最好将文献调研的结果写成一篇综述，而且尽可能将其发表。曾有学术前辈把这一过程描述为进入学术研究的第一个境界："昨夜西风凋碧树，独上高楼，望尽天涯路。"只有走过这一境界，你学位论文的选题才可能是真正有学术价值的，才可能避免低水平重复。学位论文实验的具体内容并非完全取决于导师或导师最初的预计，随着你对这一领域的逐渐深入和实验进展中的新的有价值的苗头的出现，以及你在不断跟踪和研究近期国内外该领域最新文献时所产生的体会和灵感。你应当提出自已的建议并和导师商量。很可能你的建议和研究目标的调整会大大提高你学位论文的价值。

一旦基本明确了方向和目标，那你就尽快动手，还是那句话，不要等待，让探索的轮子尽快转动起来，一切都开始于行动！

四、实验室里的"智商"与"情商"

进入实验室的研究生都是二十多岁的成熟的青年人，在这样的年龄阶段，人与人之间的智商（IQ）差别，在大多数情况下表现出来的智商差别都并不显著，从很多导师的经验和许多研究生以后发展结果来看，能否成为一名优秀的研究生更重要地是取决于其情商（EQ），也就是取决于这位年轻人控制自己情绪的能力，以及意志品质、执着精神与豁达开朗、积极向上的性格；尊重他人，能吃亏让人，善于与人相处的能力，与别人交流的能力，团队精神，区分大事或小事能力，不为周围物质环境诱惑影响的素质等等。人与人的基因 DNA 序列的 99.9% 以上是相同的，人与人之间遗传因素的差别比一般人想象的要小得多，如果说智商可能主要取决于先天的因素，那么情商主要取决于教育和自我修养的结果。作为一名研究生学会做学问很重要，学会做人更重要，因为只有先做人才能做好事。古往今来有成就者、大学问家、大科学家、大实业家，他们的成功首要的一条就是坦诚做人，堂堂正正，光明磊落。作为一位研究生努力坦诚做人也是实验室里的重要一课，而且是受益终身的一课。

对于探索自然科学的人来说，最重要的品质是追求真理，做真的实验，出真的结果，写真的论文。科学实验、学术研究应当是一种清雅纯正的境界，要有纯真孩童的赤子之心，动力来自对大自然的热爱，对大自然奥秘的迷恋。淡泊名利、甘为清苦、耐得寂寞，只受自己内心的精神和心灵地驱使，不为周围环境和浮躁之风所染，潜心做好实验和科研。这些说来容易做来难，然而，当社会上很多人在市场经济的左右下为金钱和虚荣而喜怒哀乐时，你会从探索自然中得到别人不可能得到的快乐。

对于今天的科学研究来说，团队精神是十分重要的，你进入到这个实验室，它不是一个私人作坊，它是一个集体、一个团队，高水平的实验室才可能产生高水平的研究论文，只有团队的成功才可能有你个人论文的成功，你帮助实验室，实验室也会帮助你，你乐于助人，会有更多的人乐于助你，你应当明白要完成一篇好的学位论文一定需要很多其他人帮助，如果进入实验室后你以个人为中心，大小事不愿出力，事事计较个人利益，那么，你遇到困难、麻烦，不会有人帮你，你绝不会有好心情。一句话，实验室是一个大家庭，你要把自己融入在其中，让所有的人——教师和同学想到你的存在对实验室和大家是一种价值。

五、实验过程中的一些建议

1.每做一个实验，要随时想到我今天的结果可能会写在论文中发表，"发表意识"促使你对数据高标准要求。

2.随时问自己，我今天为什么要做这个实验。不做无目的的实验。

3.用好实验记录本，尽可能记录详细，记录本是你最重要的工具，一旦动手做，就要记笔记。

4.经常上网查找你所在领域的研究进展，充分掌握信息和文献。信息和文献如同你本人的勤奋和天赋一样决定你学位论文的水平。

5.认真参加每次研究室的内部学术会议，记录下别人的心得体会或者教训，研究室会议是你学习的主要课堂。

6.在实验室里不要吝啬你自己的汗水，尽量为实验室和集体承担一些公益性任务，要能吃亏让人，乐于助人，这样做是会有回报的，尽管你不一定期望有回报。

7. 像尊敬你的导师一样，尊敬实验室内的每一个人，包括所有老师、实验员、工人以及每一位师兄弟、师姐妹，任何人都可能会在某一个关键时刻帮到你。

8. 做一个有心、有自主意识的研究者，在实验室的每一天，你都应当是自己内心驱使的探索者。

9. 做一个客观的实验结果的审判者，不要先入为主将实验结果套合你心目中预期的结果，是什么结果就是什么结果，先有数据，后有结果，最后才有结论。

10. 任何实验要有对照，任何重要结果必须有重复。

11. 先把即将要进行的实验程序写下来或打印下来，把进行中发现的现象和新情况记在空白处。

12. 当仪器状态很好时，加班加点、通宵达旦也要把应当取得的数据得到，因为仪器是经常会出问题的。要有"一万年太久，只争朝夕"的精神。机遇通常只给捷足先登的人。

13. 当实验失败时：①检查操作程序是否正确（是否有遗漏）；②检查试剂配制是否正确，水和试剂质量是否有问题；③检查仪器是否正常，然后再次重复实验。

14. 不要轻易放弃一个实验，特别是应当做的努力和尝试未完成时。

15. 不要相信自己的记忆力。要记下那些所有与实验相关的东西，有时候因为一个样品或一个试剂未及时写标签会造成宝贵的时间、精力和资金的浪费。

（本文载于 2005 年 9 月《湖南师大报》）

美国德州大学安德森癌症中心参观记

2017 年 6 月 21 日，在出席世界生物技术大会（BIO-2017）之后，我们陪同北大未名生物技术集团多位领导与专家一行，经中国驻休斯顿总领事馆李强民总领事的联系，参观了世界著名的安德森癌症中心（MD Anderson Cancer Center）.

出于对这次访问的重视，我们比约定时间提前十分钟来到安德森癌症中心的行政楼前。当日风清气爽，晴空万里，大楼前的花园树暗花明，精致优雅，正当我们抓紧时间在花园里拍照留影时，中心负责接待我们的一位年轻女士迎接了我们，将我们带到了大楼的一间会议室。很快，安德森癌症中心的副院长，也是负责对外学术交流联络的 O. Bogler 教授和他的助手来到会议室，相互问候和交换片之后，O. Bogler 教授用一个 PPT 简要介绍了安德森癌症中心的情况，其后潘爱华董事长也用一个精美的视频介绍了北大未名生物技术集团的情况和在生物医疗产业方面的发展计划，随后，双方作了热烈的讨论和交流。

德州大学安德森癌症中心创建于 1941 年，是集合肿瘤临床诊断、综合治疗及基础医学研究于一体的大型专科医院。全院共有20000 多名员工，其中近 2000 名医生，床位六百余张，该中心有三十几栋大楼，总面积有 160 万平方米，对 12 种常见多发的癌症，如消化道癌、肺癌、骨组织癌、前列腺癌各有其专门的大楼。安德森癌症中心是公认的全球最好的肿瘤医院。在过去的 12 年里，有 10 年安德森癌症中心被美国新闻与世界报道评为癌症治疗和科研领域全美第一,并且连续 7 年在美国癌症研究医院评比中排名第一。该院在肺癌、前列腺癌、卵巢癌、头颈部癌、肠癌、胰腺癌、黑色素瘤等治疗领域处于全球领先地位,大部分癌症的 5 年生存率能达到 80% 以上。每年收治着来自世界各地的近十万多名患者,日门诊量 1800 人次,其中不乏各国政要和富商,包括阿拉伯联合酋长国总统哈利法·扎耶德。为了感谢成功治愈,哈利法·扎耶德在 2011 年向安德森癌症中心捐款 1.5 亿美元。

我们一行在与安德森癌症中心领导交流之后,由中心的合作项目指导,来自台湾的刘教授(Prof. T J Liu)带领我们参观了安德森癌症中心,沿途他交替用中文或英文给我们作了介绍。近两个小时的参观,在以下几个方面给我留下了非常深刻的印象。

首先,该医院在对癌症病人的人文和心理关怀上考虑得非常仔细周到,为了让癌症患者与普通人有平等的感觉,尽量让癌症病人减轻压力,即使住院的病人也不穿如国内医院的条形服,而是穿自己喜欢的衣服。医院内有多处室内花园,可以看到很多病人就在花园里的长椅上打吊针。医院里没有病人的专门餐厅,病人和医生都在同一餐厅就餐,而且所有餐厅都很精致美观,花木繁茂,与一些旅游景点的餐厅没有区别。医院只要求不能行动必须住院的病人住在医院里,很多病人每日治疗后即可回家或回到居住的酒店。医院里还设有一个专门的教堂,供病人与家属祈福以及在愿望树上留下自己的心愿。

另外,医院的医生对每一个病人,无论其地位高低,不管是名人或普通百姓,都按相同的程序认真负责地对待。每一个病人都是 VIP,负责每一个病人的不是一个医生而是由几名医生组成的一个医疗小组,每一个住院病人都是条件很好的单人病房。所有的病人都需要经过预约，预约时要求病人提供详细的信息包括前期的化验数据，病人未来之前医生就对其进行了解，初诊时会与病人详细交谈，了解病人包括生活习惯、个人爱好等细节，时间通常会有一小时到数小时。安德森癌症中心的最大特点就是专业性很强且条理分明，这里包括护士在内的每一位工作人员都会用很职业的态度对待每一位病患。他们非常尊重这项职业，医生的职业道德和责任心都是非常高的。

作为世界顶级癌症医院，安德森癌症中心把癌症相关的科研放在十分重要的位置，每年投入上亿美元的资金在世界范围聘请科学家，目前相关基础研究的 PI（专职科研课题组长）就有 100余名。2005 年中心开始创建"雷德和查莱·麦克康布斯癌症早期检测和治疗研究所"，致力于癌症的基因组学、蛋白质组学、筛查、影像诊断和药物开发等相关研究。安德森癌症中心已经启动了一项雄心勃勃的综合行动计划，称为癌症"登月计划"，这项"登月"计划的目标是在未来 10 年内，通过由专注特定癌症的研究人员和临床医生组成的大型团队的攻关，对几个常见癌症迅速和显著降低死亡率并缓解患者的痛苦，实现技术上的巨大的飞跃。这些癌症包括急性骨髓性白血病、慢性淋巴细胞白血病、黑色素瘤、肺癌、前列腺癌、乳腺癌以及卵巢癌等。

安德森癌症中心和很多美国医院一样是一个非营利的医疗机构，非营利的概念并不是说不赚钱，而是该医院每年获得的收入利润将全部再投入医院的发展建设，没有任何人、任何机构或团体会从中分得红利。所有医务人员都是固定的年薪制，据了解，安德森癌症中心医生平均年薪约 30 万美元。也许是高薪养廉之故，美国医疗机构和人员收红包拿回扣的概念是难以接受理解的事，也是法律的禁区。

上面介绍了美国安德森癌症中心一些先进和值得我们借鉴学习的地方。当然任何事物都不是十全十美的，该著名医疗中心也面临很多挑战和需改进之处。比如，如此大的现代医院在管理上也出现一些问题，去年该医院就出现了数亿美元的亏损，导致院长提出辞职。另外，虽然越来越多的中国癌症病人寻求去该医院治疗，但安德森癌症中心的治疗费用是非常昂贵的，比如一天住院的房间费就达上千美元，医生的问诊费通常为150-300美元一次，一次核磁共振测定需要上千美元，通常完成一个癌症的完整治疗费用达到10万美元左右，这是我们普通中国人难以承受的。

这次北大未名集团访问安德森癌症中心目的在于与该中心建立长期合作关系，因为未名集团正计划在我国北戴河地区建立一个国际肿瘤医学中心，需要学习世界最高水平的癌症治疗技术，了解最高端的硬件设施与管理理念。相信随着我国综合实力的不断发展，我国将来一定会有像安德森癌症中心一样的世界一流的，能够服务于中国人民和世界人民的治疗与研究中心。

（2017 年 7 月 12 日）

从伦敦到诺丁汉

—— 访英随笔之一

诺丁汉城位于伦敦北 200 公里，前往该城的火车从伦敦的圣·彭克斯火车站出发，该车站靠近伦敦市中心，属于英国最早的火车站，也是伦敦地区五个主要火车站之一。

车站的门楼为典型的哥特式建筑，塔楼尖顶高耸入云，从外看车站形如一座大教堂。穿过门楼即到月台，站内宽敞明亮，巨大的钢架玻璃拱顶之下排列着六条车道，停放开往不同目的地的火车。与国内火车站不同的是，这里的月台与街区相连通，凡有兴趣者皆可入内，或乘车，或参观，或购物（月台周围有一些小商店）。另一点不同是火车票的价格，到同一目的地的车票工作日和节假日价格不同，甚至每日时辰不同皆有差别，大者相差达三成。更使人意外的是，到诺丁汉的单程票价 24 英镑，而来回票却只有 25 英镑，一月内有效。其他往各地的车票也如此，双程比单程仅多 1 英镑。经营者想方设法鼓励人们乘火车的想法可见一斑。英国是火车的发源地，但从车站设施和列车本身看，并不见得比国内先进，只是因乘客少，感觉比国内乘火车宽松、舒适。开车不久，一位身着制服的大胡子列车员即来查看车票，逢人先道一声"早上好"，看过车票再补上一声"谢谢"，从始至终，笑容可掬。

火车沿英国最早的干线北上，到诺丁汉约需两小时。尽管有时差带来的困倦，但初到异国的好奇心仍驱使我饶有兴趣地观看车窗外的英国风光。火车在伦敦城区行车约十五分钟，两边的建筑多为民宅与商店，临街房屋都为四至五层，皆砖石结构，附有雕刻装饰，古香古色。整个伦敦很少高层建筑，这与美国的都市摩天大楼林立的景象迥然不同，也许这也反映出英国人守旧的一面。偶尔车窗外也看到厂房与货场，虽然整齐干净，但看上去都很普通，并不使人产生工业大国的联想。几乎看不到建筑工地，与中国现在到处可见吊塔耸立的基建工地的景象也成明显对比。

一出城区，豁然开朗，广阔而美丽的田园景象呈现两旁。英格兰中部为平缓的丘陵，窗外可见碧绿的麦田和橙黄的油菜地相交拼接，连绵起伏延伸到天边，偶尔也见到大片的牧场与牛羊。这麦田与油菜地的风景，似乎有点像京广线上豫鄂交界处之所见，但有两样东西很快使你感觉到这是在异国他乡，其一是精美的房舍，其二是道路与汽车。无论是散落的农舍还是聚集的小镇，建筑都很漂亮别致，大多数是三角形屋顶的两层小楼，立有一至数个方形烟囱，估计为冬日烧壁炉之用，屋前或屋后皆有花园，舍旁多有平矮的车库。汽车道可谓四通八达，通到每一座房舍，集镇街道的两侧，各色小汽车排列成行，很少见到行人与骑车者。凡在聚居的小镇，常见直插云天的教堂尖顶，更是具有异国情调的一景。

火车沿途经过几个小城，上下的旅客看上去都很从容，有点慢条斯理，没有我们中国人乘火车那股忙碌劲。车厢内中年人居多，衣着都很平常，多数人在翻阅报纸和书籍，少数交流者似乎也压低了声音，整个车厢内显得非常安静。望着车窗内外的景象，不由使我想起，就是这片土地，就是这样的人民，就是这样的一个小小岛国（相比我们中国而言），曾经一度是世界上最强大的国家，坚船利舰横行天下，殖民地遍布全球，而另一方面，不仅孕育出像牛顿、达尔文这样的科学巨匠，也诞生过像莎士比亚和狄更斯这样的世界文豪。或许今后几个月中我有机会体会到，导致这个民族成就的自然与人文的因素。

麦克风里传来乘务员的声音"下一站即为本列的终点诺丁汉，十分钟后到达"。我顿时意识到我旅行的最终目的地要到了，思路一下子转到即将在车站见到阿希武德教授。阿希武德教授是我拜访的主人，诺丁汉大学生命科学系主任，虽然我们交流神经毒素研究的论文已有一年多，但双方连照片也未见过。从伦敦出发前，我与他通了电话，他告知要来车站接我，并说他将穿一件蓝色毛衣，不会认错的。于是我眼前浮现出想象中的一位高个子、大鼻头，身穿蓝色毛衣，有点绅士风度的英国教授来。

（本文载于 1995 年 6 月《湖南师大报》）

阿希武德教授

——访英随笔之二

随着出站的人流，我来到位于市区和月台之间的诺丁汉车站大厅，在大厅中央放下行李后，便注视大厅口进出的人流，期望出现一位身穿蓝色毛衣的长者。这时从侧面传来声音："哈啰，你是梁博士吗？"我忙回答："正是，您好！"一边转过身去。"我是皮特·阿希武德"，说话者热情地伸出手来。我连忙和阿希武德教授握手问候。眼前的英国教授五十开外，身穿一件十分宽松的蓝色毛衣，身材不高，络腮胡子，浓眉下目光炯炯有神，说话时始终带着和善的微笑，丝毫没有我想象中的绅士派头。教授接过我手中的一件行李，一边询问我旅途上的一切，一边带我来到停在门外的他的汽车边。

开车前，教授对我说："平时周末我都在实验室或办公室工作，你来了今天则成了我真正的假日，我们先到我家吃点午餐，然后我带你看看我们的学校和城市，晚上请你参加我们全家人的聚会。"最后他风趣地说："今天没有生物化学与毒素。"说着便发动了汽车，开离火车站。这时我才注意到英国的汽车，司机位在右边，路上开车靠左行，正好与国内相反。

阿希武德教授的住宅是一幢典型的英式小楼，红墙红瓦，洁白的窗户呈弧形突出墙面，楼房的一侧为车库，另外三侧皆为绿茵的草地，草地周围培育着整齐美丽的花木。阿希武德夫人在门口迎接我们，互相问候之后，二位把我带到他们的客厅。室内幽香扑鼻，墙上和玻璃橱柜中陈设着各种工艺品，从日本的大折扇，印第安人木雕到欧洲的酒具和银器，琳琅满目。教授告诉我，这是他在世界各地开会和旅游时带回来的纪念品或礼品。于是我也把从国内带来的一套长沙铜官窑出的仿古瓷茶具呈送给教授，或许是出于礼貌，他对我带来的礼品十分赞美，并马上叫夫人也前来观看，并兴致勃勃地说："英文里瓷器和中国是同一个词，我们对中国的瓷器有特殊的崇拜，我多次参观过伦敦的大英博物馆，里面有很多明朝的瓷器，真是精美绝伦。"

午餐很简单，且自己动手，烤面包片夹果酱，沙拉或火腿片，外加咖啡或牛奶。谈话中才知道他们有三个儿女都已成人，大儿子和女儿均在本市工作，小儿子在苏格兰上医学院。平时只有他们二人在家，教授还告诉我他是土生土长的诺丁汉人，在威尔士大学读的本科，是苏格兰的格拉斯哥大学的博士，后到美国哥伦比亚大学做博士后，回来后便到诺丁汉大学工作，已快三十年了。谈话中我顺便问到他的姓阿希武德有何含义，教授兴致更高地告诉我，全英国姓阿希武德的人非常稀少，可能不到三百人，他的父亲曾告诉过他，可能他们最初那位姓阿希武德的祖先的房子旁边有一片叫 Usherwood 的小树林，于是他就取名 Usherwood，但教授说他没有认真研究考证过。

午餐后我们与夫人告别准备去学校，正要开车，阿希武德教授突然想起什么，又跑回屋内，提出一个小电视机放在车上，一边对我说："你住的学校公寓都已安排好，只是里面没有电视机，你带上这个，晚上和周末会多一个朋友。"然后补充说，"你在那里看电视不必交费，公寓已买了电视执照（TV License）"。教授一边开车，一边回答了我的问题。原来在英国收看电视包括自备天线的电视是要交费的，每年要买电视收看执照，一台彩电的收看费是每年约 80 英镑。

汽车从学校的北门进入诺丁汉大学，呈现眼前的几乎是完全的绿色——碧绿的草坪和茂盛的树木，建筑物只是在远处的树梢上显露出来，整个校园十分宁静美丽。汽车在一幢学校公寓前停下，阿希武德教授帮我取出行李，用早已准备好的钥匙打开一楼的一间住房，并帮我把行李放入房内。房间不大，但生活所需品都已具备，窗外可见美丽的校园。"好啦，这就是今后几个月的家了。"教授一边说一边把房间的钥匙交给我。

我们离开公寓后，来到学校的教学区，阿希武德教授一边开车一边给我指点各个建筑，这是办公楼，那是图书馆，这是化学系，那是数学系，如数家珍。汽车经过一幢占地较宽的两层楼建筑，门口草地上立着一块绿色校牌，上写"Life Science"。"这就是我们生命科学系"，教授说，"星期一我再带你详细参观。"同时很有兴致地提起他一件往事，"这个楼三十年前就是这个样子，"他说："当时叫生物学系，我中学毕业来报考，结果因为回答不上一些解剖学的问题，最后未被录取，想不到若干年后又回到这里，竟成了这个系的主任。"说完哈哈大笑起来。

离开学校后，教授说要带我看看诺丁汉城。去市中心的路上他告诉我诺丁汉应算一个工业城，这里有驰名世界的布兹（Boots）制药公司和生产有名的凤头牌自行车的 RaLeigh 公司，但今天只能带我看一些名胜古迹。行车约一刻钟来到市中心区（City Center），市中心位于几个小山丘上，经过几个上下坡，我们来到中心广场。广场上最醒目的建筑是市政大楼，一幢 1924 年建成的白色石墙建筑。其风格很像美国的很多州府大楼和国会大厦，正面为一排巨大的圆形石柱，大楼中央耸立一个半圆拱顶的亭楼，石柱顶部和四周屋脊上刻有很多人物浮雕，大楼气势雄伟、肃穆庄严。广场周围的建筑皆四至五层，多为商店与银行。广场中央有漂亮的喷泉和花坛，花坛周围的长凳上坐着老老少少的休息者，成群的鸽子在广场上飞来飞去，很多衣着鲜艳的孩子们在用面包逗喂鸽子，有些鸽子还飞到孩子们的手上和肩上，一派和平祥怡的景象。阿希武德教授告诉我每到周末晚上，这个广场上常聚集若干的青年人，纵情歌舞、通宵达旦。

离开中心广场不远，汽车开到一个小山坡下，阿希武德教授指着一处白色古老建筑说，那就是有名的诺丁汉城堡（Nottingham Castle），是当年警官与绿林好汉罗宾汉作战时的大本营，现在是一个博物馆，然后说："以后周末你可以来详细参观，可了解这个城市的历史。"汽车刚开不远，即看到山坡上立有一尊罗宾汉张弓射箭的钢铁塑像。诺丁汉是罗宾汉的故乡，这里的很多名胜与他的传说有关。

就这样阿希武德教授开着汽车，带我走马观花似的观看了罗宾汉森林（当年绿林好汉行侠仗义的地方），南泉教堂（建于十世纪的该城最古老建筑）等很多名胜，并在一路上给我介绍了不少有关这个城市的历史和现在。不知不觉到了下午6点钟，教授对我说下面是今天的最后一个节目了，我带你去参加我们全家的聚会。

汽车在一个叫 The Bull's Head 意为"公牛头"的餐馆停下来，这里就是每个周末阿希武德教授夫妇与他们的儿女聚会的地方，这是一幢全木结构的单层建筑，沿着木屋檐四周挂着开满清一色蓝色鲜花的吊篮。店内光线柔和、醇香扑鼻，餐馆经理和服务员都热情地和阿希武德教授打招呼，看上去已是老朋友了。教授带我在一个靠窗的大桌边坐下，并说不管顾客再多每周这个时候这个桌子都是留给阿希武德家的。不一会阿希武德夫人，大儿子，儿媳，孙女以及女儿和她的男朋友都陆续到了。教授把我一一介绍给他们，大儿子克里是学历史的，现在政府工作准备从政；女儿莉沙在一家公司当秘书；孙女苏姗才五岁，金发碧眼，长得十分可爱。教授夫妇对孙女非常疼爱，抱着放在两者中间，问长问短。

晚餐其实也很简单，有点像中国现在的混合快餐，有各种花样，根据菜单每人各点一份。席间，从政的克里似乎对中国很感兴趣，问三峡工程是不是李鹏总理一个人决定的，我告诉他这一世界最大水电工程论证多年，最后由中国政府投票决定，也有几百张反对票，绝非中国总理一人能决定。他告诉我英国的民主也有一些麻烦，最近一次非常重要的选举中，25岁以下青年人投票率仅30%。席间教授夫妇则与女儿的男友谈得十分投机。晚餐后餐费先由教授用信用卡支付，然后克里和莉沙分别写了一张支票交给教授，支付各家的餐费，他们都十分默契，也没有任何客套话。

在送我回学校的路上，我问阿希武德教授是否很多英国家庭周末都像这样聚会，他说也不一定，有的就在自己家里，但他们的这种聚会方式则既方便又节约时间。

教授送我到学校公寓后对我说，明天你好好休息，星期二我带你参观我的实验室，然后我们讨论下一步研究计划。临别前，他笑着对我说："以后叫我皮特好了，我的同事们都叫我皮特。"说完我们互道晚安，挥手告别。

阿希武德教授汽车的尾灯消失在远方，晚霞中的大学校园显得更加宁静美丽。回想今天来诺丁汉度过了难忘的一天，结识了一位可敬的英国朋友，今后的访问研究将一定会是愉快和很有收获的。

（本文载于1995年6月《湖南师大报》）

校园绿地与RAMP

——访英随笔之三

阿希武德教授曾自豪地对我说，诺丁汉大学的校园是全英国最美丽的。我虽未去过英国其他大学，但的确感到这个学校就像一座美丽的公园。其实就房屋建筑而言，除了波特兰山上的纯特大厦（Trent Building），其他的建筑都是外观普通的楼房，校园的秀美主要在于占整个学校面积近 90% 的校园绿地，学校的各个建筑就像分散在绿色海洋上的小岛。

从校园的西门进来，你会看到马路两旁的宽阔的草地，沿山坡起伏延伸，几乎到视野的尽头，远处的建筑只是从树梢上显露出来。草地修整得十分整齐，全部约两至三寸高，看上去像绿地毯。英国有一些专门提供草地的花木公司，他们提供的并非种子或秧苗，而是用汽车送来一大卷一大卷已育好的草地，人们只需把这成卷的草地滚开铺在事先平整好的土地上，就像人们在家里铺地毯一样，边界地带可以剪切拼接。这里草地的品种经过特别选育，即使在冬天也不会枯萎。草地的周围通常都有茂盛的树木或小树林，常见各种飞鸟在林间啁啾嬉戏。诺丁汉大学领导已决定永久保留现有绿地面积，最近学校新建的一个研究所要盖一栋楼房，虽建房的地方校园里到处都有，但仍花数十万英镑在校园旁边再买一块地来盖房。学校发展规划中明确提出：维持现有校园的美丽和具有吸引力对学校的将来是非常重要的。

每当课余休息，你会看到三五成群的青年人或在林间散步，或在草地围坐交谈，或者躺在草地上沐浴阳光；周末假日，学校的教职员常举家前来，带上午餐和飞碟，门球之类的娱乐器具，大人小孩一起在草地上度过一段愉快而悠闲的时光。在这样的环境中学习和工作，无异于一种享受，而轻松愉快的心情，又何尝不是一种取得良好学习和工作业绩的催化剂呢！我不由得想起我们自己的学校，我们学校有岳麓山，应是得天独厚，但我们的绿地正在减少，我们仅有的图书馆周围那片不大的绿地实在是太宝贵了。

在诺丁汉大学校园内所有的车道上，每隔100米左右你会看到两边立有RAMP一词的标牌，这是提醒开车者此处有隆起的路面，应当减速。阿希武德教授曾对我说，设立RAMP一是为了保护行人，另一个重要原因是为了保护校园里的动物，并说校园里有松鼠、刺猬、野兔和狐狸。我虽从未在学校里见过野兔和狐狸，但长尾巴的松鼠几乎天天可以看到，有时骑自行车到其面前也不见逃跑。这里不仅鸽子不怕人，可飞到你肩上、手上来啄食，就是喜鹊和麻雀对人也似乎毫无惧意。我好几次看到成对的喜鹊在汽车路上蹒跚而过（这里的喜鹊看上去比国内的笨拙得多），直到司机按喇叭才飞离路面。

英国人从小孩到大人对动物都十分喜爱，不仅家里有各种宠物，对野生动物则更是珍爱有加。虐待和伤害动物被认为是很可耻的事。英国人家里养狗不允许关在笼子里饲养，必须经常带出来溜达，否则是违法的，邻居发现后可以告你虐待动物。在伦敦的一位朋友告诉我，前几年一位亚洲移民，偷偷把路上的鸽子抓来煮着吃了，后被发现，被处以很重的处罚。在英国用动物做实验要求是很严格的，用每一种动物做实验要申请专门的执照，申请书上要保证不残杀动物，处死之前要先麻醉。有小鼠执照者不得做兔子实验，必须另外申请做兔子实验的执照。英国做动物实验十分昂贵，一只纯小鼠有时超过 10 英镑，几乎比国内贵一百倍。英国动物保护组织有时派人化装成学生到各个实验室，发现有残杀动物的行为便拍下照片或偷偷录像，一旦公布于众，这个实验室只好关门，而且落下一个残杀动物的名声。英国人的做法，似乎也有点走极端，但对动物的保护特别对野生动物的保护的确是有非同寻常的意义。现在的动物也和人类一样经过亿万年的生存竞争与进化，好不容易存活到今天，它们也是我们这个宇宙岛——地球上的居民，现在由于人类的活动，每年都有很多种动物灭亡，将来我们的后代只可能从博物馆里看到它们了。我记得小时候在湘江里游泳，抬头常见到翱翔的雄鹰和列队而过的雁群，如今再也见不到了。其实我们的古人早就提倡保护动物，有两句古诗说"劝君莫打三春鸟，子在巢中望母归"。可见古人也非常爱护鸟类，并把它们当作和我们人一样的生灵。可如今在我们岳麓山和校园里，常见手持枪械追杀鸟类的青年人，实在愚昧而可悲，我们师生应当群起而攻之才对。另外这些年所谓"吃野味"之风走火入魔，一些大款以吃"山珍"为时尚，原本就少得可怜的湖南野生动物濒临灭绝。稍有生物、化学知识的人都知道，组成不同动物身体的蛋白质都是由同一组 20 种氨基酸组成，普天之下概莫能外，所谓这种动物比那种动物更滋补的说法实为无稽之谈。希望有一天在我们长沙也能看到成群的鸽子和其他飞鸟在人们手上取食，脚下穿行的景象，那将是一幅动人的祥和场面，而且更显示出我们人类的尊严。

（本文载于 1995 年 7 月《湖南师大报》）

诺丁汉大学生命科学系

——访英随笔之四

诺丁汉大学生命科学系集中在一幢平面为田字形的两层楼房内，楼内带有四个天井。外表并不比我们师大生物所大楼看上去有气势，但楼内的水、电、气、温等基础设施则要比我们先进，且稳定可靠。进门为一个相当大的门庭，正面墙一侧用各种语言写有"生命科学系欢迎您"，另一侧为全系 29 位教职员的照片，包括系主任阿希武德在内的四位教授的照片摆在第一排。门庭内整齐地摆有 24 个带有照明灯的、十分精致的展柜，其中一部分陈列各学科的介绍，另一部分则为各研究组课题与成果的介绍，各个展柜内不仅图文并茂，还摆有各种标本与实物，其中有两具古代和现代人体骨骼标本以及一些珍稀鸟类的模型，如同一个小型展览馆，使人有置身于生命科学世界的感觉。

诺丁汉大学生命科学系的结构与我们国内不同，有点像美国的大学，即不设置教研室，系主任之下就是各个以教授或讲师为核心的研究组。根据课题与经费，研究组有大有小，大则十几个人，小则 2～3 个人。系内有少数只做科研不讲课的专职研究员，但没有只讲课不做科研的教师。目前生命科学系有七个主要研究方向，即动物分子生物学、微生物学、神经生物学、环境生物学、寄生虫学、植物遗传控制和行为与生态学，只是覆盖了目前生命科学领域的部分学科。实际上整个诺丁汉大学生命科学领域覆盖相当广，除上述生命科学系之外，还有医学院的生物学系、基础科学学院的遗传系、药物系、农学院的作物系等。因而有些基础课和专业课如细胞学、遗传学、蛋白质化学等，生命科学系则聘任其他系的教师上课。所以系内的人事安排主要依据科研的需要，而不是着重学科的全面性。如果一个外来学者有很好的研究背景及科研课题并申请到充足的科研经费，生命科学系便可以很快聘用，并为他设立一个研究小组。

生命科学系现有教职工 29 人，全系本科学生 377 人，博士研究生 74 人，学生（包括研究生）与教职员工的人数比为 13.2：1。生命科学系每年从各种渠道得到的科研经费为 200 万英镑。因而科研条件的改善主要靠科研经费，但学校每年仍下拨 10 万英镑用以改善教学与科研设备。全系每年发表并被 SCI 收录的科研论文约 100 篇。

研究生培养与国内也有所不同，这里没有博士生导师一说，只要有充足的研究经费，教授、讲师，甚至连讲师职称都没有的刚毕业的博士后都可以带博士研究生。博士研究生入学不需要考试，完全由准备招博士生的老师根据报名者本科学习成绩和面试时的印象决定。一般博士论文要求三年内完成，最多可延长一年。答辩委员会会员不包括指导老师，一般 85% 以上博士研究生最终能得到博士学位。生命科学系没有专门的硕士研究生。英国的硕士学位一般只需读一年课程通过考试即可得到，不需要做研究论文。所以我们中国的硕士研究生水平应当比这里的要高。

生命科学系教师的职称也不同于国内，除 4 位教授外，还有 9 名高级讲师，其余为讲师和专职研究员。教授的数目是根据各系的水平和规模由学校规定的，不得随便增加，只有当一位教授去世或离职后，才从高级讲师中遴选一位补上。与他们交谈时感到，他们对职称并不十分看重，很多水平相当高的学者仍然心安理得地做一辈子高级讲师或讲师，自得其乐地做自己的科研不为争当教授而烦恼。当上教授压力也大，要不断争取科研经费才能维持手下的一班人马。实际上在英国很多讲师也做出了很出色的科研成果，据说爱丁堡大学去年一位诺贝尔奖的提名人就是一位普通讲师。

诺丁汉大学生命科学系在全英国有很好的声望，本科生报名人数常常是招生人数的 10 倍。根据科研经费、科研论文、毕业生就业前景等因素综合衡量，该系在全英国同类系科中排在第四位。

最近该系举行的两个活动值得一提。一是前不久对中学毕业生的开放日，当日有数百名来自本市和英国各地，有意报考诺丁汉大学生命科学系的中学毕业生前来参观咨询。那天就像过节一样，系门口摆上鲜花和条桌，各位教授和高级讲师亲自出马接待中学生，很多研究生和高年级学生也在系楼门口回答中学生的提问，门庭内还摆了好几台电视机和自动幻灯机播放介绍生命科学系的录像与幻灯片。所有参观者都得到厚厚一沓介绍该系的资料和图片。看来该系对吸引优秀的中学毕业生来学习是十分重视。

另外，有一周布告栏贴出通知，说本周五下午四点在一楼报告厅举行全系员工和研究生的 Social Meeting，我以为 meeting 总有人讲话发言之类，到时才发现这是系行政人员准备好各种啤酒、香槟、饮料、水果、点心以及汉堡包之类的吃食和一次性餐具，每人自助取一份食品，然后各人找上自己的朋友或熟人，在天井里的草地上边吃边聊，并无任何人作报告或专门发言。这实际上是一次本系员工之间交流的、轻松的交际会。平时各研究组关门搞自己的课题，相互之间很少有交谈的机会，系里搞这样一个活动，既是轻松地休息又可以互相交流信息。

（本文载于 1995 年 7 月《湖南师大报》）

从数字看诺丁汉大学

——访英随笔之五

在诺丁汉大学绿草茵茵的波特兰山上，雄踞一座高大的乳白色石头建筑，这就是诺丁汉大学的标志纯特大厦（Trent Building）。该大厦现在一部分是大学的行政办公大楼，一部分为法律图书馆和会议中心。大厦为纪念大学的主要赞助与奠基者 Lord Trent 而得名。大厦中央的钟楼耸入云端，每隔半小时，其洪亮的钟声回荡在整个校园。

诺丁汉大学的建立，可溯源到 1798 年，最初只是一所成人职业学校，现在的校名"The University of Nottingham"是由英国皇家于 1948 年批准授牌，因而大学的主要发展是二战以后。

现在诺丁汉大学占地面积（包括农学院与医学院）约为 450 英亩（约合我国 2700 亩）；整个大学共有 48 个系，分别属于工学院、基础科学学院、医学院、农学与食品科学学院、语言学与艺术学院、法律与社会科学学院以及教育学院共七个学院。1994—1995 年度全日制在校学生共 10805 人，其中研究生 1321 人，来自 80 多个国家的留学生 1188 人，中国留学生和访问学者有 50 多人。另外学校还有非全日制学生 568 人。全校教职员人数为 871，其中教授 125 人，学生与教职员人数之比为 13：1。学校共有学生宿舍5000 余间，每年学校可收入宿舍租金近 800 万英镑。诺丁汉大学每年分为三个学期，一月中至三月底为春期，四月底至七月初为夏期，十月初至十二月底为秋期。每个学期学习时间为十周左右。

全日制本科学生（国内）每年学费约为3500英镑。外国学生每年学费则为约5000英镑。

1993—1994年度诺丁汉大学的财政收入为13853万英镑，其中政府拨款4557万，学校经营收入（包括学费与宿舍租金）2776万，科研经费收入2814万。各种协会，机构的投资和团体及个人赞助3169万。同一年度学校总支出为13317万，结余536万英镑。根据学校的五年计划，到1999年学校的财政收入将达18222万英镑，届时在校学生人数将为12270人。

诺丁汉大学共有5个图书馆，即中心图书馆、科学图书馆、医学图书馆、农学图书馆、法律图书馆，藏书总量为120万册（我们湖南师范大学图书馆藏书150万册），共订有5000余种期刊杂志，每年新增图书25000册。诺丁汉大学校内图书馆之间与外校图书馆通过电脑联网，图书馆的管理及图书的借阅归还都已通过条形码识别实现电脑化。整个诺丁汉大学共有电脑微机约8000台，其中有4000台为联网的终端。

诺丁汉大学的综合实力在全英国的100多所大学中排名在第6至第7位，排在其前面的大学有剑桥大学、牛津大学、帝国理工大学、伦敦大学、爱丁堡大学等。但其工学院则排在全英国的第一、二位，1994年从工业部门得到的科研经费为628万英镑，超过剑桥与牛津列全英国第一位。而其医学与生命科学则大约排在全英国的第四位。

在诺丁汉大学1995～1999年发展规划中，学校提出的总的目标是："建成全英国领头的研究型大学，进一步提高其在全英国和全世界的声望"。

（本文载于1995年8月《湖南师大报》）

电子邮件（E-Mail）与环球信息网（WWW）

——访英随笔之六

现在国内很多研究机构的科研条件上，就仪器设备这方面而言已经不比国外逊色，但有一个方面还是相对落后的，那就是信息，即获得科研信息的速度、广度和效率。

有人称开展科学研究的四个基本条件是人、信息、方法与仪器。可见信息是比方法和仪器更重要的因素。科研中最忌讳的是把别人早已解决了的问题仍作为研究目标，避免这一点的唯一途径是获得充足的信息。当今的科学研究，只有世界第一，没有世界第二，科学家必须知道此刻世界上同一领域别人正在做什么，已做出了什么，否则不可能真正走在世界最前沿。因而能否最快地获得最新的信息，对于科学研究是十分关键的。和我六年前在国外学习时相比，我感到这一方面的发展是最快的。现在置身于诺丁汉大学生命科学系，你会感到你时刻和世界各地相联通，几乎是你想要得到什么信息就可以得到什么信息，你想要和谁联系就可以和谁联系。几乎不再需要去资料室、科技情报站、邮政局甚至图书馆。

电子邮件（E-Mail）是利用联网的电脑相互交流信息的手段。该技术基于十多年前一位英国人的发明，即将信息信号数字化，然后通过数字信号网"集装箱"输送，一切由电脑控制。世界上有专门的机构统一并规定各国电子邮件的地址。如英国所有大学和研究机构的电子邮件地址最后几个字母为 AC.UK；所有中国各大学的电子邮件地址的最后字母规定为 EDU.CN。

在诺丁汉大学生命科学系，不仅每个教师和研究生有自己的 E-Mail 地址，很多本科学生也可以申请到他们的 E-Mail 地址。除了各个研究室有联网的电脑外，系里还有一间很大的电脑室，有四十余台联网的电脑，供研究生和本科生使用。我到诺丁汉不久很快有了自己的 E-Mail 地址，马上和北大、波士顿大学的朋友取得联系。每天早上来实验室的第一件事就是打开电脑，看有没有别人发给我的信息。最近 Laursen 教授的实验室对多肽合成方法做了一点改进，效果很好，他马上从波士顿用 E-Mail 传给我，我立即把他的信息打印出来，寄回师大给正在做合成实验的研究生。一位在伦敦工作的老同学在信息网上查到一篇重要的有关毒素的文摘，马上转到他的 E-Mail 上并发送给我。电子邮件还有"远程登录"的功能，比如这次我到英国南部城市巴斯参加五天的学术会议，我利用当地大学的电脑可马上查出我在诺丁汉大学的电脑中这几天中收到哪些邮件，并做出回答。电子邮件不仅方便、快速而且经济，如果电脑是直接与数字网相连通，那么发送同样信息的费用只有传真（FAX）的 1/50，甚至更低。

如果说电子邮件上是交流信息的最好方法，那么近年发展起来的环球信息网（World Wide Web）则是获得信息的最佳途径。由于其英文名正好是三个 W 字母开头的单词，所以又称 WWW 系统或三 W 系统，有人译成"万维网"。初次接触三 W 网的感受可说是令人惊奇。这个网目前已将全世界主要的大学、研究所、软件公司、出版社、图书馆、产业公司甚至政府部门即凡是需要信息或需要向别人提供信息的单位联成一个巨大的网络。当你打开电脑，进入三 W 软件，你便可以在无穷的信息世界漫游，你可以通过特定的地址或关键词找到你需要的各种信息。

如果你想知道过去两年中在蜘蛛毒素领域全世界发表了多少篇论文，你很快就可以从网络上全部找到，包括每篇的题目、作者地址和论文摘要，而且可以打印出来。你可以找到最近世界上某一领域正在举行哪些学术会议，哪些人参加，哪些人阅读了论文，论文的内容是什么？通过三 W 网，你可以联通任意一所美国的大学，把那个大学的有关资料（当然是这个大学愿意向别人提供的资料）从千里之外调到屏幕上，如该大学某个系有多少教职员，名单是什么，正在开展哪些领域的研究，今年准备招多少博士研究生，报考条件是什么等，有时屏幕上还展现出该大学的多幅校园风光并伴有优美的音乐。国内北京大学和清华大学也把他们的信息输入了三 W 网，因而在诺丁汉大学可以把北京大学的信息展现在电脑上。

英国已有公司把大英百科全书的相当一部分录入到三 W 网上，因而可以通过电脑查找其中每一条目，从这个网络上你还可以找到最近一周世界各地有什么重大新闻、重要科学发现、某些公司的最新产品介绍，甚至世界各地的旅游信息等。在巴斯的会议上，一位学者介绍他们把一门蛋白质结构原理的课程输入三 W，研究生可以通过电脑终端学习这门课程，当你调出某一蛋白质的立体结构时，你可以通过鼠标器让它在屏幕上自由旋转，因而可以从各个不同方向来观察这一结构，十分生动直观。

每当你走进生命科学系的电脑房，常常是座无虚席，每台电脑前都有一位研究生或本科生，你会听到一片嘀嘀嗒嗒敲击键盘声，电脑已成为他们学习与研究，以及从世界各地获得信息的必备工具。

我们国内已有不少大学如北京大学、清华大学、中国科技大学已接通了数字信号网，据说国家教委正在紧锣密鼓地筹建全国教育系统的网络，因而，估计我们湖南师范大学将在一两年之内进入环球信息网。如能实现，则我们在获得信息的效率上与国内大城市如北京、上海的大学不再有区别，而且将与剑桥与牛津等世界著名大学在同一个水平上。

（本文载于 1995 年 8 月《湖南师大报》）

诺丁汉大学神经生物学研究室

——访英随笔之七

阿希武德教授主持的神经生物学研究室主要研究神经递质与受体的分子水平机制，近年来在谷氨酸受体通道的研究上做出了较重大的发现，是世界上该领域十分活跃并处于最前沿的研究室。

该室是诺丁汉大学生命科学系最大的研究室之一，共有实验用房十二间，包括细胞培养室、公用仪器室、电脑室、试剂配制室各一间，其中有一间是专门为访问学者准备的实验室，还有一间是教授自己做实验的房间，里面都配备有性能不同的电生理和离子通道研究设备，其余则分配给各个研究人员的专门实验室。由于人员较多，长约二十米的走廊也充分利用，一头排列着所有的冰箱和消耗性物品柜，另一头靠墙有一长条工作台，放有各种电动机械工具，用于修理仪器设备。

该研究室主要专用仪器是膜片钳离子通道测试仪，发明该技术的德国科学家曾获诺贝尔奖。这种仪器目前国内北京大学有一套，清华大学有两套，而阿希武德教授实验室共有八套，每套价值约五万英镑，几乎每个研究人员和研究生皆有一套。该室的常规仪器如电子天秤、PH 计、超纯水器、细胞培养箱、超净工作台等都处于很好的使用状态，质量很高。系里有一个专业的仪器维修组和一个维修车间，除负责日常维修外，每年要对全系所有仪器逐一进行一次检查，排除已有或潜在的问题。我来这里 6 个月几乎未发生因为仪器故障而影响实验进程的事。除了及时检查维修外，我认为还有以下两个原因：一是英国所有用电器都采用统一规格的三孔插头、铜质插杆几乎有筷子粗，十分结实、牢固，从不发生短路、打火、接触不良的问题，劣质的插头是不敢上市的，因为如果由于插头质量产生用电事故，制造者将面临赔偿甚至坐牢；二是这里从不停电。插头接触不良和突然的停电、供电对科研仪器危害是最大的。一位留学生告诉我他来英国三年多还未碰到过一次停电。英国电力供过于求，而且有备用电网。

该研究室现有研究人员 12 人（包括教授本人和研究生），其中只有 3 人是诺丁汉大学永久雇员，工资由学校发，其余皆为合同研究员、博士后或研究生，虽然他们也到学校财务处领工资，但工资来源是阿希武德教授的科研经费。和美国一样，科研经费的很大一部分用于招聘研究人员，维持这样一个规模的实验室，每年至少要有 20 万英镑的科研经费。实验室里有两位年龄较大的分别来自罗马尼亚和俄罗斯的研究人员，以前他们在国内都是在国家级研究所工作，与阿希武德教授有合作关系，近年由于他们国内情况变化，不仅得不到经费开展科研，连生活也有困难，现在前来投靠阿希武德教授作为合同研究员。博士后和合同研究员是根据科研项目招聘的，有的项目为期两年，有的三年，项目完成合同也就终止，如想继续留在这里工作，则必须做出好的研究成果从而能申请到新的研究经费。

阿希武德教授平时在系主任办公室办公，加之兼有很多其他学术职务如"无脊椎动物神经生物杂志"主编等，已很少有时间自己在实验室做实验，日常实验室工作由其助手米勒博士负责，但每天四点钟左右他都要到实验室转一圈，问问每人的情况。每周星期一下午的实验室会议他必亲自参加。会议的主要内容是研究室所有成员轮流报告实验进展与问题，或者是由博士研究生将最近世界上主要学术杂志如 Nature，Science 上发表的与本实验室研究有关的学术论文进行介绍，然后大家讨论，讨论通常既热烈又轻松，每次参加实验室会议，我都感到颇有收获。

实验室的电脑室是大家去得最多的地方，实验间隙喝茶喝咖啡也在这里。室内共摆有八台电脑，全部是质量很好的 486 微机，其中有两台按他们的说法是"联通世界"的联网微机。他们有先进的能进行数据分析和绘制图表的软件以及几台彩色喷墨打印机和激光打印机，实验的最后结果就在这间电脑室里转变成高质量的科研论文寄送出去。教授要求实验室成员包括博士生每年至少有一篇主要科研论文，因而研究室每年有十余篇主要论文发表在高水平的国际期刊上。

（本文载于 1995 年 9 月《湖南师大报》）

在学校研究生培养与学位点工作会议上的讲话

老师们，同志们：

我们已进入了新的千年，学校党委决定召开这次我校规模空前的研究生培养与学位点工作会议，目的在于根据全国、我省及我校教育事业发展的新形势，研讨和确定今后几年我校的研究生培养和学位点建设工作，使这两项相互联系而又意义十分重要的工作跃上新的台阶，为党委确定的创建研究生院的目标做准备。这次会议关系到学校发展的大局，意义重大，势在必行。下面我做一个开头的发言，谈四点意见并对提交大会讨论的文件做几点说明。

一、使我校研究生培养的质量和规模跃上新台阶是一项意义深远而又紧迫的任务

去年湘溶校长宣布了党委确定的我校未来发展定位，即"国内一流的、国际有一定影响的，带有师范特色的研究型综合性大学"。为了实现这一目标，研究生培养和学位点建设工作是带动全局的关键工作。如果说其重要性是毋庸置疑的话，进入新世纪国内教育事业的大势又增加了其紧迫性。

从全局看，国家科教兴国的战略，大规模经济建设和科技发展急需更多高层次人才。教育部 2000 年 1 号文件说 "21 世纪是中华民族实现伟大复兴的世纪，研究生教育承担为国家建设培养各类高层次人才的战略任务，我们必须对此有清醒的认识和紧迫的责任感"。现在，越来越多的人认识到，使更多的年轻人受教育时间延长，也是提高全民族素质的要求。今年教育部决定研究生招生人数将同比增加 30%，我们应从国家大局上来理解这个数字的意义。

从国内和省内各大学激烈竞争的发展势头来看，未来各大学地位的竞争很重要一点是看研究生培养的质量和规模。北京大学前不久也开了研究生工作会，目前北大研究生已突破 1 万人，预计明年北大毕业的研究生和毕业的本科生人数相等，北京大学已把研究生培养提高到了人才培养的主体地位。我们学校去年研究生规模突破 1 千人，但在全国师范院校中还是排在第 6 位，落后于北京师大（3200 人），华东师大，东北师大、南京师大和华中师大。在省内，中南大学在校研究生 3400 人，去年成立了研究生院，湖南大学是 2100 人，是我校的两倍，所以规模上我校有差距。质量上也有差距，每年全国 100 篇优秀博士论文，这两个学校都有，我校暂时还没有。

高水平的研究生教育是世界一流大学的基本特征，也是国内一流大学的基本特征，既然我们学校要争国内一流，把我校研究生教育搞好就很紧迫。

另一方面，提高我校研究生培养的规模和水平还有一个重大意义是促进我校的科学研究和学术发展。张楚廷校长曾提出，学校要有高品位、高水平、高素质，很大程度上反映在研究生培养水平上。研究生战斗在我校科研第一线，特别是理科，很多科研项目是研究生在做，当然是在导师指导下，冲锋陷阵的是研究生。研究生培养上水平、上规模肯定能够提高我校的科学研究和学术发展。

催促我们研究生教育上规模、上水平的另一个压力是本科毕业生的就业压力。就业率也是衡量一个学校地位的重要指标，去年我校本科生招生一下猛增到 4000 人，那么 3 年后他们的就业问题就有较大压力。我们师范大学的本科毕业生，正受到各方面的挤压。传统的中学教师，专科学校（如师专）教师的市场正在发生变化，现在各地师专都是要研究生，一批重点中学也要求教师研究生化，国家公务员也是研究生才有竞争实力，一些企业招收员工也出现研究生优先。

根据这一情况，我校本科毕业生将来就业的一个既利于本人也有利于社会的方向就是考上研究生。各个学院根据实际情况，应鼓励本科同学树立考研的志向，并对准备考研的同学进行有针对性的关怀和辅导。因此，我们学校本身的研究生教育上规模、上水平，对我校本科毕业生考研的促进也有重要意义。而且这一点对促进本科教育也有意义，仅从一方面讲，吸引更多本科生树立考研的目标，校园的学术氛围会提高，本科生的学习风气也会很大改善，那些本科生中混日子、玩电游、打麻将、上课迟到早退甚至旷课的不良风气也会减少。

综上所述，努力提升我校研究生培养的规模和水平，为尽早成立研究生院做好准备，是我们学校一项意义深远而又紧迫的任务。

二、促进我校研究生培养工作发展的关键是要形成一支高水平的导师队伍

本科生扩招，我们增加教室宿舍等硬件和教师人数基本可达要求，研究生扩招，我们不仅要增加硬件和教师数量，更重要的是教师质量，因为研究生培养需要有研究课题和经费。而要获得研究课题和经费，几乎完全依靠一支高水平的导师队伍。张校长曾经讲过，学术水平是一个大学的生命线，一个大学的地位，主要是学术地位，大学教师和中学教师的区别在于大学教师要有创新性，要有学术研究。目前我们学校的硕士生导师和博士生导师队伍离学校发展目标还相差很远，因此我们一方面要稳住现在这一批来之不易的高学术水平的教师队伍，充分调动他们的积极性，发挥他们的潜能，同时也要继续采用有力措施和特殊政策，再引进一批高水平人才。希望我们学校的各个部门，在为学校引进人才这个关系学校发展大局的事情上开绿灯、做贡献。如果没有上述两方面的努力，研究生工作水平很难上去，提高学校学术地位将是一句空话。

三、规范研究生培养程序，加强研究生素质教育，是当前研究生培养的两项重点工作

研究生教育是我国教育结构中最高层次的教育，但不同大学培养的研究生质量上有差别。虽然研究生质量与导师水平和本人的情况有很大关系，但对一个学校研究生培养整体工作而言，是否有科学的、规范的研究生培养程序也是一个关键。从入学考试、录取工作、学位课程、开题报告、资格论证、论文评审、论文答辩直到授予学位，要有一个严格的管理程序。现在国家药品质量管理要强行执行 GMP 化。即从原料进场后的每一步工艺、操作标准、产房标准、人员水平都必须通过国家 GMP 认证才允许生产。GMP 的一个观念是，好的药品不是检验出来的，而是严格、科学的程序规范出来的。我们培养研究生的质量，不能只靠最后一道答辩关来检验，而是从一开始就规范化。这样我们高水平的研究生就不是个别的，而是批量的。为此我们把学校研究生培养条例发给大家，请大家提出意见，集思广益，最后校长办公会通过形成决议执行。在这里我要重申一点，我校的各种研究生班，研究生课程进修班，以及同等学力申请硕士学位等，凡涉及给学位证、毕业证和结业证的，都要统一归口到研究生处进行管理。各个学院的成教办无权单独做此事，否则会出严重的问题，损害我校研究生培养的声誉。

教育部 2000 年 1 号文件和 3 号文件，把研究生全面素质教育和德育提到很高的位置。提出：推进素质教育要突出对研究生创新能力、实践能力、创业精神的培养，增进研究生的人文素质和科学素质。3 号文件还指出：由于各种错误思潮的冲击，部分研究生社会责任感差，追逐个人利益，精神空虚，搞封建迷信，缺乏艰苦奋斗、脚踏实地的精神，缺乏理想和奉献精神，这种消极情况我们学校也有。

为了给国家培养合格的高层次人才，学校和各位导师均要注重我们研究生的素质教育。我们不仅要使研究生获得学位，还要使他们在校学习的几年中，获得一种有利于他们今后发展的如何做学术、如何做人的综合素质，包括有较宽的社会和自然科学知识面、坚实的专业基础知识、独立分析问题解决问题的能力、创新思维的能力、与人交往合作的能力、有社会责任感、有良好的心理身体素质、有好的中文和外语交流表达能力等。

四、我校研究生学位点建设的努力方向和目标

最后我要讲的是关于我校下一步研究生学位点建设工作。

去年我校学位点申报工作取得令人鼓舞的成绩，特别是取得我校理科博士点的突破，为我们学校 211 工程建设，加上了一个有决定意义的砝码。为去年学位点的发展，学校付出了多年的努力，特别是以张校长为首的老领导班子凝聚了多年的心血。明年将是学位点申报的大年，各个学院都要为这一有重要意义的大事筹划准备，我们学校也要未雨绸缪。

我们提出的方针是，一个突破，一个确保。一个突破是突破一级学科博士点；一个确保是明年获得博士点的数目不低于去年。这次会议的一个重要议题是请各个学院规划和准备明年的学位点申报工作。我们初步做了一个摸底，我校准备申报一级学科博士点至少有6个，它们是中国语言文学、历史学、哲学、生物学、数学、物理学；二级学科博士点至少将申报26个，具体的名单列在发给大家的材料中，我这里就不念了。根据研究生处的摸底，我们还计划明年硕士点至少要申报43个，也列出在材料中。为了做好这件重要工作，学校和各个学院都要积极行动起来。学校要从各种渠道筹措资金，以非寻常的力度投入学位点建设，包括人才引进和设备条件建设。这个投入即使暂时有较大的赤字也是值得的。一个博士点的无形资产，据说可以上千万。学校的学术地位上去了，学校的无形资产也就上去了。而无形资产也会有转化为有形资产的一天。

各个学院今年要马上开展具体的工作，要积极地申报研究项目特别是国家级项目，把今年该出的论文专利成果落实到位，把申报队伍组织好，把要引进的特殊人才规划好，看准了对象马上行动。学校已经决定再加大人才引进的投入，只要是关键的人才，多一点付出也是值得的。另外今年之内各学院要承办更多全国性的学术会议，邀请本学科领域著名的学者、专家，特别是学科评议人来校讲学，扩大影响。学校各学院、各部门特别是研究生处和人事处，要以只争朝夕的精神投入这项工作，这是历史的责任。

对于发给大家讨论的几个文件，研究生处的同志付出了极大的劳动，分成三个组，跑了十几个国内的大学，学习、收集了他们的经验和有关材料，然后做了分析归纳，取其精华。

我们去年新增的博士点，教育部到现在还没有明确给招生名额。前几天我们还向教育部高教师司长提出了这件事情。但我们决定，无论怎样，今年秋季这些博士点要招生，明年春天入学。同时，开展博士生导师遴选工作。关于博士生导师遴选的条件，在原有的基础上，我们请几位有博士点的院长和几位教授，包括唐凯林教授和张校长提过建议和意见。刘湘溶校长也过目做了修改。但现在提出来的还是讨论稿，请各位老师、教授提出意见。根据与国际接轨，博士生导师是一个工作岗位，而不是一个固定层次的职称。博导的评审条件，我们要按教育部的要求，但是不能和国内一流大学那样的要求，必须有国家级项目，要稍微宽松一点。

另外，这次我们首次提出硕博连读生的规定。硕博连读是国内很多大学正在执行的，旨在提高研究生培养质量的措施。有一些新招进来的 3 年制理科博士生，真正做科研实验的时间并不多，这样很难做出高水平的研究工作和文章。硕博连读研究生一般是要学 5 年。有近 4 年的时间做研究，这样有可能做出深入的、高水平的成果。

这次供大家讨论的关于博士研究生培养的若干规定、细则。主要依据国家学位条例，也参考了北大、北师大、华东师大和南京大学等学校的相关文件。关于研究生德育方面的规定主要是根据教育部 2000 年 3 号文件。现代德育概念比以前的政治思想工作的概念要更广泛，主要包括政治思想、品德教育、纪律教育、法制教育、心理健康教育等。目前，我们要努力形成一个内容完善的研究生培养德育体系和机构健全的德育队伍。

今天下午请各位学院领导和教授老师讨论这次会议的文件，充分发表意见，为我们学校的研究生培养和学位的工作提出合理科学的依据，其意义是深远的。

老师们、同志们，人民教师是光荣而神圣的职业，教育事业是功在千秋的事业。我们身边每一项工作都关系到祖国的未来，民族的前途。让我们在学校党委的领导下，在各自的岗位上尽到我们的职责，这也是我们的使命。

我们相聚在岳麓山下，湘水之滨这所美丽的大学里，这是一种难得的缘分。湖南师范大学既是我们的工作岗位，也是我们的家园，让我们大家从心里关心爱护这所学校，贡献每个人哪怕是菲薄的力量，为我们的学校、也是为我们自己争取更加美好的未来。

（2001 年 3 月 12 日）

2005年学校分管工作述职报告

各位领导，各位老师：

根据学校党委的分工，2005年我仍分管学校研究生教育和学位点建设工作，同时负责联系生命科学学院。

在学校党委的领导下，通过研究生教育学院和全校各学院及相关部门同志们的共同努力，2005年我校的研究生和学位点工作又取得了瞩目的发展和较好的成绩，但同时也出现了一些问题，现向领导和老师们汇报如下：

一、2005年学校研究生培养和学位点建设开展的主要工作和取得的成绩

1.第十次学位点申报工作和其他学位点相关工作

2005年的第十次学位点申报工作对学校的发展十分重要，湘溶校长亲自主持领导这一工作，洪新副校长参加了全过程的指导，由于全校上下一致的努力，我校在本次学位点申报工作中又取得了突破性发展。

此次我校共获得4个一级学科博士点和4个二级学科博士点，累计共增加二级学科博士点27个（使全校二级学科博士点达到55个）；经湖南省学位委员会审批，另设12个一级学科硕士点（不含5个一级学科博士点）和8个二级学科硕士点，使二级学科硕士点总数达到143个。我校学位点申报工作连续第三次取得突破性发展。

除此之外，研究生院协助法学院、公共管理学院获得了法律硕士和公共管理硕士（MBA）专业学位点。还配合相关学院接受了湖南省5~7批硕士点的评估，我校产业经济学等12个硕士点全部评为合格。

同时，国务院学位办对我校"汉语言文学院"和"中共党史"两个博士点进行了评估。这两个博士点均被评为合格。

2. 2005年我校研究生培养规模进一步发展

2005年我校博士生、硕士生和教育硕士的招生人数都创历史新高，博士生录取125人，硕士生录取1316人，教育硕士录取556人，总录取研究生人数1997人。特别要提到的是，这是连续5年的大幅度增加。"十五"期间博士录取人数由2000年的43名增加到2005年的125名，年均增幅达22.2%，硕士录取数也由2000年的428人增加到2005年的1316人，年均增幅达20.7%。2000年我校在校研究生总人数不到1200人，到2005年在校研究生总人数已经超过7000人，研究生招生规模增长比例均高于全国平均水平。

在招生规模扩大情况下，部分学位点的培养质量还是得到了保证的，甚至是有提高的，特别是2005年我校汉语语言文学院蒋冀骋教授指导的博士生唐贤清博士入选全国优秀博士生论文，实现我校全国百篇优秀博士生论文零的突破，2005年有3篇博士论文入选湖南省优秀博士论文，另有19篇优秀硕士论文。

3. 研究生培养管理规范化方面进行工作

随着我校研究生规模日益扩大，为了提高研究生培养质量，2005年研究生院在管理规范化方面又有新的努力，出台了《湖南师范大学关于研究生学位论文评优和抽检的暂行办法》，修订完善了《湖南师范大学研究生学位论文的编写的格式》《湖南师范大学研究生学籍管理规定》《湖南师范大学研究生招生工作的有关规定》

《湖南师范大学遴选博士生指导教师的实施办法》《湖南师范大学遴选项硕士生指导教师的实施办法》等文件。目前正在修订《湖南师范大学博士、硕士研究生培养管理规定》《在校研究生发表科研论文的规定》等文件，这些措施将使我校研究生培养管理工作进一步规范化、有序化、科学化。

随着我校研究生规模日益扩大，研究生教育学院在人员数量基本不变的情况下，各项目日常工作的工作量大幅度增加，在全体同志的共同努力下，2005年除保证日常管理工作完成情况下，还特别完成了以下工作：（1）进一步强化了研究生入学考试管理工作，对监考人员进行培训，建立监考人员数据库；（2）为增加研究生生源质量，组织一批招生工作人员到省内外各高校及省内地州市教育局进行招生宣传，发动优秀生源，为提高博士生生源，2005年在理科博士点再次进行硕博连读筛选，人数有所扩大；（3）组织了各相关学院申报湖南省研究生精品课程的工作，已有六门课程评选为省研究生精品课程；（4）为加强研究生素质教育和创新能力培养，为期15天的"2005年研究生麓山论坛"达到空前规模，有35名专家和优秀博士生作了学术报告，听讲座人数达到15000人次，"中国教育报""潇湘晨报"等多家媒体予以报道；（5）强化了研究生教育学院内部管理制度，制定了办公室管理规则，严格实地考勤，提倡人性化管理和服务，加强了管理电脑信息化；（6）进一步加强研究生就业指导工作，对229所省内外高校和人事部门和大型企业邮寄了《湖南师范大学2005届毕业生供需见面会》邀请函，并于12月17日首次举行本科生和研究生供需见面会，共有420个用人单位参与，规模完前，还特别签办了20多场招聘会。

以上是2005年学校在研究生教育和学位点建设上开展的主要

工作和成绩。

二、目前我校研究生工作中必须予以重视的问题

1. 研究生培养质量出现滑坡

随着我校研究生规模的扩大，尽管部分学位点研究生培养质量特别保证，但总的来说全校研究生培养质量，有明显的质量滑坡现象，具体体现在 2005 年全省研究生抽查评比上，在这次随机抽查评比中，我校首次出现不合格硕士论文（A、B、C、D 四个级别中的 D 级论文），按省教育厅规定该导师将取消明年的招生资格，而且该学位点明年处于特别监管之下。不仅如此，这次抽查的 54 篇论文中，有 19 篇评为 C，评为 C 的论文实际上是黄牌警告，我校评为 C 的论文数高于全省平均数，而这次仅有 6 篇论文评为 A，低于全省平均水平。这是一个十分严重的信号，说明我校研究生培养质量情况严重，令人担忧。我作为分管研究生教育工作的校领导负有主要责任，同时我也恳请学校党委和全体老师重点关注这件事。之所以出现这一情况，除了连年扩招的因素外，还有深层次的管理上的问题。

2. 伴随规模扩大出现的新的关系矛盾

（1）研究生导师质量和数量滞后于研究生招生规模

我校连续 5 年硕士生年均增加 20.7%，而学校导师人数增加速度远远低于这一比例。同时，现有很多导师的科研课题和经费也跟不上研究生招生的规模，研究生培养的设备条件和资源也跟不上扩招规模，导致出现很多导师对连年增加的硕士生数目不堪重负，不愿意甚至拒绝多带硕士生。与此相对应，由于导师的水平与责任心问题，也出现研究生不满意导师的指导，甚至拒绝分配的指导教师，研究生和导师发生矛盾和争执的情况有所增加。

（2）学校和各学院对研究生管理工作滞后于扩招规模

很多学院参与研究生管理的人员数量和水平仍和5年前一样，一些学院研究生管理干部兼管本科生和科研，很难专职做好研究生管理工作，另外有的学院专职研究生管理人员水平偏低，本人没有研究生学历。

很多学院普遍反映研究生所交学费，真正用于研究生培养的额度太少，特别是要做实验性论文的理科，这既影响学院和老师带研究生的积极性，也影响了研究生培养质量。

（3）各学院和学位点出现重申报，轻建设的情况

近几年我校学位点建设出现跳跃式发展，学位点水平和数量均上了新的台阶，这对学校发展有重大意义。但我以为目前普遍存在重申报，轻建设的问题，似乎拿到学位点就万事大吉。实际上拿到学位点应当看成是学科建设长征的第一步，各学院和学位点负责人应当认真规划学位点建设工作，一定要有下一步发展目标，要有忧患意识，据了解明年教育部会启动研究生教育水平评估，研究生教育评估如果评出有不合格博士论文，将是一票否决，取消该博士点，这已有先例。

三、关于我校研究生工作和学科建设的思考

两个月前中国科学报公布了由中国科学评估中心历时半年的统计调研和分析得出的，对447个全国研究生培养单位的中国研究生教育排名。在总的研究生教育水平排名中我校排在50名之后（只公布了前50名），排在前50名师范院校有北京师大、华东师大和南京师大，在公布的29个一级学科研究生教育排名中，我校排在A类的一级学科（排名在该学科的前20%）有7个，分别为外国语言文学、哲学、政治学、经济学、中国语言学、生物学和数学。

在师范院校中排在我们前面的有4个学校：北京师大（14个

A 类一级学科），华东师大（13 个 A 类一级学科），南京师大（15个 A 类一级学科），华中师大（8 个 A 类一级学科），排在我们后面的东北师大（6 个 A 类一级学科）和首都师大（5 个 A 类一级学科），由此分析，我校研究生教育水平在师范院校中排在第五位。当然这个排名不是绝对准确，但为我们研究生教育发展提供了一个重要的定位信息。

为此我的思考是，我们各个学院应当树立一个目标，就是进入该一级学科的 A 类，即前 20%，没有目标就不会有前进动力，目前是已达 A 类的 7 个一级学科要保住 A 类地位，其他一级学科需要争取进入 A 类。

我以为我校以下几个一级学科应当努力争取进入 A 类，因为这几个学科 A 类学校中师范院校较多。这些学科是教育学（有 13个师范院校进入 A 类），历史学（有 6 个师范院校进入 A 类），公共管理（有 6 个师范院校进入 A 类），艺术（有 4 个师范院校进入 A 类），物理（有 3 个师范院校进入 A 类），化学（有 3 个师范院校进入 A 类），而这几个一级学科我校均有相当实力和水平。

四、对如何提高研究生培养质量的思考

1. 我校研究生教育也要符合科学发展观，也要以人为本，要从数量发展向质量提高转变

过分追求研究生数量发展，不是从研究生和教师实际情况出发的，因此不是以人为本的，同时也是不符合科学发展观的。从我校目前情况着手，我以为硕士研究生在总规模上应当稳定目前招生规模 2~3 年，不再继续扩招，招生数目要征求各学院和导师们的意见，不同学科和新上硕士点之间进行一些合理调整。对博士研究生的培养而言，因为新博士点的增加，招生规模应当继续

扩大，因此应当努力争取博士名额，但要注意向新上学科和重点学科倾斜。

2. 导师队伍建设是关系研究生培养质量的第一要素

学科建设、学位点建设的核心是导师队伍建设，实际上也是学院建设与学校建设的核心，只有"学问高深，品格高尚，情趣高雅"的三高导师，才能培养三高的研究生。提高导师队伍水平的主要思路有以下几点：（1）加强引进高水平导师应当成为长期稳定的政策，引进人才对于冲击博士点重要，对于已得到博士点以后的学科发展同样需要，学校要保住并发扬现有名牌学科，也要创建新的名牌学科；（2）研究生导师的工作要加强指导和监督，要通过定期研究生问卷调查掌握导师的指导工作和学校的管理工作，要加强对全省研究生论文抽查评审中获 A 类（优秀）博士论文的导师的表彰，也要加强对检查为 C 类和 D 类论文导师的警告和处罚力度;（3）改革研究生导师和研究生名额(特别是博士生名额）评审分配制度，取消研究生导师的终身制，对论文抽查不合格，多年没有科研项目，多年没有科研产出的导师要取消其招生资格。

3. 提高生源质量

要加大我校学科点的宣传力度，加大在全国教育媒体的宣传投入，研究具体方案，使我校学位点在全国本科生中的知晓度有一个大幅度的提高。严把考试关，录取工作公开、公正；增加免试推荐本硕连读，在理科中加大硕博连读研究生的比例。

强化研究生培养过程的规范化管理，要借鉴国外优质产品保障的 GMP 理念，即合格的产品不是通过合格检验产生的，而是通过严格、科学的生产程序产生的。要制定一整套既要求研究生也要求导师遵守的科学的、高标准的研究生培养程序，并严格实施。

我相信经过各学院、全体导师和研究生教育学院的共同努力，我校研究生质量是能得到提高的。

各位领导，各位老师，我从 2000 年担任学校领导分管研究生教育和学位点建设历时 6 年，在我即将离开这个岗位之际，我为学校的全面发展感到欣慰，同时也为自己未能尽责尽职地在这个岗位上为学校作出应有贡献感到惭愧。我对我们学校的发展充满信心，我将作为一位普通教师，在本职岗位上为学校努力做出贡献。在此我也利用这个机会向过去指导、支持我工作的全体校领导同志，各学院和各部门负责同志和老师，特别是研究生院和生命科学学院的领导和老师们表示衷心的感谢。

（2006 年 1 月 8 日）

分析与思考：研究生幸福感问卷调查

研究生的心理健康，是研究生教育中非常值得关注的方面，与研究生的生活质量和培养其成为德才兼备的高质量人才有密切关系。为了解研究生对当前学习、科研、生活的满意度和主观幸福感，以及他们感受到的压力和所担忧的问题，了解他们当前的心理状况，我们利用湖南师范大学召开 2023 年研究生代表大会的机会，组织了一次研究生幸福感问卷调查。以期通过问卷调查获得的信息，发现当前研究生在心理健康层面带有共性的倾向和值得关注的问题，思考科学的引导和帮助的对策，使研究生有更健康的心理状况，有更科学的幸福观和理念，这不仅针对他们当前的读研生活，对他们今后的事业和人生都是有意义的。

一、本次问卷调查的基本情况

1. 调查对象：以参加 2023 年湖南师范大学研究生代表大会的研究生为主，也包括未参加大会的部分师大研究生，共计收到问卷回答 263 份。其中人文社科类硕士生 123 人，理工医农类硕士生 77 人，艺术体育类硕士生 49 人，博士研究生 14 人；全部收回的问卷中女生 176 人，男生 87 人。

2. 调查方式：以选择性问卷题的形式，答卷人不需写任何文字，全部打"√"回答。以匿名方式进行，答卷人不需担心个人信息的泄露。

3. 调查时间地点：2023 年 6 月 28 日，湖南师范大学中和楼 129

报告厅。

4.问卷调查工作参与者：问卷题起草者——生命科学学院梁宋平教授；问卷题审核者——研究生院苏涵琼副书记；参与问卷发放与收回工作者——研究生院龚舒书记、苏涵琼副书记、王盛嘉老师，校研究生会卢辉、孙帅帅、李琢等同学；参与问卷数据统计者——生命科学学院陈敏芝、周熙老师。

二、本次问卷调查结果与分析

本次问卷调查的 24 个题目内容可以归纳为以下主要四个方面：（1）研究生对目前读研状况的满意度和主观幸福感；（2）研究生对读研过程感受压力和产生哪些普遍性担忧；（3）研究生中出现抑郁情绪的情况和程度；（4）研究生的幸福观和提升幸福感的理解。以下调查结果将按照上述 4 个方面，根据逐题的统计数据加以分析。

1.研究生对目前读研状况的满意度和主观幸福感

对问卷题"总的来说，你对现在的研究生经历有多满意？"全部 263 位研究生问卷统计中，表示非常满意的占 13.31%，表示比较满意的占 47.15%，表示有点满意的占 25.48%，表示不满意的占 12.17%，表示很不满意的占 1.90%。上述结果表明，大多数研究生（60.46%）对现在的读研状况是比较满意或非常满意的。但也有 14.07% 的研究生表示不满意或很不满意。值得一提的是体育艺术类硕士研究生表示不满意或很不满意的比例最小，仅 4.08%，其次是人文社科类的硕士生为 12.90%，低于所有研究生的平均值。而理工医农类的硕士生表示不满意和很不满意的为 16.00%，稍高于平均值。出人意料的是博士生群体对目前读研状况表示不满意或很不满意的比例明显高于硕士研究生，为 28.18%。虽然这可能与参与问卷的博士生人数太少导致结果代表性不够全面的问题，可能与博士生的压力更大有关。在后面关于感受到压力程度的问卷题中，有28.57%的博士生感觉压力较大或压力很大。

对问卷题"总的来说，你觉得你选择读研的决定在多大程度上是值得的？"全部研究生问卷统计中，表示非常值得的占27.38%，表示比较值得的占45.63%，表示有点值得的占22.81%，表示不大值得的占3.42%，表示很不值得的占0.76%。上述结果表明，大多数研究生（73.01%）选择读研的决定是比较值得或非常值得的。但也有很少数（4.18%）的研究生表示不值得或很不值得。虽然人数很少，且由于是匿名答卷，难以知道这部分的研究生的具体想法，推断与现状和当初考研时的期望值差距较大有关。

对问卷题"总的来说，你通常感觉到自己自读研以来是愉快还是不愉快？"全部263位研究生问卷统计中，表示非常愉快的占16.35%，表示比较愉快的占43.73%，表示偶尔愉快的占29.28%，表示不愉快的占9.51%，表示很不愉快的占1.14%。上述结果表明，大多数研究生（70.08%）感觉现在的读研生活是比较愉快或非常愉快的。但也有10.65%（约为十分之一）的研究生表示不愉快或很不愉快，虽然我们无从了解其具体原因，但可以推断其原因各有不同，比如与导师和同学关系不和谐、研究中遇到太多困难和挫折、身体出现疾病、家庭情况发生变故、经济上出现困难，甚至可能包括与恋爱对象的情感纠葛等。各级研究生管理者，特别是导师应留心观察这一小部分研究生的情绪，发现问题，并及时给予关怀和引导。

对问卷题"你对现在的专业满意的程度"，全部研究生问卷统计中，表示非常满意的占10.65%，表示比较满意的占56.27%，表示不太介意的占20.15%，表示不满意的占11.03%，表示很不满意的占1.90%。上述结果表明，大多数研究生（66.92%）对现在的读研专业是比较满意或非常满意的，但也有 12.93% 的研究生表示不满意或很不满意自己的专业。这个原因值得分析，因为大多数研究生的专业是考研时自己决定的。这可能与研究生入学以后对专业的期望值和现实感受有差距而造成。这方面导师有义务做相应的工作。

对问卷题"你对现在研究的学术课题感兴趣的程度"，全部研究生问卷统计中，表示兴趣很大的占 13.31%，表示比较有兴趣的占 47.15%，表示有点兴趣的占 33.46%，表示对研究课题兴趣很小的占 12.17%，表示没有兴趣的占 0.76%。上述结果表明，大多数研究生（60.46%）对现在的读研课题是比较有兴趣或非常有兴趣的。但也有 12.93% 的研究生对自己的研究课题兴趣很小或没有兴趣。在这一问卷中，对自己的研究课题兴趣很小或没有兴趣的体育类和人文社科类的硕士生低于平均值（分别为 10.20% 和 11.82%），而该项在理工医农类硕士生和博士生群体中稍高于平均值（分别为 14.67% 和 14.29%）。这可能与导师的科研领域和导师获得的科研课题有关，也可能与导师的引导有关。

对问卷题"你对未知世界和未知领域的好奇心怎样？"全部研究生问卷统计中，表示好奇心强烈的占 20.91%，表示有好奇心的占 44.49%，表示偶有好奇心的占 30.04%，表示很少有好奇心占 2.28%，没有好奇心的占 1.52%。上述结果表明，大多数研究生（65.40%）在读研过程中是有好奇心或强烈好奇心的。但也有极少数 3.80% 的研究生很少或没有好奇心。对于这一项问卷的回答不同群体研究生都比较接近。未知世界和未知领域的好奇心是研究生非常重要的素质之一，是创新研究的重要动力，好奇心可以激发大脑的奖赏回路产生愉悦感，好奇心是人类行为中最高尚的动机之一，怎样激发研究生的强烈好奇心，是研究生教育值得关注的方面。

对问卷题"你认为读研过程值得、有意义、令你愉悦的方面（可选取 3~6 项）"，对十个选项，全部研究生中选择率由高到低排列顺序为：

（1）有机会探索未知世界和领域（60.08%）

（2）增加自己的就业机会和前景（58.17%）

（3）为未来的个人发展开拓道路（57.41%）

（4）能与一些智慧而有趣的人共事（55.13%）

（5）提升自己的素质和智商（44.49%）

（6）能修炼提升自己的情商（44.11%）

（7）增加三年受教育的机会（34.60%）

（8）经历智力上的挑战（33.84%）

（9）能满足自己的好奇心（20.91%）

（10）能为人类发现、创造新的知识（6.84%）

上述问卷回答中，研究生选择"有机会探索未知世界和领域"排在第一位，这是一个非常有意义的结果，说明大多数研究生明白了研究生和本科生的本质区别，即与关键词"研究"相关联的要通过探索未知世界和领域，获得新的知识，而不是仅仅学习人类已有知识。选择"增加自己的就业机会和前景"与"为未来的个人发展开拓道路"分别排在第二和第三位，这也是非常具有现实性的回答，这与我们研究生教育的宗旨没有矛盾，也可以说基本吻合，因为研究生教育本来就是为年轻人的个人发展提高素质，为社会的高层次需求培养人才。超过半数的研究生（55.13%）选择"能与一些智慧而有趣的人共事"，这一结果与《自然》杂志2022 年 10 月的研究生状况调查报告相当吻合。排在选择率最后的"能为人类发现、创造新的知识"，初看起来有点令人失望，因为对研究生，特别是理工医农类的研究生发现、创造新的知识，是获得学位的重要要求。这一结果一定程度上反映对研究生的创新教育有待加强。另一个原因是问卷对象中理工医农类的研究生比例较小。另外，也有可能没有选择此项的研究生有某种现实性的考虑，因为发现、创造新的知识是很不容易的，需要有很强的能力和长期的努力，而且要有机遇。

2. 研究生对读研过程感受压力和产生担忧的情况

对问卷题"总的来说，你对学位课程学习和课题研究感受到压力的程度"，全部 263 位研究生问卷统计中，表示没有感到压力的占 5.70%，感觉压力较小的占 19.01%，感觉压力中等的占 44.87%，感觉压力较大的占 25.10%，感觉压力很大的占 5.32%。上述结果表明，学位课程学习和课题研究方面，超过四分之三的研究生（75.28%）感受到了中等程度以上的压力。研究生对学位课程学习和课题研究感受到压力是正常现象，而且压力的存在对研究生培养有一定积极意义。关键是如何引导研究生看待学位课程学习和课题研究方面的压力，将压力变为动力，而不让研究生因压力带来焦虑情绪，影响健康。

对问卷题"你的研究生生活中在人际交往方面感觉有压力的程度"，全部 263 位研究生问卷统计中，表示没有感到压力的占 11.79%，感觉压力较小的占 45.25%，感觉压力中等的占 31.94%，感觉压力较大的占 8.37%，感觉压力很大的占 2.66%。上述结果表明，超过半数的研究生（57.04%）在人际交往方面基本上未有压力，但仍然有 42.96% 的研究生人际交往方面感受到了中等程度以上的压力。作为高度社会性的人类，人际交往方面感觉有压力更影响人的情绪，90% 的抑郁症是社会因素引起的。因而引导和缓解研究生在人际交往方面感觉到的压力是值得关注的。

对问卷题"<u>你在人际交往方面的压力来自哪些方面（可以多选）</u>"，5个选项，全部研究生选择率由高到低排列顺序为：

（1）与导师和其他老师相处的压力（64.64%）

（2）与同学相处中的压力（37.26%）

（3）与单位领导交往的压力（24.33%）

（4）与恋爱对象相处的压力（19.77%）

（5）与家人相处的压力（12.17%）

上述回答中，多达64.64%的研究生将"与导师和其他老师相处的压力"排在首位，说明研究生的人际关系中最重要的是与导师的关系。研究生与导师出现紧张关系的情况，国内外的研究生培养单位都存在，有时甚至出现难以调和的矛盾。研究生与导师的关系中，矛盾的主要方面在于导师，研究生处于弱势一方。导师应当从各方面关心、理解、帮助研究生，成为研究生的良师益友。

对问卷题"<u>你对目前自己的经济状况满意吗？</u>"全部研究生问卷统计中，表示很满意的占12.17%，表示基本够用的占48.81%，表示偶尔不够用的占20.15%，表示对不满意占12.17%，表示经济上很困难的占4.94%。上述结果表明，大多数研究生（60.98%）对现在自己的经济状况是满意的。但也有17.11%的研究生在经济上存在困难和压力。各级研究生管理部门和导师应当了解这一情况。

对问卷题"<u>你在读研过程中遇到困难和挫折的情况</u>"，全部研究生问卷统计中，表示始终都遇到的占7.98%，表示经常遇到的占36.50%，表示有时候遇到的占46.77%，表示很少遇到的占7.98%，没有研究生表示从未遇到困难和挫折。上述结果表明，绝大多数研究生都遇到过困难和挫折（92.02%），仅有7.98%的研究生很少遇到困难和挫折。这一结果是正常的，创新和探索性的研究是不可能没有困难和挫折的，而且困难和挫折也是提高研究生素质的必要历程。

对问卷题"你在读研过程中出现焦虑情绪的情况"，全部研究生问卷统计中，表示长期处于焦虑中的占 7.98%，表示经常有焦虑感的占 36.88%，表示有时候有焦虑感的占 46.77%，表示很少有焦虑感的占 7.60%，没有研究生表示从没有过焦虑感。上述结果表明，接近半数（44.86%）研究生经常或长期处于焦虑中，仅有 7.60%的研究生很少有焦虑感。这一结果可能与研究生经常遇困难和挫折，以及下一题反映的研究生感受的压力和担忧有关。

对问卷题"读研以来你曾有过哪些担忧？"对 10 个选项，全部研究生中选择率由高到低排列顺序为：

（1）将来的就业前景不确定（77.19%）

（2）难以在预定期限完成学业（41.83%）

（3）研究课题难度太大（27.38%）

（4）担心经济上有困难（26.24%）

（5）担心出现焦虑、抑郁等心理问题（25.10%）

（6）担心对研究课题没有兴趣（23.95%）

（7）有其他方面的担忧（17.11%）

（8）担心自己身体能否胜任（12.93）

（9）与老师和同学人际关系紧张（11.79%）

（10）担心受到导师的歧视和欺侮（6.84%）

在所有参与问卷回答的研究生，排第一位的（77.19%）的担忧是"对将来就业前景不确定"。说明未来的就业前景是研究生普遍考虑的问题，也是他们读研普遍要面临的问题。这是从实际情况出发的。不同研究生群体对将来的就业前景担忧程度也有区别，其中担忧最高的是体育艺术类的硕士生，为 91.84%，其次是人文社科类硕士研究生，为 80.65%。而理工医农类硕士生与博士生这种担忧分别为 56.00% 和 64.19%，均低于平均值，但仍然超过半数。虽然很多研究生读研的重要目的是提升就业前景，但现实中实现好的就业并非易事，的确研究生毕业并不能保证一定有好的就业前景，特别是硕士研究生，因此研究生管理部门也应当关心研究生特别是硕士研究生的就业问题。

排在第二位的担忧是"难以在预定期限完成学业"（41.83%），发现这一比例在不同研究生群体中都相差不大，只是博士生稍高一点，为 42.86%。有这种担忧是可以理解的，因其可能影响到毕业和就业的问题。但是有时候的延期毕业，特别是博士研究生，关系到出更高水平的研究成果，因而国内科学院和著名大学有相当高比例的博士生是延期毕业的，这不仅对科研创新有意义，对研究生本人的发展也是有益的。

3. 研究生出现抑郁情绪的情况和程度

本项问卷，从目前抑郁情绪的心理问卷题中，选择了以下 10 项较为重要的问卷题，即答卷人按以下 4 项选择：（1）绝大部分或全部时间；（2）相当多时间；（3）小部分时间；（4）没有或很少时间（正面题按 1、2、3、4 顺序得分，负面题按 4、3、2、1 的顺序得分），统计每位答卷人的总得分。得分越高抑郁情绪越严重，得分越低则越没有抑郁情绪。

（1）刚过去的两周内，觉得闷闷不乐，情绪低沉的时间
（2）刚过去的两周内，晚上睡眠不好或出现失眠的时间
（3）刚过去的两周内，你觉得比平常容易生气激动的时间
（4）刚过去的两周内，你无缘无故地感到疲乏的时间
（5）刚过去的两周内，你觉得不安而平静不下来的时间
（6）刚过去的两周内，你的头脑跟平常一样清楚的时间

（7）刚过去的两周内，你觉得经常喜欢做的事情同样喜欢做的时间

（8）刚过去的两周内，你的食欲感觉正常的时间

（9）刚过去的两周内，你对将来抱有希望和期待的时间

（10）刚过去的两周内，你觉得生活过得有意思的时间

统计结果如下：全部研究生中，得分 20 分及以下（表明无抑郁情绪）的占 43.73%；得分 21~25 分（表明偶尔抑郁）的占 37.64%；得分 26~30 分（表明有轻度抑郁症状）的占 13.69%；得分 30 分以上（表明有中度以上抑郁症状）有 4.18%。上述结果表明大多数研究生（81.37%）基本上没有抑郁症状。但也有接近五分之一（18.87%）的研究生表现出轻度以上的抑郁症状。从博士生群体的统计数据来看，表现出轻度以上的抑郁症状的比例为 21.43%，稍高于研究生群体的平均数。但以上总的数据与国际著名杂志《自然》2022 年 10 月发表的研究生状况调查所提到的，"全球有约 40% 的博士生和 28% 的硕士生曾就学业等压力造成的抑郁和焦虑寻求过心理帮助"的情况相比，情况还是较为乐观的。当然这与调查和统计的方式有关，也可能与国外很多研究生远离故国，独自应对各种压力，以及获得学位（特别是博士学位）的难度高于国内有关（美国理科类博士生入学后约 18% 不能最终获得学位）。

4. 研究生的幸福观和提升幸福感的理解

本报告开头提到，幸福观关联到个人的世界观、人生观和价值观，也关联到心理健康。研究生面临着学习、科研任务、获得学位、就业、家庭、婚恋、人际关系等多方面的问题，研究生的幸福观与对幸福的追求有其群体特点。了解这些特点，并适当加以有针对性地引导，对研究生总体质量的培养是有一定帮助的。

对问卷题"你对什么是幸福的理解是（可选多项）"，对 12 个选项，全部研究生中选择率由高到低排列顺序为：

（1）实现自己长期追求的理想与目标（82.89%）

（2）自己与家人身体健康（81.37%）

（3）有份理想的职业（67.68%）

（4）有较好的人际关系（58.94%）

（5）自由自在的境遇和生活（51.33%）

（6）与心爱的人组建家庭（44.84%）

（7）成为很富有的人（41.83%）

（8）有很多知心朋友（40.68%）

（9）能够经常吃喝、旅游、购物、玩乐（37.64%）

（10）有较高的社会地位（34.22%）

（11）为国家和社会做出贡献（31.56%）

（12）能做慈善，帮助别人（22.43%）

看到上述结果中，有超过半数的研究生所选择的前 5 项关于幸福感的理念，符合当前有关幸福感的主流意识。反映参加问卷调查的大多数研究生有较成熟的幸福观。全部研究生中有 82.89% 的答卷者选择"实现自己长期追求的理想与目标"，排在第一位，这是非常有意义的。这正是伟大哲学家亚里士多德提出的"成就自我"的幸福观。亚里士多德认为"幸福是实现自身价值欲求的符合德性的活动"。他还说，"幸福中必定包含快乐，而合于智慧的活动是所有符合德性的活动中最令人愉悦的"。相比之下，本次问卷中，选择"能够经常吃喝、旅游、购物、玩乐"为幸福理念的答卷研究生为 37.64%。这两个数字差距表明大多数研究生有合理的幸福观，一定程度上反映出大多数研究生理解到快乐和幸福有所区别，但也表明相当多的研究生将感官上的快乐理解为幸福，虽然幸福包含快乐，但深层次分析，二者是有区别的，因而需要对研究生加以引导，这无论对研究生个人和社会都是值得做的工作。

排第二位（81.37%）的选择是"自己与家人身体健康"，这种幸福理念也是正确合理的，健康的身体是所有幸福感的生理基础，也是"实现自己长期追求的理想与目标"的基础，是更长久身心愉悦的基础。

排在第三位的幸福理念选择是"有份理想的职业"（67.68%），这在某种程度上是一种社会的共识，是从小学，中学，大学到研究生家长与亲人朋友推动年轻人努力学习上进的动机，也是很多研究生考研的主要动机。

研究生们排在第四位的幸福理念选择为"有较好的人际关系"占58.94%，这也是很有意义的。人类作为高度社会化的物种，个人的幸福感离不开与社会和他人的关系。哈佛大学社会学家开展了一项历时75年的社会跟踪调查研究。跟踪调查了724位男性的生活。经过4代研究人员的接力，年复一年地跟踪他们的成长、学习、工作、家庭生活、自我满意度。到2014年当调查剩下的64位，请他们回顾自己的一生的人生体验，什么是使自己带来幸福感的最重要的因素，综合的结论不是财富、名誉、地位、运气等，而是与他人（包括自己的亲人、朋友，社会团体）之间，密切的、长期的、和谐的人际关系。

研究生们排在第五位的幸福理念选择为"自由自在的境遇和生活"占58.94%，这一选择应该来自研究生们过往的生活体验。虽然绝对的自由并不存在，而且自由是对必然的认识，但追求符合人类本性的个人自由，从来是人类的一种幸福感理念，而且是很多革命者努力实现的目标。马克思和恩格斯在《共产党宣言》

中对未来社会的定义："在那里，每个人的自由发展是一切人的自由发展的前提。""自由"也是我国社会主义核心价值观之一。但我想大多数研究生选择此项，不一定出于上述理性的考虑，而是从个人的体验出发。的确没有各种压力和负担，不受别人的制约，能无拘束地做自己喜欢做的事，是人生轻松愉悦的体验。古希腊哲学家修昔底德曾说过"幸福的秘密是自由"。

上述关于幸福理念的问卷中，有41.83%的研究生选择了"成为很富有的人"，这在20世纪80年代以前如进行类似问卷出现这一结果可能性小，自从小平同志提出"让一部分人先富起来"，并实行改革开放以来，成为富人，已是一个值得鼓励积极的理念，当然"君子爱财，取之有道"，只要通过合法手段，通过自身努力而发财致富，对个人和社会都有积极意义。很多致富者，特别是实业家，不仅给自己带来优越的生活，而且对社会都做出了重大贡献，包括解决大量人员的就业问题，当然社会管理者和政治家也必须关注如何缩小贫富差距。因此研究生中有相当多的人想成为富有的人是无可非议的，但需提醒的是财富并不等同于幸福。

上述问卷中排在后两位的"为国家和社会做出贡献"（31.56%）与"能做慈善，帮助别人"（22.43%），我们可以做出理性的分析。在学习和科研任务繁重，就业前景不确定，感受到各种压力存在的情况下，有近三分之一的研究生有"为国家和社会做出贡献"的幸福观，已是难能可贵了。而且为国家和社会做出贡献是很不容易的，不仅需要有很强的能力和长期的努力，还要有机遇，不是仅有豪言壮语就能实现的，很可能没有选择此项的研究生有某种现实性的考虑，并不代表他们不想为国家和社会做出贡献。同样的分析思路适应于没有选择"能做慈善，帮助别人"作为一种幸福理念的研究生。脑科学和心理学研究证明，做慈善事业和帮助别人是可以激活大脑的奖赏回路从而带来愉悦感的。有超过五分之一的研究生在目前经济上尚不能独立的情况下，有"能做慈善，帮助别人"的幸福理念，已是相当不错，值得赞扬的了。相信更多的研究生将来成功之后，一定会乐于做慈善事业，帮助困难者。

对问卷题"你认为哪些因素与作为可以提升自己的幸福感（可选多项）"，对 10 个选项，全部研究生中选择率由高到低排列顺序为：

（1）珍惜、接受并爱自己 87.07%

（2）能够理性面对和接受现实 79.09%

（3）确立生活的目标，并为之奋斗 67.30%

（4）吸取更多的各方面知识 60.46%

（5）培养业余兴趣爱好 60.46%

（6）多与亲人和朋友交流 55.89%

（7）每天进行体育锻炼 52.85%

（8）一切顺其自然 34.98%

（9）更多地关心和帮助他人 29.28%

（10）关心社会和国家大事 29.28%

从上述问卷题目的统计结果，反映出参加问卷调查的大多数研究生心理与人格上成熟的一面，从超过半数的研究生选择的前面 7 项提升幸福感的认知，基本上是当下很多有关幸福观著作，特别是《哈佛幸福课》中都提到过的。

研究生们排在第一位的（87.07%）的选择是"珍惜、接受并爱自己"，的确是人生幸福的重要前提。从基因到大脑神经科学研究证明，我们每一个人都是独一无二的，每一个人来到这个世界，是一个极其偶然，非常珍贵，永远不再重复的事件。我们应当珍惜自己，才能追求亚里士多德所提出的"成就自我"的幸福。接受一个可能犯错误的并不完美的自己，你才会减少很多烦恼，少产生抑郁情绪。一个不爱自己的人也不会真正爱别人，关心他人与社会。

排在第二位的选择（79.09%）是"能够理性面对和接受现实"，这一定程度上反映出研究生们心理成熟的一面。人生历程中不可能不遇到困难、挫折、不顺心的事，人们常说人生"不如意事十之八九"，因此很多时候要理性面对和接受现实，才不会增加更多的烦恼。当然这并不意味着屈服于困难和挫折，有的时候要勇于挑战困难和挫折，从而实现自己的人生理想，如保尔·柯察金和张海迪。

有 67.30% 即约三分之二的研究生选择了"确立生活的目标，并为之奋斗"作为提升自己幸福感的理念，这是非常正确和有意义的。马克思说过"斗争就是幸福"，为自己的理想信念和人生目标奋斗的过程是幸福，目标的实现更是幸福。首要的条件是要有目标和梦想，人生的不同阶段，要有一定的目标。这个目标不一定要伟大非凡，只要是从自己实际出发，发自内心地召唤，对个人的发展和社会有一定意义，就值得为之奋斗，这个奋斗过程本身就会带来幸福感。美国著名心理学家亚伯拉罕·马斯洛在其名著《寻找内在的自我》中说过："能够使自己回过头来认识到自己原来很幸福（尽管当时并没有认识到这一点）的最好方法，就是让自己全身心投入一份有价值的工作或事业中。"因此，这次问卷中，大多数研究生选择"确立生活的目标，并为之奋斗"作为提升自己幸福感的理念是令人欣慰的。

三、总结与思考

研究生的幸福感与心理健康，是研究生教育中非常值得关注的方面，与研究生的生活质量和培养成为德才兼备的高质量人才有密切关系。追求幸福是几乎人类所有行为的目标与动机。人类的幸福感有其进化上的由来和科学的基础，而每个人幸福观的形成和发展受各种因素的影响和制约，并非完全抽象的。每个人根据自己的人生经历、知识水平、认知程度、所处环境和社会关系，产生自己的幸福理念，选择自己所期望的幸福生活。

当代研究生面临着学习、科研任务、获得学位、就业、家庭、婚恋、人际关系等多方面的问题，研究生的幸福观和对幸福的追求有其群体特点。在现实中，幸福观关联到个人的世界观、人生观和价值观。根据前面提到的研究生教育的重要性，我们研究生工作的参与者（包括管理者和导师）需要更多地了解研究生的幸福观与心理状况，提高研究生追求幸福的认知、品质和能力，培养研究生健康的心理素质，这对成功的研究生教育是有重要意义的。

本次问卷调查的对象包括了人文社科类、理工医农类、体育艺术类的硕士生，以及部分博士生，具有一定代表性。调查采用匿名答卷方式，研究生可以无顾虑地按照自己的思想填写问卷内容，因而具有较高的真实性。较客观地反映了研究生目前读研过程的心理状况，包括满意度、主观幸福感、压力感，焦虑抑郁情绪的程度和所担忧的问题。也有较高代表性地反映了我校研究生的幸福观，以及提升自己幸福感的理念的认识。对了解当前研究生的思想和心理状况有一定的参考价值。

追求快乐和幸福是人类天生的本能，正如英国 19 世纪思想家罗伯特·欧文所言，"人类的一切努力的目的在于获得幸福"，几乎每个人所有的行为，都可以直接或间接地关联到对愉悦和幸福的向往和追求。研究生的幸福感与心理健康，是研究生教育中非常值得关注的方面，与研究生的生活质量和成就高质量人才培养直接相关。幸福观是人们对幸福所持的根本态度和观念体系。幸福观的形成和发展受各种因素的影响和制约，幸福观关联到个人的世界观、人生观和价值观。本次问卷调查的结果，反映参加本次问卷调查的大多数研究生有较成熟的幸福观，符合当前有关幸福观的主要共识。全部研究生中有 82.89% 的答卷者选择"实现自己长期追求的理想与目标"作为自己对幸福的理解，这是非常有意义的。

本次问卷调研中，也发现研究生的幸福观有待引导提升的方面，比如感官上的快乐与内心幸福感的区别，幸福感更加强调一个人的内心世界认知的实现和人生意义的满足。根据前面提到的研究生教育的重要性，为此我们需要更多地了解研究生的幸福观，提高研究生追求幸福的能力，这关系着研究生教育的成功与否。世界上很多著名大学，如哈佛大学，都开设了有关幸福观相关课程，以提高研究生对幸福的科学认知和追求幸福的能力。而这种努力有可能影响到这些年轻人今后的一生。

这次问卷中也发现一些值得关注的有关研究生学业的问题，比如很多研究生对于研究生与本科生的本质区别，即与关键词"研究"紧密联系的创新性认识不足，接近五分之一的研究生出现焦虑和抑郁情绪；接近 80% 的研究生对将来就业前景的担忧；有约 43% 的研究生感受人际关系方面特别是与导师相处的压力；有约 28% 的博士生表示不满意当前的读研状况等。这些方面值得各级研究生管理部门和研究生导师的关注并给予一定的帮助和引导。

本次问卷调查也存在一定不足，比如调查范围和人数还应更大一些，特别是博士生人数过少，难以更客观地反映博士生的真实情况。另外问卷题目的科学性和全面性也有待提高。

综上所述，本次问卷调查上是有意义的，对了解当前研究生的思想和心理状况,以及他们的幸福观和理念提供了有价值的信息。为我们研究生教育的实施者,包括学校、研究生院和各个学院研究生的教育管理者,特别是研究生导师,了解研究生的心理状况、他们的关注点和追求,为更有针对性地关怀和指导研究生,培养高质量的、富有创新性的、身心健康的研究生提供了借鉴。

（2023 年 7 月 30 日）

在2008年研究室开学工作会议上的结语

与青年教师共勉：

尽自己的努力，做自己感兴趣的事，做最好的自己，是非功过随别人说去。内心宁静，不要为名誉头衔、符号资本而内心不安，那样会降低生活质量。

当有记者问新西兰已故著名登山运动家，珠穆朗玛峰的第一个征服者埃德蒙·希拉里（Edmund Hillary），为什么要登山时，他的回答是"Because the mountain was there"——因为山在那边！

我想尹长民教授八十高龄还去登高黎贡山寻找蜘蛛，绝不是为了增添自己的符号资本，而是在做她自己感兴趣的研究——因为蜘蛛在那边！

我们研究蜘蛛毒素，探索质膜蛋白质组，首先的出发点是我们对它们好奇——因为有那么多未知的蜘蛛毒素在那边，因为有那么多朦胧奇异的膜蛋白质在那边！

大家抱有一个平常心，尽自己的努力，做自己感兴趣的事，做最好的自己，各位老师就有希望，我们的研究室就有希望。这个希望并非一定得做出举世震惊的成就，而是我们尽责尽职的努力，取得了我们期望的结果，为科学和教育事业做出了实事求是的贡献。

与研究生共勉：

硕士或博士学位论文唯一的作者是你本人，可能这是你留给世界的第一份最重要的文件，生物化学学位论文是必须要有创新的，因而很可能你的博士或硕士论文是你对人类知识宝库的第一份贡献。是优，是劣，取决于你自己，也归属于你自己。

读研究生，当然要努力获得文凭，但只想投机取巧轻松混个文凭的想法，首先是贬低你三年研究生生活的价值，而且可以肯定，混文凭者与那些真正热爱生命科学，对探索自然有兴趣而进入实验室的研究生相比，前者的乐趣会少得多，个人价值的提升和获益会少得多。研究生，无论男生还是女生，都要有读万卷书行万里路的志向。

对承担实验室的公务劳动，不要吝啬自己年轻时的体力，出了一身汗，第二天就会恢复，而且会使你更有精力。承担实验室公益性工作，似乎是一种吃亏，但能吃亏是一种境界，是一种人格上的大度，而且还是一种智慧。能够吃亏的人，往往是心境祥和的人，在团队中生活愉快，也更能获得别人的帮助。

要做老实人，当研究生做科学研究尤其要做老实人，老实人对科学心存敬畏，更能发现客观真理；老实人实事求是，少了一份事业和生活上的风险；老实人不怕吃亏，最终将得到回报；老实人凭良心办事，心境更加坦然。老实人其实最聪明，生活质量更高。

（2008 年 9 月 6 日）

在实验室2009年末工作会上的发言

在全体老师和研究生的共同努力下,我们研究室作为首席单位,今年获得了国家(973)项目,即国家重点基础研究发展计划项目"动物多肽毒素的基础与应用基础研究"。这是我们实验室在多肽毒素领域多年积累的研究成果基础上的一个重要进展,但也意味着今后5年我们要付出更艰巨的努力,来完成这个国家交给我们的重大科研任务。

本实验室经多年的努力建立的科研设备、技术和相关软实力,为各位老师提供了开展科学研究的平台,本研究室的科研经费在(973)项目等一批课题维持下,在重点学科经费支持下,估计今后5年可处于较好的运转状态,可以增加一些重要的、必需的仪器设备,提升技术平台,可扩招一些研究生开展研究工作。但凡事预则立,不预则废,各位老师必须居安思危。发展是个硬道理这句话适合于每一个研究室,也适合于每一个人。不进则退,面对激烈的国际与国内同领域的竞争,每位老师必须头脑清醒,确定目标,每一天,每一月,每一年都要有所作为,为自己的发展开拓道路。只有实验室的各位老师、各位研究生做出出色的成绩,我们(973)项目和国家自然科学基金任务才有可能完成。

多肽毒素及多肽药物相关的研究,质膜蛋白质组学特别是神经细胞质膜蛋白质组学,是很有价值的领域,而且在这一领域我们实验室在国内甚至国际上均有一定影响,在这一领域坚持做下去是值得的，也是一定会有收获的，不仅是出文章，也可能产生有社会效益的成果。但我也提倡各位老师独立思考，根据自己的兴趣围绕现有基础上拓展新的领域，使我们的传统研究出现新的生长点。本实验室每位老师都有自己的特长领域、专长技术，因而能够加强合作、互相补充、联合攻关。联合攻关极其重要，非如此不可能发高水平论文，而且合作可以实现共赢。有了高水平论文和有价值的专利，再获得国家级课题也就有基础。各位老师之间只有相互帮助、和谐相处，乐于吃亏让人，乐于看到别人成功，研究室才有希望。每位老师自己心情好，生活质量才高，心情愉快才有利于出好的研究成果。

发表意识很重要，我以前也提到过，国外学术界的理念"要么发表，要么消亡（To publish，or to perish）"，这句英文也有人译为"不发表，就出局"，对于基础领域的研究的确如此。当前国内 SCI 论文的评价系统，尽管有缺陷，但对于基础研究而言，目前还没有能取而代之的更好的"游戏规则"，仍然是课题申报，职称晋升的关键因素。文章的质量和水平比数量更重要。当然，对于学校里的老师，如果能在教学上下功夫，做出成绩，得到学生普遍赞誉，你也可以成为一名成功的教授。

天道酬勤，只有自己勤奋的人，才可能得到别人的帮助，一定要勤动脑、勤动手、思进取、多产出才能赢得可能的机遇和挑战。但不客气地说，现在本室有的老师，离勤奋差距较远，三年甚至四年不出一篇文章，这对本人的发展是不利的，将来即使有机会，也会因没有竞争力而失之交臂。作为目前实验室负责人，我提出以下要求：本研究室讲师以上的老师（包括我本人在内），要读最新文献，要有自己的研究思想，手边要有自己的实验工作，工作冰箱里要有自己的样品，要有一两篇文章在自己的头脑里规划，而不依赖别人包括其他老师和研究生来为你确定研究目标。第一作者和通讯作者都很重要，有了第一作者的论文基础，才有通讯作者的论文，本人从1992年任教授后共发表14篇第一作者论文（包括5篇综述）。有了文章和专利，申报课题才有希望。

我们实验室的老师，特别是年轻老师，都要努力成为PI（Principal Investigator），即主要研究员或课题组长。在国外只要能拿到课题即可成为PI，不一定非得是教授副教授，但成为PI是个人发展的重要因素。正如我以前曾说过，今后我们研究室将是多个独立PI的联合体，各个PI自由探索，研究经费独立，但要相互合作，相互支持，共建技术平台。我本人总有一天会因为年龄和水平的问题拿不到项目课题，也就不再成为PI，将离开实验室，将工作空间留给年轻人，就如同我的博士后导师R. A. Laursen教授一样。新陈代谢也是科研组织的正常现象，非如此不利于创新，不利于研究领域的扩展。

希望老师们能有更多的第一作者和通讯作者的论文产出。为了体现各位老师独立研究和独立指导研究生的水平，今后我将在只在我本人的博士生和我主持的项目资助的论文中署名。我没有参与研究思想、实验过程、结果分析和论文写作的本研究室的论文我都不署名，数年之后当我主持的项目结题之后，除了我自己为第一作者的论文，基本上本研究室所有论文中本人不再署名。

上述想法，是我在担任这次（973）项目首席科学家感受的压力下与大家的交流，初衷是我们实验室要在5年内为这个项目的完成做出重要贡献，不要落后于共同承担这个重大项目的其他院校团队，因而也给大家一点压力。也想以此为契机，推动我们每一个老师的自我发展，也推动研究室的工作上一个新的台阶。天地转，光阴迫，要争朝夕。当然，也希望大家明白，生活质量除了工作还有其他方面，所有使生活愉快的因素都应积极争取，尽量多和自己的父母、配偶、儿女、亲人以及自己的朋友一起享受生活，关注身体健康，多做使自己身心愉悦的自己感兴趣的有意义的事，珍惜上天给予的天伦之乐，失去这一部分不能算完美的人生。

（2009 年 12 月 26 日）

2014年春节致研究室全体老师

蛋白质化学研究室的各位老师：

在此 2014 年农历新年（马年）即将来临之际，首先向各位祝贺新年，祝大家百事顺利、身体健康、家庭幸福、马到成功！

同时，我也借此机会，感谢大家对我多年的支持和帮助！回首二十多年本研究室在科研和人才培养上取得了一定成绩，至今仍承担多项国家科研项目，至今仍吸引并培养研究生，没有你们每一位老师的辛勤工作是不可能的。在科学研究、项目申报、实验室仪器设备维护、财务管理，本科与研究生课教学，研究生管理，特别是我本人主持的（973）、（863）重大专项和自然科学基金课题的执行与完成，我都得到了每一位老师的支持和帮助。衷心谢谢大家！

2014 年我们研究室主持的国家（973）项目"动物多肽毒素的基础与应用基础研究"将要结题汇报，我们研究室与六个其他兄弟单位团队通过 5 年的努力已取得很好的结果，产出一批高水平的论文和专利，不久前我们获得了湖南省自然科学一等奖，我们对顺利结题充满信心，但我们还要做好百米冲刺工作。2014 年我们还将主办"世界生物毒素学会（IST）亚太分会第十届学术大会"，这是一次规模空前的国际生物毒素学术大会，将对我国生物毒素研究带来很大推动。上述两项工作还要拜托各位老师齐心协力，力争圆满完成。

目前我已近古稀之年，精力明显下降，研究思路也开始僵化，今后恐难再拿到国家科研项目，这也符合学术界新陈代谢的规律。欣喜的是我们研究室的老师们日趋成熟，先后成为独立的 PI（课题负责人）与研究生导师，获得越来越多的国家级项目。正如我以前曾说过，今后我们研究室将是多个独立 PI 的联合体，副教授及以上老师皆为独立 PI，自由探索，经费独立，共建共享平台，相互合作支持。每一位 PI 要自强不息，争取拿课题出成果，求得自身的发展。我们研究室经过多年积累，形成以多肽毒素为主线的研究方向，该主线可以跨界延伸到分子神经科学，分子药理学，多肽药物学，膜受体与通道及相关信号通路，分子进化，分子结构与功能相互关系以及相联系的方法学与生物信息学等等。路子是可以越走越宽的，并有望做出创新性成果的。我们研究室多年蛋白质组学与多肽组学研究技术的成果，也开拓了与临床医学相结合的方向，这一方向也有很大发展前景。

当前我们研究室迫切需要有思想敏锐，精力充沛，勇于开拓和富有远见的青年教师的主动出击，在原有基础上得到新的突破，开拓新的生长点。同时也必须要有富有团队精神同时高瞻远瞩的老师协调各位 PI 的思路，规划技术平台建设，组织各位老师的协同合作与联合攻关。经过一年来征求各位老师的意见，从下个学期开学起，将请刘中华教授（他现在是湖南省多肽药物工程实验室主任）主持本研究室的工作，负责规划实验室改造和技术平台建设与管理，组织研究室内各位 PI 的协同合作，确定重点研究方向，组织科技开发和大课题的申请等工作。刘中华老师为人谦虚诚恳，积极进取，善于团结人，他是湖南师范大学的硕士、北京大学的博士和美国休斯敦大学博士后，学习研究经历面广，知识基础扎实，思想敏锐，敢于担当，相信他能带领研究室其他年轻老师开拓出研究室的新局面。我本人仍将尽力支持和协助他的工作，也希望研究室的其他老师支持他的工作，有意见求同存异，相互理解，协力共赢，在每位老师充分发展的基础上，促使我们整个研究室的工作上一个新的台阶。

再次感谢各位老师多年来对我的支持和帮助！再次祝福各位老师新年平安健康，全家幸福！

（2014 年 1 月 24 日）

《幸福感的由来》自序

"幸福"一词是我们接触最多的词语之一。

也许是因为很多年前亲历过饥饿与贫困,"幸福"二字在我头脑中最初的概念是解决温饱,过上富裕的日子。然而,今天回忆起来,我早年感受过的且让我至今难忘的幸福一幕,却似乎与温饱和富裕并无关联。那是我少年时代一个冬天的往事。

20世纪60年代初的三年困难时期,我们家住在长沙市长郡中学教师宿舍,那是木板为墙的简陋平房。记得有一天傍晚时分,窗外下着小雪,室内室外一样寒冷。因为停电,家里点着一盏煤油灯,昏暗的灯光下我和妹妹们围着一盆小小的炭火取暖。这时,母亲在屋外走廊清洗完餐具走进来,坐到我们身旁,她面带微笑,深情地注视着我们兄妹,依次握一会我们的手,亲切地问我们冷不冷,一种温馨幸福的感觉涌入我心间,我感受到一份得到母亲关爱与呵护的幸福。而且,我从母亲的眼神中,也感觉到她看到自己的6个儿女团团而坐时,作为一位母亲的幸福。那一幕,特别是那闪烁的煤油灯光中母亲慈祥的面容,深深地刻印在我的脑海里,至今难忘,犹如昨日。然而,那时的我们,常常为饥饿所困,家境离富裕更是十分遥远。

待到上中学时,读到法国作家大仲马的小说《基督山伯爵》,作者在书中的一句话一直萦回在我脑间:"世界上无所谓幸福,也无所谓不幸,只有一种境况与另一种境况相比较,如此而已"。更使我对究竟什么是幸福产生了好奇，它似乎有一种神秘感。从那以后，我常关注书籍和杂志上讨论有关幸福和幸福感的问题。后来我到北京大学生物学系读本科，进入生命科学领域，直到攻读生物化学的硕士与博士学位，出国做博士后，以及后来从事蛋白质与活性多肽以及神经生物学相关领域的研究，在此期间虽然一直在关注我感兴趣的有关幸福的书籍或文章，但似乎从未找到幸福的明确定义，对于究竟什么是幸福的概念，总感到有一层迷雾。

然而，这些年获得的生命科学知识，特别是有关达尔文进化论、基因和蛋白质的功能以及大脑神经生物学的知识告诉我，至少以下这一点是合乎生物学逻辑的，即人类对愉悦和幸福的感受——这种复杂的、奇妙的，甚至似乎神圣的感觉，是亿万年进化过程赋予人类的一种本能。如同我们人类的其他本能，如疼痛感、危险感、视觉、听觉以及语言功能一样，是一种进化中形成的，有利于人类生存适应、在自然选择中胜出的本能，是与人的某些基因和蛋白质功能相关的，也是与大脑的神经元核团结构及某些神经元回路相关的，是可以被科学研究的。

幸福与幸福感的概念有所不同，幸福感或者说对愉悦和幸福的感受能力，是与生物科学相关的，是有其生物学基础与机制的，是有其生物进化上的由来的，很可能源自最早的低等动物为促进生存能力而产生的反馈激励机制，并伴随动物神经系统与大脑的进化而发展形成的。实际上，对人类而言，与本书主题"幸福感的由来"关联的一个重要概念是，每个人感受愉悦和幸福的能力源自数亿年漫长进化过程中逐渐形成的人类大脑，每个人追求快乐和幸福的行为也发自大脑，可以说大脑的神经生物学活动决定了我们人生的愉悦与幸福。

本书则试图梳理动物与人类神经系统的进化发展过程，特别是有关大脑是如何让我们感受和追求愉悦与幸福这一领域目前研究发现的一些科学线索。其目的一则是满足自己长期以来对这一问题的好奇，二则这种梳理或许能给对此问题感兴趣者带来一点启发。

世界上每一个人都是唯一的，如同我们的指纹一样互不相同。我在本书中也将讨论到，世界上每个人，包括今天生活着的，以及古代的和未来的每一个人，所感受到的幸福各有不同，甚至千差万别的，是随时空境遇不同而异的。但每个人产生愉悦感和幸福感的生物学基础，包括相关的生物化学与神经生物学基础，如与愉悦和幸福感相关的基因与蛋白质的种类和表达量，大脑中相关脑区的基本结构是相对恒定的，在人与人之间并无十分显著的差别。对这一问题如何理解，从中可以带来何种启示，这也是本书所关注的。另外，一个长期萦回在我脑间的问题是，人们常常将幸福与快乐并提，那么幸福就等于快乐吗？从古代哲学家到现代心理学家都认为幸福与快乐是有所不同的概念，那么在进化生物学与现代神经生物学上是否存在相关的基础与线索呢，这很让我好奇，也是本书试图探讨的问题。

众所周知，很多基础生命科学问题特别是脑科学问题还在艰难地探索中，与幸福感的生物学基础和机制相关的很多深入的问题至今还远没有完整清晰的答案，也许要再经过很多年的研究与更深入的发现，才能就幸福感的生物学基础与机制讲出一个较完整的故事。然而，这个关乎生物界与人类的大自然的奥秘实在太吸引人了，太能使人产生好奇心了，这也是驱使我学习和追踪有关文献的原因。令人鼓舞的是，人类经过多年的探索，进化生物学家、生物化学家和神经生物学家还是找到了一些重要的、令人兴奋的关于此问题的研究结果或线索。本书的目的便是梳理一下这些结果与线索，并与读者交流一些学习体会与思考所得。

我心中很明白的是，写这样一本书难免挂一漏万。在有关愉悦感与幸福感的进化过程和生物学机制的浩瀚科学文献中，我有限的阅读必定会遗漏很多这一领域的重要科学进展和重要文献。本书介绍的内容很可能是以管窥豹之见，而且对一些科学问题的理解会有偏差。然而，有一点让我感到安慰的是，中国人写书的一个目的是以文会友，相信对这一领域感兴趣的朋友不在少数，其中很多人的科学研究与这一领域相关，如果能得到他们对本书内容和观点的批评指正，或者对书中一些观点的商榷和讨论，于我一定是非常愉悦之事。如果通过交流能让我豁然明白一些感到困惑的问题，一定会使我的前额叶皮层因新的认知而兴奋，或许也能刺激我脑内的多巴胺与脑啡肽有更多的释放。

一位哲学家说过，"理论是灰色的，生活之树才是常青的"。实际上，很多时候，学术理论甚至包括科学，也是如黑白照片一样朴素无华的，而人们的生活却是五彩斑斓的。虽然幸福感的由来与生物学机制的问题十分令人好奇，然而，更让人倾心着迷的依然是我们身边烂漫的、诗意的、富有情感、千姿百态且给人带来各种希望的生活。毕竟对大多数人而言，无论对本书讨论的主题与内容了解多少，都不影响他们去感受幸福，去追求内心向往的幸福，并最终得到幸福。虽然如此，我发自内心地感谢在信息爆炸且时间珍贵的当下选择阅读本书的读者。我希望，读者能从本书中得到某些启发或产生一些新的联想，倘能如此，那将很大地慰藉我写作本书的初衷。

（载于《幸福感的由来》，科学出版社，2022 年出版）

《好奇与敬畏》结语

每个人头脑里都有过各种思想的流淌。把某些思想付诸笔端，与他人交流，是很多人内心的一种召唤。

我把自己读研究生、做研究生导师的一些体会写成此书，并不是认为其中有什么了不起的独到之见，而是以为其中某些体会和观点可能对新入学的研究生有所启发和帮助，因而也是源自内心的一种召唤。

从这样一种内心召唤出发，我希望研究生朋友阅读此书时所感受到的，是一位师兄或朋友推心置腹的交流，而不是一位长者自鸣得意的说教。而且我以为，书中所言，很多是学术界已有的共识，也许视为一位过来人对新入学研究生的告知与提醒更为恰当。

在本书第一讲中我曾提到，研究生经历是艰辛而幸福的修行。研究生在艰辛地学习和研究中提升自我，感受到探索和发现的快乐，也为未来的人生发展奠定基础，从个人的角度而言，研究生过程是成就自我的一段人生经历。成就自我，做更好的自己，是很多哲学家和心理学家认为值得追求的幸福感受，而对幸福的追求是人的一种本性。

在本书的最后一讲中我提到，研究生教育是人类为了社会的发展和福祉而设立的系统，目的是提升人类对自然的真理和规律的探索能力，推动科学的进步，从而增进全社会的福祉。某位年轻人成为研究生不仅是自己的努力，也是社会的选择和安排，并赋予其回报社会、为社会做出贡献的使命。

因此，我以为，与研究生教育系统相关的所有人，包括每一位研究生，研究生导师，研究生教育管理者，都既要有人的本性的视角，也应有一个社会、民族与国家的视角。

在此，我想提及一本对今天仍有巨大影响的由美国罗斯福总统的科技顾问，美国著名科学家范内纳·布什70多年前写的《科学：无尽的前沿》（*Science：The Endless Frontier*）。这是二战结束的关键时刻，范内纳·布什按罗斯福总统的要求写的美国科学政策的开山之作，有人称其为美国科学政策的圣经，因其很大程度上促成了美国科学技术自二战以来世界领先的地位。

书中特别提到了科技人才的培养，书中引用了当时哈佛大学校长柯南特的话："在所有可以使用'科学'一词的领域，人都是唯一限制因素。……所以归根结底，这个国家科学的未来取决于我们的基本教育制度。"

在《科学：无尽的前沿》一书中作者多次建议"政府应提供数量合理的研究生奖学金"。报告中还特别强调基础研究的重要性，书中说："基础科学的特征之一是它能开辟出多种引发进步成果的途径，……基础研究会带来新知识，是所有实际知识应用的源头活水。"同时该报告也强调"研究自由必须得到保障"，"广泛的科学进步源于学者的思想自由及研究自由，他们理应在好奇心的驱使下探索未知，自主选择研究方向"。为此，报告中建议对基础研究政府要提供研究基金，而美国的研究基金中有相当部分用于科学家招募研究生。这也是二战后美国吸引了全世界众多优秀青年（包括杨振宁在内的很多中国青年）赴美攻读研究生的原因，此举也是美国科技领先世界，不仅产生二战后最多的诺贝尔奖，也产生众多原创技术的关键因素。

他山之石，可以攻玉。

同样处于发展的关键时刻，我们中华民族伟大复兴特别需要科学技术的发展和创新，因而需要培养大量高水平的青年科技人才，研究生教育则是一个十分重要的关键环节。因此，为了国家科技创新能力的发展，我国未来将有无数年轻人通过自己的努力和国家的选择成为研究生，进入科学这个"无尽的前沿"。研究生，特别是博士研究生，几乎都是目前在科研第一线冲锋陷阵的主力，很多人也将成为十年、二十年后的领军人才，研究生教育的重要性不言而喻。我们研究生导师，研究生教育管理者和政策制定者如何对研究生们给予人性的关怀和帮助，如何建立科学，生动，激励人的探索氛围，如何建立有利于原始创新的生态环境是非常值得考虑和研究的。

如同其他教育体系一样，研究生教育有其带有普遍性的要求与程序，研究生历程也有其带有普遍性的内涵和理念，这也是我写作本书的出发点。但需要强调的是，每个研究生的经历都是各不相同的，每位研究生所在的学术领域、所进行的研究实践，所看到的学术风景、所接触的人群与氛围，读研过程包括个人生活中出现的问题，以及自我的感受、内心的体会都是各不相同的。因此，研究生历程没有千篇一律的定式，研究生理念也没有千人一面的定式。每位研究生应当从自己的经历和故事中思考、分析、归纳、获得属于自己的工作与生活的理念。

我在本书中提到，每位研究生应当谦虚地向他人学习，特别向杰出者和成功者学习，这是有重要意义的。但更为重要的是，要准备经历不同于他人的独特的历程，每一位研究生不必简单地效仿、追随他人。每位研究生应当独立思考，并追随经独立思考产生的自己内心的激情和召唤，敢于走出一条与众不同的自己的道路。

最后，让我回到本书第一讲的开头，我想再次对各位研究生说，无论从哪一个角度而言，你当初做出报考研究生的决定，是你人生道路上的正确选择。

每个人的人生都没有事先的剧本，不少人认为是命运安排着的人生旅程。但我以为，每个人的人生道路最终是自己走出来的，命运只是在人生的岔路口提供给你选择的机会。本书第一讲曾提到过很多人欣赏的哲学家尼采的一句名言"每一个不曾起舞的日子，都是对生命的辜负"。成为一名研究生的选择，就是你人生道路上的一次重要"起舞"。

在此，我想对刚刚入学，或即将毕业，或已经毕业的研究生赠送一句共勉的话，作为本书的结束：

一切过往，皆为序章，每一个今天都是新的起点。

（载于《好奇与敬畏——研究生导行杂谈》，北京大学出版社，2024年出版）

寄语即将毕业的同学们

大学毕业是人生旅途上的一个关键时刻，或许此时的一念之差会影响你的一生。

与 25 年前我大学毕业时相比，今天的青年同学在跨出大学校门时所面临的机遇要多得多。1970 年我大学毕业时，正值知识贬值的年代，茫茫然被送到洞庭湖边的一个军垦农场，在那里一干数年。每天艰苦的农活使身体疲惫不堪，但值得庆幸的是当时思想没有疲惫，始终怀着将来回到我热爱的自然科学园地的信念，并为之做一些当时看不到具体希望的努力。回想起来，当时如没有这种信念的支持，后来不可能重返北京大学读硕士与博士，也不可能远涉重洋去波士顿做博士后，然后回国来建立自己的科研基地。

人生在任何阶段，都应有一个目标，在对这个目标深思熟虑之后，应立即付诸行动。

人生在任何阶段，精神要有一个支撑点。而这个支撑点不是物质的欲望，不是时尚的追求，也不是世故的所谓"看破红尘"的自信，而是从自己所有以往的经历中凝聚形成的、理性的、带有崇高感和使命感的觉悟。

人与人不一样，任何人的道路都不一样，要有勇气走你自己不同于别人的道路。不必羡慕别人的成功和廉价的走运，当你步入社会之后，仍应保持青年人宝贵的热情和纯真，同时要有充分的准备去迎接困难和挫折。

大学毕业是美好的时刻，但只有在秋霜里结实了果子，将来才不会在春花面前自愧不如。大学毕业是充满希望的时刻，但只有毫不犹豫地用自己的双手踏实地开拓未来，将来你才不会有虚度年华的懊悔。

以此寄语即将毕业的同学们。

（本文载于 1994 年 5 月张楚廷教授主编的《世纪的寄语》，湖南师范大学出版社出版）

《科学启蒙》杂志第三期前言

人们的记忆究竟存储在大脑的什么地方，它又是以什么样的物质形式存储的？

为什么只要给定温度，一只受孕的鸡蛋会在时间和空间上准确无误地发育成一只小鸡？

为什么蜘蛛生来就会织出精美对称的丝网？它的这一技能是什么样的基因编码控制的？

为什么人一定要有睡眠？究竟是大脑里的一种什么分子机制导致睡眠的发生？

究竟是一种什么力量给生物以自强不息的生命力，为什么所有生命个体最终必须死亡？……

也许再过10年、20年或者30年，本文开头列出的问题有望得到解决，但道路绝非平坦，并需要几代人不懈地努力。在这驶向未来"新大陆"的探险船上，会有你们——阅读《科学启蒙》的青少年朋友，未来的生命科学探索者们的位置。

绚丽多彩的生命世界充满魅力，意义重大的生命科学难题的解决令人神往，但是给这些难题以科学的、能用实验证明的解答又是非常艰难的！

所有这些，都是对人类智慧的巨大挑战，但我们的征途已是义无反顾，因为宇宙物质最高级的运动形式就是生命，认识生命或许是我们人类的最重要的使命，更何况认识了生命也就认识了我们人类自己！

　　当前，一场世界范围内的竞争正在进行，在中国和世界各地的生命科学实验室内，数十万青年硕士和博士研究生们正和他们的老师一道在废寝忘食地攻关，未来的重大突破就可能出自他们之手。对生命之谜充满好奇的青少年朋友们，你们是否有志在将来加入他们的行列呢？

　　欢迎你们！让我们一道为揭开生命科学的奥秘而努力。

（载于 1996 年 3 月《科学启蒙》杂志第三期封里）

《生命科学学院开发应用科研成果汇编》前言

人类社会已迈入知识经济时代！

继 20 世纪 90 年代信息技术领导经济发展潮流之后，新千年伊始，以人类基因组计划和不断成熟的转基因与克隆技术为代表的生物技术已成为人类社会经济的发展龙头，有无限发展前景的生物经济时代已经到来。

湖南人杰地灵，在生物技术领域也同样是"惟楚有材，于斯为盛"。生物"湘军"成就赫然，国人瞩目，其代表者有袁隆平院士的杂交水稻、刘筠院士的"湘云鲫、鲤"和夏家辉院士的基因克隆。湖南师范大学生命科学学院是这支生物技术湘军的重要方面军。经半个世纪的不懈努力，几代人的艰苦奋斗，湖南师范大学生命科学学院已发展为国内外有一定影响的综合性科研教学基地。本材料汇集的我院部分生物技术开发项目，从一个侧面反映出学院在生命科学与生物技术方面的水平和成就。

我院的学者教授们推出这些项目，表明他们以自己的研究成果服务于社会经济发展的愿望和热情。科学的发展，尤其是科技成果的转化不仅要靠科研人员本身的努力，还要靠政府的支持和政策，要靠全社会的参与、促进和帮助。无数成功的典范表明，高校与企业或公司的携手合作，优势互补是发展高科技产业的康庄之路。因此，我们呼吁社会有志之士、有志之公司，抓住时机，及时果断进入生物技术领域，关心并投资生物技术研究与开发，与我们开展互利互惠的合作。这是一个大事业，对社会，其意义巨大，对合作双方，其日后回报必定丰厚。机遇往往在转瞬之际，成败通常在一念之间，在这一点上，合作双方的远见卓识最为重要。"合抱之木，生于毫末"，即使有的项目目前还只是一棵小苗，但经过双方的努力会使它长成繁茂的大树。

生物经济时代的太阳已从东方升起，云蒸霞蔚、灿烂腾升。让我们举起双手，欢迎它的到来。让我们的合作，从现在开始！

（2000 年 10 月）

《生物化学与分子生物学实验教程》前言

生物化学与分子生物学是这样一门科学，即几乎其所有的发展都是以实验为基础的。对生物化学和分子生物学这门课程中的很多重要概念和相关的方法学原理，从某种普遍意义上说，是只有在实验室才能真正学会和掌握的。经历过这门学科从本科到研究生系统学习的人都会有一种共同的感受，即如果只停留在读这门课程的理论教材学习上，即使你学习再认真，考试得高分，对很多概念与原理总有一种雾里看花，隔靴搔痒的感觉。比如教科书中经常提到凝胶电泳，即使书中描写再详细，插图再逼真，如果你不动手做一次真正的电泳实验，你永远不知电泳是何感觉，犹如只见水面而不知其深浅。很多人还有一种感受，即读过的书很多会被遗忘，但亲身做过的事，亲身走过的地方经多年仍记忆犹新。我回忆起在北京大学读书时，上过的很多门课的内容，现在大都只留下模糊的印象，大部分算是还给老师了。唯有当年在生物化学实验课上做过的实验，回忆起来仍历历在目。北京大学生物系的同学在一起回忆当年的学习时，普遍认为当时的生物化学实验课，尤其是大实验课是最受欢迎的。

生物化学与分子生物学的发展是如此之快，在这个领域几乎每天有新的发现、新的进展，以至其理论教科书经三五年便需更新。尽管许多生物化学与分子生物学的实验技术经多年仍被广泛使用，但仍有很多新的技术层出不穷。我们编写这本实验教程，目的是让学生们了解一些最基本、最经常使用的实验技术的同时，也对一些当代最新出现的有重要应用前景的实验技术，比如蛋白质组学分析、酵母双杂交技术，基因敲除与转基因技术的基本操作有一个实践的机会。编写本教材的另一个出发点是试图改变以往的生物化学实验以"印证"实验为主的情况，增加"探索与研究"的含量。为此目的，我们请湖南师范大学生物化学与分子生物学领域的几个主要研究方向的教授，挑选 1~2 年他们实验室正在采用的、新的研究技术作为本教材内容。当然，我们要求这些实验既要有普遍意义，同时有可行性，以便其他单位也可采用这些实验。

本书编写者均为承担生物化学与分子生物学科研与教学多年的教师，多数在国外做过多年研究工作，其中部分实验选自他们的博士论文研究或正在进行的研究，因而有第一手经验。本书的部分实验（实验 1~10）可作为非生化专业本科生的普通生物化学与分子生物学实验教材，其他实验可作为生物化学专业本科生与研究生的实验教材，使用者可根据实验条件进行选择。

本教材难免存在疏漏与错误，恳请同行与使用者予以指正赐教。

（本文载于 2002 年 10 月版《生物化学与分子生物学实验教程》，高等教育出版社）

生命科学对教育科学的启示

——2005年在湖南师范大学研究生"麓山论坛"上的讲座

麓山论坛的组织者邀请我作一个有关生命科学的而且其他学科的同学也感兴趣的讲座，我选择了这个题目，这是一个很大的也是很有意思的学术题目，其实我自认为我的知识结构并无资格对这个题目作报告。首先，生命科学中我仅了解很少一点，教育科学我更是外行，对这样一个题目，我只能作为一个有兴趣的学习者与大家交流一下个人的学习体会。我在北京大学学习过13年的生命科学，1990年后来湖南师范大学从事了15年教育工作，常常会思考一些与两者相关的问题。其次，作为一个生命科学的研究者，同时又是一个教育者尤其更是一个长期的受教育者，从小学、大学、研究生院到现在，仍然每天都在学习和受教育，也一直引起我对生命科学的发现与进展和教育学两者之间联系的问题产生兴趣，有兴趣就会找老师、就会看书、就会有些思考，越思考就越觉得这个问题有趣，这样就产生了今天这个报告的内容。

一、从生命科学角度理解教育学：从弗兰西斯·克里克的名言说起

DNA双螺旋结构的发现者，诺贝尔奖得主弗兰西斯·克里克说过："你，你的快乐，你的悲伤，你的记忆，你的志向，你的个性，你自由的愿望等都归根结底地是你所有拥有的巨大数目的神经细胞以及与它们相关的分子的集合性行为。"大家知道，人的志

向、记忆、情绪、知识、个性都是与教育密切相关的。克里克名言很自然地向我们提示到生命科学与教育学之间有着某种深层次的关系。什么是教育？教科书上通常是这样定义的：教育是人类社会特有的培养人的社会活动，是把作为自然人而降生的儿童通过传授有价值的思想和技能培养成社会一员的工作。西方教育家雅斯贝尔斯（K. Jaspers）说："教育，是人对人的主体间的灵肉交流活动，包括知识内容的传授，生命内涵的领悟，意志行为的规范，并通过文化传递的功能将文化遗产教给青年一代，使他们自由地成长并启动其自由天性。"

马克思主义哲学告诉我们，运动的物质世界，在其各个层面上有其特有的运动规律，小尺度的基本粒子的规律，和大尺度的原子与分子的运动规律，以及更大尺度的物体乃至天体的运动规律之间有质的不同。细胞，生物个体，生物群体乃至人类社会各有其独特的与其他层面有质的不同的运动规律。教育作为人类社会这一物质世界的高级运动形式，有其独特的规律，这也是教育学研究的内容，它应是比生命活动更高级的运动形式，因此生命科学研究是不能取代它的。不能把教育科学的问题都还原成生命科学的问题。但是，教育对象是人，是生物，是一种自然界进化程度最高的动物，这就决定了生命科学的规律对于教育是非常重要的。可以这样说，教育的过程与规律受到生物学发展规律，受到遗传学、生理学、神经生物学、脑科学以及生物化学与分子生物的发展的规律影响和制约。

人是高度进化的动物，哲学家康德说过："人是唯一必须接受教育的造物，人只有受过教育，才能成为人。"那么为什么会产生教育，以前是认为劳动创造了教育，因为恩格斯说过劳动创造了人本身。如何理解这个问题，如果说劳动是外因，那么内因是什么，这是个不易说清的问题。从生命科学的角度，我以为内因是生物进化的驱动力，我们可否提出这样一个观点：教育是人类进化中产生的、人的基本属性之一。教育是生命世界进化的产物。人类在进化过程中形成了大脑系统，而丧失了某些其他在大自然中的生存功能，没有教育就不能生存。如进化赋予鸟类飞翔的特性，进化赋予人类以教育的特性。人放到自然界是一个最脆弱的物种，必须有教育来获得生存能力，教育是生物世界进化到一定程度的特别是产生高级神经系统和形成人类社会后才产生的，生命世界在进化过程中非常漫长的时期是没有教育的。

绝大多数生物的技能是与生俱来的，不需要教育，印象最深的例子是蜘蛛一生下来就能编织非常精美的蛛网，从现代工程学的观点来看，蜘蛛网是利用了最节约的高效材料，采用了最合理的几何力学，编织成最有功效实现捕食猎物目的的蛛网。这种功能不需要学习与教育，完全是与生俱来的，是由其基因编码的，当然不是由单个基因而是由一组基因所导致的，如果一定要说是"学"来的，那是蜘蛛在1.8亿年进化中"学会"的。

生物人类学家提出：人与动物最大的区别是人的未特定化（没有动物那种成熟而精密的本能系统），但是正是这种未特定化，给人以巨大的发展潜能，使人具有适应更加复杂多变的环境的反应机制和行为模式的能力。社会哲学家弗洛姆（E. Fromm）也从生物学的角度把人定义为"在进化历程中，本能决定力达到最低量而头脑发展达到最高量时所出现的一种灵长类"。

动物中存不存在所谓的教育呢？高等哺乳动物特别是有社会性的动物中的确存在类似的教育活动，成年动物发出特别的声音，告诉幼小动物处于危险状态，黑猩猩找到水果后也会发出一种鸣叫，通知其同伴与幼子，而这种警告或通告的声调甚至可以一代代传下去。这种类似的动物行为能否称得上教育仍有争议。即使我们认为高等哺乳动物的某些活动可以视为教育，但与人类的教育有本质的不同，这种本质的不同在教育学教科书上的说法是教育是产生于劳动的人类社会所特有的实践活动。如果黑猩猩能继续进化，或许也会产生教育。它们的上述行为与人类的教育有质的区别，但并非存在绝对的鸿沟。

现在的问题在于，我们能否从生命科学的观点来分析这种本质的不同，从唯物主义的观点出发，为什么只有人类才有真正的教育，它的物质基础是什么？我看是否可以这样来回答，这一物质基础就是人类的特有的高度进化的因而有巨大潜能的大脑神经系统。人本身作为一种动物，有其动物的本性，即也是以食和性的满足作为基本的生存目标。有些学者认为高等动物如大猩猩也有人类似的感觉和情绪，甚至有更复杂的心理情感如妒忌、猜疑、感谢和慷慨、欺骗和报复，甚至有联想和模仿，但它们没有人类的教育。传统的教育学可以说它们没有人类独特的劳动和社会性，从生物学的观点上我们可以说，因为它们在物质上没有教育的基础——人类的大脑。这种未特定化的潜能就是人可被教育的基础，而这种潜能的物质基础就是人的大脑与相关神经系统的可塑性。

教育作为在人与人之间产生的培养人的社会活动，就是使人从本质上得到发展，教育思想和教育原理是在人的本质的认识和基础上发展起来的，这已有定论，我今天提出来是从生物学的角度来看这个问题。如果从生物学的观点出发可否这样来理解教育：教育就是社会对作为自然人的由基因决定的具有极大潜能的大脑亿万神经元之间建立起一系列特定的、与其所处时代相适应的联结方式，或者说是社会对个人的大脑神经系统的定向塑造。

二、教育的物质基础——人的大脑神经系统的复杂性与可塑性

人的大脑是物质世界进化演变所产生的宇宙间最复杂、最精细、最具有潜能的神奇物质系统，是宇宙发展中最惊人的壮举，但它为什么会产生，谁是它的设计师？没有人能说得十分清楚，西方人归因于上帝，我们归因于大自然本身。

大脑的进化可追溯到约 7 亿年前的海洋中，那时海洋中出现一种类似现在海鞘的生物，产生了仅由约 300 个神经细胞组成的简单神经管。其后，随着鱼类、两栖类、爬行类的出现，原始的神经管逐渐演化成动物的大脑。500 万年前的非洲，出现了最早的人类大脑，其重量只有今天人类大脑的 1/3，到了约 10 万年前，出现了真正的人类大脑。今天人的大脑重量有 1.35 公斤，拥有约 1000 亿个神经元细胞，另外还有一万亿个神经胶质细胞，在人的发育初期每分钟产生 250 万个神经元细胞，神经元细胞的数目超过整个银河系星球的数目。每一个神经元通过它的树突和轴突可以与多达数以万计的其他神经元相联系，建立起万亿到几千万亿次的联结。有人还计算过美国用于太空研究的超级电脑 Groy 的运算速度是每秒 4 亿次，而大脑的运算速度相当于 2 亿亿次。前者 100 年的工作，人脑只要 1 分钟可完成，前者的思考方式是线性排列为 0 和 1 的系统，而人脑的思考方式是多维的。大脑的神经元之间有着十分活跃的生理生化运动。休息状态下脑消耗 10 倍于其他组织所消耗的氧和葡萄糖，这样一个如此复杂的物质系统，便是我们产生感觉、理念、记忆、情绪、意志、学习、技能，乃至个性的物质基础。有人估计人一生仅利用了大脑潜能的 1%。人与人的脑有差别，但并不十分明显，有人统计高智商的学生额叶体积稍大一些，发育比同龄人早，男性比女性大脑大 10%，特别是顶叶，但女性的胼胝体比男性更厚，对两半球交流更好，这可能

是女性语言能力比男性好，男性则视觉空间定位能力高的原因。

　　然而使人惊奇的是，组成这样一个复杂的系统的基本分子种类是有限的，目前人类的 DNA 大约一共有 3～4 万个基因，也就是编码 3～4 万种不同的蛋白质，估计真正在大脑中表达的蛋白质要小于这个蛋白质总数目，因此大脑的复杂性不是完全由基因和蛋白质数目来决定的，而是决定于具有相似蛋白质组成的神经元细胞数目和他们更大数目的联结方式，现在看来很可能是这种联结方式的可变性和可塑性造成了人的可塑性和可被教育性。

　　所有人类的行为都可以追踪到神经元的沟通上，你的每一种情绪，你的每一种记忆，你的每一种思想和技能的获得，你的恋爱时的幸福感，失恋时的痛苦，甚至你的理想和信念，都可以追踪到神经元之间的联络与相互交谈。那么，这些神经细胞是如何完成各种任务的呢？这种沟通是什么样子的呢？以前曾简单地认为，神经元之间的传导是一种电流从一个神经元流向另一个神经元，现在来看，情况要复杂得多，不单是简单的电流的沟通。大多数神经元既通过电信号也通过化学物质与其他神经元进行沟通，同时还伴随有生物化学与分子生物学的变化。

　　在神经元的轴突中传导的神经冲动是生物电流，这与我们教室里日光灯管中的电流是不同的，那是电子运动的结果，而我们脑中这种冲动是 4 种常见离子运动的结果，即 Na^+、K^+、Ca^+ 和 Cl^-。在这些情况下，由于 K^+ 离子浓度神经细胞内比细胞外高，形成一个静息电位，大约 -70 毫伏，但受到刺激时，钠通道打开、钠离子内流、产生动作电位，这种动作电位又会使其相邻钠通道打开，像崩塌的多米诺骨牌一样沿轴突传递，这个传递速度是每小时 350 公里，约为每秒 100 米。这个速度通常比电流的传递速度要慢得多，但在大脑这样一个半径十几厘米的尺度内已是很快的了。

动作电位传到两个神经元交界处即称为触突部位，怎样产生沟通，怎样向下传递呢？这个靠神经递质，有各种功能不同的神经递质，如乙酰胆碱、氨基酸类、多胺类和肽类，多达数十种，它们的功能不同，有的是抑制性的、有的是兴奋性的，触突后膜上有多种专一性受体，接受递质到一定的量后，又会产生动作电流向下一个神经元传递。顺便提一下，科学家发现大脑中有一条愉悦回路，主要是一组以多巴胺为神经递质的神经元，很多愉悦感受与多巴胺有关。有学者认为，幽默带来的愉悦感受可能和多巴胺有关。人感受到幽默时，大脑会释放多巴胺。当一个相声演员的表演或一个教师生动幽默的教学，会让学生听课时更加快乐，更加集中注意，产生更深的印象和效果。

上面提到人类大脑的复杂性，但仅有复杂性还不足以说明它能成为教育的物质基础，它同时还有一个更重要的性质即可塑性。在外界信号的刺激下，一些特定组合的神经元之间会产生惯化（habituation）和敏感化（sensitisation），以及一些特定突触出现增强作用（synaptic potentiation），特别是在信号刺激下，神经元的树突会有新生长和变化，树突表面有很多微小的突起约为棘和刺。已有证明在外界信号刺激下某些神经元结构在学习和记忆的过程中会发生变化，发生了生长和形态的改变，这种变化在实验中得到了观察。这应当是大脑的可塑性的物质基础之一。有人曾认为大脑发育成熟后，是一个结构静止、固定的复杂器官，实际上它随着人的生活经历、环境的改变和受教育的情况发生不断地再塑造，从这一点我们也可以推断智商（IQ）在人的一生中都是可以改变的。

三、教育的关键过程：学习与记忆的神经生物学基础

神经元之间的沟通是各种感受、情绪、学习过程的基础，但是知识是怎样在大脑中被保留下呢？记忆怎样形成呢？没有记忆不可能有成功的教育。田间的放牛娃怎样通过教育塑造成一个科学家或一个艺术家，甚至一个国家领导人呢？这样一个成功的教育过程，归根到底是这里就有一个神经元之间的沟通到突触可塑性到神经元网络里的信息存储的过程。

昨天有一个人告诉我一位朋友的手机号码，我在一分钟内记住了，并打通了这个电话，但今天想打时却记不起来，它叫短时的记忆，但是脑中有很多画面是永生难忘的。比如小时候你看到邻居家起火的场景，会一直刻在你的脑中。我记得最早的记忆是我两岁多时我母亲生我妹妹的场景，大人们匆匆忙忙出入，母亲痛苦地喊声，当时屋外下着大雨，已过了五十多年后这幅图景仍然深刻地印在脑中，这是一种长期记忆。记忆是什么，它不是一种虚无缥缈的东西，从唯物主义观点出发，记忆一定是物质的，与一种物质的结构变化，或者是物质的产生，或者与物质的转换有关。人类目前对学习与记忆的生物学机制的了解还是很肤浅的，但近年有长足的进步，现在人们已认识到短期记忆与突触的可塑性有关，长期记忆除与突触的可塑性有关外还与神经网络的结构性变化有关，现在已有科学家在更深入地研究学习与记忆的基因调控问题。

1. 记忆的类型

记忆是一个随时间而减退的神经过程。根据不同的记忆时程和神经生物学基础，记忆可分以下几种类型：

（1）感觉记忆（即时记忆）

最初的外来感觉信息只在脑中存留几百毫秒，这是复杂记忆过程的第一个阶段，这一过程的信息量大。在人脑中形成感觉记忆，其机制是一组神经元共同放电，每个瞬间有大量的感觉刺激如图像、声音、触觉，冲击你的感官，但90%以上信息被立即丢弃，大量信息被用于分析和筛选出有用信号，这个处理过程与丘脑有关。

（2）短期记忆（工作记忆）

工作记忆是通过意识的参与将信息保存较长的时间，并在有意识地加工过程中对信息进行反思，在大脑的不同的神经元之间形成的某种联系。工作记忆保持的时间为1分钟到数小时，工作记忆的容量是有限的。

（3）长期记忆（第三记忆）

记忆时间长，甚至终生不忘，随时可以回忆。如果以上类型的模式在等待期（通过复述和练习）被重复，相关神经元组共同放电的倾向就增强。神经元激活得越快，产生的电冲动也就越大，也就越可能激发周围的神经元。当邻近的神经元放电时，其树突表面发生变化，使其对刺激也越敏感。这种突触意识和敏感性提高的过程被称为长时程增强效应或LTP。经过重复的放电，最终使许多神经元联结在一起。这样，一个神经元放电，所有的神经元都放电，最终形成新的记忆踪迹或记忆痕迹。这些单个的记忆痕迹联系在一起形成了网络。无论什么时候，只要其中一个被激活，所有网络就会被加强，从而巩固了记忆。

美国研究人员用一种叫正电子X光扫描的仪器，来监测被测试者记忆某些字符过程中电讯号传递活跃的大脑部位，发现大脑深处的海马组织在记忆过程中电讯号最为活跃。很多学者认为，外来观感得到的信息最初在海马的4000万神经元细胞中停留，海马组织是新信息的暂存库，新信息在这里存放数小时或数天，等待与人的情绪有关的边缘系统主要是杏仁核与丘脑的相关信息以及感官进一步传入的强化信息，然后对它进行处理与评估，评估是否存入长期记忆中。如果海马组织受损形成新记忆的能力就丧失。

一位叫柯·杰洛的英国青年在一次脑出血损伤海马组织之后，短期记忆能力受损，几分钟或几小时以前发生的事不能存于记忆中，只好每次借助笔记本把发生的事情和接听中电话的内容记在笔记本中。但他出事之前形成的长期记忆并不受损。他记得小时候曾走过多次的回乡下的道路和所有的亲人和朋友。这说明长期记忆保存在海马组织以外的地方。大脑皮层是长期记忆保留的场所，在海马组织处理过的需要长期保留的经验和思绪，通过电子信号以特定的神经元网络的方式存入大脑皮层中。

记忆不会完整地被保存，而是分成不同部分来存储，这些存储区分布在大脑皮层的不同部位。例如，一个橘子的形状、颜色和味道被分类并存储于不同的神经元网络中。同时激活这些神经元（网络），与橘子有关的回忆和经验就会重新组合在一起。

记忆的三个阶段是相互连贯的：三个阶段的记忆都是必要的。

研究人员认为瞬间记忆和短期记忆仅仅是一种生物电性质的变化。长期记忆则以发生物理化学变化和形态变化为基础。把刺激转换为电流信号，再以生物化学变化来接收信号，并形成新的神经网络。

无论是哪种记忆本质都是神经元与神经元之间联结的变化。学习和记忆的机制在于神经元的突触能力的改变。轴突前和轴突后神经元的一致活动加强了它们的连接。有人把学习和记忆的机制分成三个档次：神经元机制——主要是神经冲动的反复通过，建立的神经网络和突触数量和性能的增加；神经递质机制——突触性能的增加包括神经递质和钙离子活动的增加；分子机制——长期记忆的形成涉及脑内 RNA 和新蛋白质的合成，树突的生长肯定是需要合成蛋白质的，后者是在基因调控下进行的。

在脑的个体发生过程中，不同的脑区、核团及神经元之间存在一定的时间、空间发展顺序，具有精密的结构特异性。同时神经系统又受到内外环境的刺激，表现出高度的可塑性。每一个神经元都具有形成新的突起和突触连接的能力。神经元及其突起构成的神经网络一直处在被修饰状态。中枢神经系统所具有的突触形态和功能的可塑性是人类从幼年到老年不断学习和记忆的神经基础。有实验证明：神经元突触被激活的次数越多，这个突触就变得更加有效。

总体说来，目前对于记忆过程我们可以有这样的初步共识：暂时记忆中信号的激活，使一组神经元共同放电形成网络；在海马组织中形成暂存的记忆，在大脑内部通过海马组织以及与情绪相关的边缘系统的参与在外来信号不断激活的过程中，有意识地加工形成工作记忆并将之传递到大脑皮层一个或多个存储区。当一组或多组神经元出现新的增强的突触联系，出现神经元树突日益地生长和更多的突触联系，这一过程有新的蛋白质的合成，会形成一种长期存在的网络结构，一旦某一部分神经元引发刺激会引起整个网络的放电，这便是长期记忆的提取。

那么我们了解的记忆机制对教育的核心过程即学习有什么启示呢？

尽量使学习过程带有个人情感地投入。一位名叫 Robert Sylwester 的认知科学家写过一本书叫《神经元的庆典》说了一句话，"情感推动注意，注意推动学习"，如果学习的过程把情绪调动起来，会有更多的脑结构和神经元参与，特别是丘脑和杏仁核的参与，会产生更多的神经递质如肾上腺素，去甲肾上腺素；情绪调动起来会使心跳加快，血压上升，会有更多生化反应发生。这样产生的记忆会长期保存。教师需要认识情绪对于学习的作用，想方法调动学生的情绪，比如通过竞赛，奖赏，辩论的方式，通过学习游戏的方式，实地考察的方式，让学生的情绪调动起来，即使是普通讲座，穿插一些印象深刻有震撼感的例子或幽默形象的语言也能把学生情绪调动起来。与情感活动联系在一起的学习和记忆是非常深刻的。

复习使形成的与记忆相关的神经元联结得到强化。其机制也是神经元突触联系的可塑性。重复的条件刺激可以使突触后电信号幅度加大，潜伏期变短，产生长时期突触后增强，使神经元之间的联结加固，此过程先发生在海马，随即在大脑皮层的相应部位也发生类似的变化。因此，及时和多次的复习是使学习的内容转变成长期记忆的有效手段。

让大脑的更多部分参与的记忆会有更多的联系，图像、声音、触觉同时作用的记忆有更多的相关联系，因而更容易回忆，不易遗忘，所以课堂上要求学生眼到、耳到、手到。

联想式学习效率高：让学生们将新的信息和已有知识联系起来的教学方法，可以增强他们脑内神经间联结的强度和广度，因此，也就增强了他们对信息的保存能力。已有研究表明，联想式学习更有效。联想式学习反映了大脑皮层内不同的区域间的相互合作。神经通路建立得越广，学习记忆越有效。

四、性格与情商（EQ）教育的生物学启示

脑科学与认知科学的研究对人的智商教育的学习与记忆的问题，开始有了一些初步而有价值的启示，然而对于人的性格和情商的教育问题，脑科学与认知科学的进展尚未提供有价值的启示，目前这一领域尚处于研究起步的阶段。人的性格、情绪是不是与基因有关呢，最近有一个重要发现：美国科学家新识别出一个动物恐惧情绪相关的基因，它能控制大脑恐惧反应区域某种蛋白质的生成。美国科学家在 2005 年最新一期《细胞》杂志上报告说，该基因多聚集在脑扁桃体区域。这一区域能使动物和人产生恐惧感以及躲避伤害性刺激所带来的疼痛。

新识别出的这个基因能控制细胞内磷酸化蛋白质的生成，这种蛋白质与细胞分化和生长的讯息传递有关。这也是科学家首次发现该蛋白质与恐惧条件反射的路径有关联。研究中还发现，经过基因工程操作，去除了细胞内磷酸化蛋白质基因的实验鼠大脑会出现混乱，对恐惧条件反应的记忆能力下降，这些实验鼠也因此变得"大无畏"起来。比如，普通鼠会本能地躲避空旷地带，但实验鼠会比普通鼠探索更多的空旷地带。

从分子遗传学的观点来看，人的性格与情商，肯定与其基因组 DNA 有一定关系，即使是同胞兄妹，性格上也各有差异，兄妹之间有 99.99% 的 DNA 序列是相同的，但正是这 0.01% 的不同造就差异，有的人生性温和，有的生性急躁，归根到底可能是他们大脑中影响情感的区域的细微神经元的细微结构以及神经元之间的联结方式有所不同。然而也正是大脑具有可塑性，人的性格和情商也存在可教育性或可塑性。

性格和情商的一个基本单元是人的情绪，有很多情绪，如爱、恨、憎恶、高兴、羞愧、恐惧、焦虑等。脑科学研究发现，人的情绪与一种叫杏仁核的脑结构有关，双侧杏仁核切除的大鼠会对猫表示很友好，野山猫切除杏仁核之后会像家猫一样温驯，有一个脑部得病切除了杏仁核的病人，发现他没有任何恐惧感。攻击性性格与下丘脑有关，下丘脑切除的狗不再有愤怒和进攻，对一些有暴力行为的人注射特定溶液损毁杏仁核之后可变得很温驯。情绪也与神经递质有很大关系，比如有报道发现敲除了 5- 羟色胺受体基因的小鼠变得非常焦虑和急躁。对严重的癫痫病人的脑的一个部位刺激时，可以激发愉快的感觉。有一种病叫抑郁症，约占人群 5%，其主要症状表现为情绪低落，对几乎所有的事都不感兴趣，其生活中并未发生特别伤心的事，但却出现失眠、疲倦，感到周围一切没有价值，难以集中注意力，反复想到死亡。现在有科学家认为该病可能是中枢迷散性调制异常，与脑内单胺类神经递质——去甲肾上腺素和 5- 羟色胺水平有关。但为什么产生该病尚不清楚，可能与遗传有关，也与环境或人生经历有关，有学者为某些病例与童年时期被溺爱有关。目前认为 90% 的抑郁症与社会因素有关，工作压力大，希望被别人看重、爱面子的人容易得抑郁症。

人的情商中还有一个集中注意的能力，在很多人高谈阔论甚至音乐震耳欲聋的时候，你可以只听某一个人讲话，另外视觉的注意力使得一个人能关注眼前五花八门的事物中的一种，这种专注能力是优秀学生的品质，老师最为欣赏。患有注意力不集中症的儿童其前额皮层和基底神经节的体积小于正常儿童，研究发现注意力不集中的儿童多巴胺 D2 受体基因不正常。

上述实例证明人的情绪、心理素质的确有其大脑中的物质基础。建立在人的情绪和心理基础上的人的性格也应如此，但我们还远远不知道一个意志坚强、冷静沉着和一个性格狂躁、易于激动的人在其大脑神经元之间的联结和生化物质的关键区别在哪里。"播种行为，收获习惯，播种习惯，收获性格"，这是苏联科普作家依林提到的一句谚语，说明人的性格是可以培养和塑造的。因此相应得出另一个结论：人的情商在一生中也是可以改变的。

五、人类分子遗传学对教育科学的启示

人类遗传学要解释两个问题：（1）为什么我们与先辈及我们彼此之间相似；（2）为什么我们之间又各不相同。现在这个问题

的答案可归根到人类的基因组上，人类的基因组是细胞核中的全部 23 对染色体的 DNA，大约有 60 亿对碱基，父母各提供一半，每对染色体的两条分别是父母提供，它们序列是基本相同的（99.9% 的序列是一致的），人类基因组计划对其中的单拷贝 30 亿对碱基测序，且已经完成。出人意料地发现：只有 3～4 万个基因，只占全部 DNA 序列 2%～3%，人的基因组只比线虫多一倍，与黑猩猩的差别只有几百个基因（即 98.5% 以上是相同的）。人的复杂性特别是人与动物在理性和智慧上的差别很难用基因组的差别来解释。

人体组织的复杂性是逐渐放大的，约 3 万个基因编码，约 3 万种蛋白质，但每种蛋白质可能有不同转译后修饰，如糖基化、磷酸化、酰胺化等，所以最终产生 10 万种以上的蛋白质，但这仍然不足以解释人的复杂性，人在细胞水平有一个复杂性的质的飞跃，如前面提到的约 1000 亿个神经细胞和它们之间数万亿个联结，人的复杂性与可塑性及教育的物质基础主要在这个层面上。

人与人之间 DNA 序列只有 0.1% 差别有两个启示：

（1）对于同一时刻不同地点出生的两个婴儿，它们具有基本相同的大脑神经元结构和基本相同的可塑性，它们的 DNA 背景是基本相同的，但是 30 年后，其中一个可能变成街头的乞丐，另一个可能成为一个大公司的老板；一个成为铁窗之内的犯人，另一个可能成为受人尊敬的政治家。造成这种区别的原因中，基因和环境的因素都发挥了作用，而主要的作用可能来自教育与社会。那就是教育与社会，造成了他们大脑中不同的驯化和塑造。这启示我们教育的重要性。

（2）人与人之间这 0.1% 的 DNA 差异造成了我们的每一个人都是独一无二的，这也是为什么刑警可以根据 DNA 指纹图谱在数千万人中锁定犯罪嫌疑人。更为重要的是，每个人大脑中的神经元的联结方式和集合性行为是独一无二的，因为他们不可能有完全相同的个人经历，他们所处的社会环境，经历的人生故事，他们受教育的过程和内容的差别，他们内心产生的感受，他们的长期记忆所造成脑的细微结构和脑神经元沟通网络是各不相同的。因此，从这一意义上说世界上的每一个人都是上帝或者说大自然的唯一性杰作，以前没有，将来也不会有。从这点出发，我们要珍惜世界上出现的每一个人，首先珍惜自己的生命，同时也要珍惜他人的生命。因为每一个人都是唯一的、独特的，不会有相同的第二个。

六、对未来的展望

因发现脑内啡肽而得诺贝尔奖的罗歇·奎乐明说过："当火星有了人类的时候，我们或许能探明记忆的原理。"现在预计2050年前人类将派人登上火星，那时神经生物学肯定会有长足的进步，然而最终能否解决记忆的问题尚不能太乐观，但生命科学发展目前引领世界科学潮流，吸引各个领域的专家进入该领域，尤其是脑科学、认知科学、神经生物学，以及计算机与人工智能领域的专家。美国在1957年只有500个神经科学家，97年达到25000个，我国今年批准的（973）计划中生命科学有12个课题，其中5个与神经科学有关。今后10年、20年会有更多的突破性的发现，同时技术上会有突破，目前的正电子发射层析术、功能核磁共振成像术、高分辨脑电、成像技术、内源信号光学成像技术等会有发展，还会有更多新技术出现。也许会出现记忆分子神经生物学、情感分子神经生物学学科，甚至教育分子神经生物学。有可能在将来某一天（100年或200年之后）会实现初级的记忆移植，就像把一台电脑贮存的信息拷贝到另一台电脑上一样，把一个人头脑中记忆的信息转移到另一个人头脑中。

人类也可能在数百年内建立定向大脑驯化的方法，让培养一个小提琴家，一个语言学家的时间缩短。但是，有一点是肯定的，无论将来生命科学、脑科学与教育学有如何深入先进的发展，人类不可能再培养出一个贝多芬或一个达·芬奇，因为它们是唯一的，它们大脑中的神经元联系是唯一的，他们是当时社会塑造的，而未来不可能再现当年的他们所处在社会和他们的经历。

人类还在进化，尽管很慢，以千年为单位，大脑的体积，神经元的数目，神经元突触的可塑性、复杂性还会增加，而有些天生能力可能会维持也可能相对退化，如指甲、毛发的功能，抗病菌病毒的能力（病毒病菌进化速率超过人类抗病菌病毒能力的进化速率）。但人的大脑会更加聪明，人更加依赖大脑，因此未来人类更加依赖教育，没有受教育的人在未来社会里也许被视为某种意义上的残疾人，因为受教育是人这种生物物种的社会性本质的属性，也是个体的人能与未来社会相适应并能在社会中成功生活的条件。

（2005 年 6 月）

与研究生的交流：好奇与敬畏

生命科学学院各位研究生：

下午好！

首先我要感谢胡胜标院长和研究生办黄畅老师给我这个机会与大家作一个交流。我知道每位研究生的学习和科研任务都很繁重，时间很宝贵，对今天的讲座，我期望讲的内容能接地气、实事求是，有根有据，能对大家的研究生历程有一点点启发和帮助。也欢迎各位研究生在交流过程中提出任何问题，我们一起讨论。

从成为研究生的第一天起，你进入了一个科学探索与学术研究的领域。科学与学术的领域，即便是一个很小的分支领域，也可视为一座有神圣感的殿堂，是众多先行者或当代的同行（也包括你的导师）针对自然的奥秘与科学问题，经历探索和创新的接力逐步建立起来的。那里记录着该领域众多开拓者与探索者的故事，沉淀着该领域的知识和研究方法的经典，当下全世界该领域的同行仍会不断地报道新的进展，展现新知识的光芒。该领域未知的奥秘与有价值的科学问题不断吸引新加入者，今天你便成为其中之一。

你首次进入这一学术的殿堂，要经历一个从局外者变成一位登堂入室者的转化。在这一过程中，有两个心态，或者说两个理念是非常重要的，甚至可以说是必须具备的。这就是好奇之心与敬畏之心。

爱因斯坦说过："我没有特别的天赋，我只有强烈的好奇心。"好奇心是人类在长期进化过程中形成的天性和本能，有其生物学基础与进化上的由来。研究者发现，婴儿天生对他从未见过的图案更感兴趣。人们常能发现，小孩子会不知疲倦地从一个地方跑到另一个地方寻找新的东西，他们表现出强烈的捕捉新事物的渴望。

科学家发现好奇心也存在于不同进化程度的动物中。拥有好奇心的动物适应性更强，最初的好奇心有利于动物发现新的生存空间与新的生存资源，从而在生存斗争中更有竞争力，通过自然选择，使这种能力在进化过程中保留下来并得到发展。

人类的好奇心随着人类特有的大脑皮层的形成和发展，发生了质的飞跃，从动物的感性好奇心，跃变成认知好奇心，演变成追求更好认知的冲动，即一种想要了解所不知道的事物及其内在规律的欲望，最后发展成探明自然奥秘，追求一步一步逐渐深入的科学知识的驱动力。这种驱动力最终导致人类知识的积累并成为地球的主宰。好奇心被认为是人类行为最高尚的驱动力。

好奇心在基因和脑神经科学层面的机制还很不清楚，但有研究发现好奇心与大脑的奖赏系统有关联。奖赏系统是一个以多巴胺神经元为主轴的神经回路，能激励动物做出有利于个体生存和物种延续的行为，使之产生愉悦感。这也是为什么好奇心——这种对新鲜事物的渴望情绪常常带来愉悦的原因。因此，好奇心是人类长期进化中获得的自然禀赋，它不是少数人才具有的特质。问题在于我们怎样激发、保持和增强我们内在的好奇心，我们怎样找到激发我们好奇心的自然现象和科学问题。

几乎所有科学上的重大发现，都是来自人类的好奇心。最经典的例子有牛顿发现万有引力、爱因斯坦发现相对论以及弗莱明发现青霉素。好奇心是创造性思维的源泉，探索和研究未知事物的心理倾向促使人们不断发现和提出新的问题，并积极探索解决问题的方案，并最终获得科学问题的答案或者线索。

大多数科学上的重大发明，也是来自人类的好奇心。美国著名科学家与发明家托马斯·爱迪生的故事是最好的例证。能不能将电用来照明？怎样能实现远距离通话？能不能使照片上的人物动起来？能不能把讲话和歌唱储存并再重复播放？对这些问题的好奇，驱使爱迪生发明了灯泡、电话、电影和留声机。

1961 至 1964 年，一个让袁隆平好奇的问题一直萦回在他脑间：水稻是自花授粉的，如何才能让水稻产生杂交优势？假如能找到"天然雄性不育"水稻，能否实现水稻杂交？1964 年 7 月 5 日，他在安江农校实习农场的洞庭早籼稻田中，找到了一株奇异的"天然雄性不育株"，这是国内首次发现。经人工授粉，结出了数百粒第一代雄性不育株种子。1966 年 2 月 28 日，他发表了题为《水稻的雄性不孕性》论文，刊登在中国科学院《科学通报》上，从此拉开了中国杂交水稻的研究序幕。

虽然人类的好奇心与生俱来，但好奇心衰退的现象十分常见。心理学研究发现过分自信与过分不自信，都可能使好奇心淡漠。一方面，成年人通过长期的学习，大脑中通过长期记忆积累一些知识后，似乎对很多问题都有了自己的解答，由此产生的自信常常会使童年时的好奇心减退。另一方面，过于自卑，妄自菲薄的人，以及经常忧心忡忡的人好奇心也会淡漠。此外，过于忙碌，过多具体事务缠身的人好奇心也受到影响，因为没有时间和精力关注让人好奇的问题。

另外需要提及一点的是，人工智能（AI）现在发展迅速，将给科技等领域带来革命性变化，但目前来看，即便该领域的最新进展之一 ChatGPT 本身并不具备人类特有的好奇心。当今互联网和 AI 让信息过于容易获得，虽然这对快速查询信息很有意义，但好奇心是依赖于那些没有被解答的问题维持的，然而谷歌或百度对所有的问题几乎都有答案，而且十分容易获得，让人很易于满足已有知识，而忽视尚不知道的部分。一定程度上会削弱普通人的好奇心。另外互联网的知识至少目前是不会产生创新性联想的，只有长期记忆于人的大脑里的知识和大脑万亿次级别的神经元之间的沟通才会产生联想，并产生好奇心。

目前 ChatGPT 应用程序本身不具备人类特有的好奇心。尽管我们可以合理充分利用它们促进我们的学习和研究。

众所周知，对科学问题的好奇心是一个研究课题组的负责人（包括你的导师）最应具备的素质，但对于新加盟的研究生同样是不可或缺的，它关系到你的研究过程是否有高起点，是否产生发自内心的兴趣，是否有发现的惊喜，是否能在艰辛中享受过程，并最终是否获得自我期待的成功。

那么，一个关键问题是：我们怎样激发、保持和增强我们内在的好奇心，我们怎样找到激发我们好奇心的自然现象和科学问题。心理学研究认为，并非对一个问题完全无知让我们产生好奇，而是对已有信息的缺口让我们产生好奇。具体来说，对某一自然现象与科学问题好奇不是凭空产生的，人一般不会对一无所知的事情感到好奇。德国哲学家费尔巴哈说过："人们只想知道他们能够理解的东西"，英国著名心理学家兼作家伊恩·莱斯利认为，"好奇因理解而产生，又可被未知所激发"。我们对于某事物理解得越多，对于其未知部分的好奇心就越强烈。这一结论为怎样提升我们研究的好奇心指明方向，研究生怎样对即将开始的研究提升好奇心呢？

对于研究生而言，进入研究室以后首先要学习和建立该领域合理的知识结构，尽量广地涉猎学科基本知识，尽量深地了解所研究领域的方方面面，过去和现在。在导师引导下，在师兄师姐的帮助下，逐渐对自己的研究领域已有知识有较深入的了解，并自己尝试提出高水平的关键的"为什么？"，了解到有哪些科学问题没有解决，有什么科学与实践意义，你本人对哪些问题更有好奇心，从而激发你的兴趣。因此，可以说学习引发好奇，好奇带来兴趣和研究的动力。

贝尔奖获得者丁肇中教授说过"我毕生的追求，就是满足自己的好奇心，也就是兴趣。"

下面我们再讨论一下科学研究的两种驱动力：好奇心与功利心。 最初推动人类探索自然的动机是人类的好奇心，随着人类社会的发展和人类社会的复杂化，个人功利心也成为很多人进行科学研究的动机，如为获得科研项目、论文发表、科研奖励、职称评定、获得学位等。这些功利性的动机并非一定是负面的，它对提高科学研究人员的积极性是有作用的，有时确实能够成为科学研究的驱动力之一。 但功利心来自外部评价，使研究者追求功利上的获得，而好奇心源于内在欲望，追求的是内心某种情绪上的满足。好奇心而非功利心，往往更能指引优秀科学家实现创新的突破，特别是'从0到1'重大创新突破。而功利心难以驱动真正的创新，尤其是颠覆性、革命性创新，因为这些创新更需要研究者长久的兴趣，执着的探索和内在好奇心的驱动。

诺贝尔奖得主、被称为"石墨烯之父"的英国曼彻斯特大学教授安德烈·盖姆说过："好奇心驱动的研究是人类进步的动力，它们往往需要几十年才会展现出对社会的影响。但如果没有这些研究，我们仍然坐在香蕉树上。要让外行理解好奇心对科学有多重要，石墨烯源于头脑中冒出的一个问题：石墨可以做得有多薄？

我们很难想象，回答这样一个问题，就引出了一个新的材料门类。"

对于刚进入科学研究与学术领域的研究生，为了争取发表论文和获得学位而努力投入科研的动机是合理的。但是好奇心，特别是对研究课题的科学问题的好奇心和追求获得答案的欲望是更为珍贵的。因为只有这样，你才会对你的研究产生浓厚的兴趣，你的研究生活才不会枯燥乏味，更能让你的研究取得成功，你才会体会到发现的快乐和幸福。对于刚进入学术领域的研究生，培养强烈的好奇心，使自己对所探究的自然奥秘有浓厚兴趣，内心产生解决科学问题的强烈愿望，这是研究生成功的重要因素。好奇心也是出类拔萃的研究生的重要特征，好奇心使研究生形成自己的学术志趣。在中国科协举办的"Z世代与顶尖科学家对话"直播活动中。哈佛大学天文学家罗伯特·基尔什纳 (Robert Kirshner) 说："好奇心是科学的基本驱动力，对科学答案的渴望是一股强大的力量。"

下面我们开始讨论今天讲座的另一个主题——敬畏之心。

对于刚进入学术领域的研究生来说，另一个重要的心态或理念是敬畏之心。本文开头提到，进入科学与学术研究领域，犹如进入一座庄严崇高的殿堂，应该有一种神圣之感，应怀有一种敬畏之心。何为敬畏之心，即因为敬重而有所畏惧之心。敬重使人心怀虔诚，畏惧使人自我警戒。在云南梅里雪山，你可看到朝圣的群众，几乎五体投地般拜倒在巍峨神秘的卡瓦格博峰山脚下，表情虔诚而肃穆，他们也极力劝阻试图攀登卡瓦格博峰的登山者，这就是敬畏，是他们对心目中的神山的崇敬和畏惧。

古往和现今人类，常常对神秘而未知的事物表现出敬畏。其实，也同上述好奇之心一样，最初的敬畏感有其生物学基础，有其进化上的由来。当大人第一次带小孩游水，小孩会自动地因害怕而畏缩不前或退却。动物研究发现，动物预期将出现危险时会出现行为抑制，从而避免其可能得到惩罚，研究发现大脑中血清素与其受体系统，参与了这种自发的行为抑制。饥饿时多巴胺会使动物行为的动力增加，而预感有危险时，血清素系统会使其平静下来。 人类对危险的畏惧感，随着人类特有的大脑皮层的形成和发展，发生了质的飞跃，从动物感性的对危险的畏惧感，跃变成理性的对神秘而未知的事物敬畏感，演变成更带有认知成分的一种智慧。 中国古人也从实践中总结出敬畏之心对行为与事业的重要性。朱熹在《中庸注》中说："君子之心，常存敬畏。"曾国藩曾说："心存敬畏，方能行有所止。"而我们常怀敬畏，就不会轻易浮躁，内心自然产生一股有庄严与崇高感的正气。有敬畏，便会有底线、知进退、能自我约束，自我警戒。敬畏更是一种境界，一种因敬重而生出谦卑的境界。但敬畏并不等于胆小、懦弱与毫不作为。敬畏不仅是对事物抱有严肃、认真、谨慎、如履薄冰的态度，也是一种智慧，更是一种行为准则。对学术领域的研究者来说，心存敬畏是立身之本，对我们研究生而言，有敬畏之心是我们修行的重要功课，应使之成为根植于内心的修养，无需提醒的自觉。

对科学与学术的敬畏之心，要求我们有一丝不苟的严谨态度。实事求是，诚信不欺，不弄虚作假。不为外物所左右，不为名利所干扰，心有底线，踏踏实实干事、对得起自己良心。敬畏之心也要求我们诚实与正直。诚实正直是每一个科学研究者的底线，其实也是人生任何阶段守护一个人平安幸福并最终成功的品格，是顶级的人生策略，是人生立身之本。算计和谎言，终难持久，造假的报应，很多是毁灭性的，诚实才是大智慧。 德国哲学家康德曾说："诚实比一切智谋更好，而且它是智谋的基本条件。"

毛主席的老师，著名教育家徐特立先生说过："青年人最可贵的是老实作风，老实就是不自欺欺人，做到不欺骗别人容易，不欺骗自己最难，老实就是脚踏实地，不占便宜，世界上没有便宜事，谁想占便宜谁就会吃亏。"

之所以在这里特别强调诚实正直为一位研究生的行为底线，是因为研究生阶段是存在压力的，存在多次实验失败，存在出不了好的结果的压力，存在发表不了论文，不能按时毕业的压力。同时存在较为轻松顺利得到学位的诱惑。人性的弱点有时在平常状态下不会表现出来，但同时存在压力与诱惑时则很容易表现出来。因此这给研究生带来一种风险，即违背诚实正直的底线，出现投机取巧、抄袭剽窃，甚至弄虚作假的风险，导致一些研究生被撤销学位，这种例证有不少。

国内外学术界造假等学术不端的现象时有发生，著名国际"学术打假人"，前斯坦福大学助理研究员 Elisabeth Bik 博士，曾是一名微生物学家，2019 年 5 月正式转型为全职的图片打假人。她和她的团队审查了近 2 万篇论文，发现其中约 800 篇存在疑似造假问题。到目前为止，这批涉嫌造假论文约有一半已被更正或撤稿。因她对学术不端的揭露，获 Nature 集团 2021 年度约翰·马多克斯奖。

2023 年 2 月，Elisabeth Bik 和她的团队发现 412 篇来自不同作者和机构的文章，似乎都是由同一个"工厂"产生的，而这些文章的作者主要来自中国的医院。Elisabeth Bik 团队发现这些文章中的免疫印迹实验条带都是非常有规律的间隔，没有任何通常的污迹。所有的条带都放置在相似的背景上，这表明是从其他来源复制粘贴的。后来揭露，这 412 篇论文的作者是为了职称评定是从一家"论文公司"高价收买的，当事人后来都得到严肃处罚。2017 年 4 月自然出版集团在发表了一篇撤稿声明，宣布撤回 107 篇发表在期刊《肿瘤生物学》有学术不端行为的文章，而这 107 篇医学论文的主要作者均来自中国。这些论文共涉及 486 人不同程度存在过错，相关单位依法依规进行了处理，包括收回科研资助、奖励，撤销职称评定，停止研究生招生资格等。 2024 年 4 月国家自然科学基金委员会通报、经过历时半年多的调查审核认定中国建筑大学、山东大学、同济大学、中南大学、中国医科大学等 15 家科研机构的 19 位科研人员存在学术不端行为。这些行为包括项目申请书中伪造研究结果，剽窃他人研究结果，标注他人的研究项目，贿赂评审专家等。国家自然科学基金委员会决定分别给予撤销项目，收回研究基金，5 年内不得申请基金项目等处罚。

国外学术不端行为同样严重。

2024 年 4 月 19 日《科学》撤回了一篇 2006 年 4 月 28 日发表的 1 篇论文，哈佛大学丹娜 - 法伯癌症研究所（ DFCI ）所长，美国科学院院士劳里·格里姆彻 (Laurie H. Glimcher) 是这篇论文的通讯作者。《科学》给出的撤稿原因是，基于从 2021 年 2 月开始的调查和分析，文章中有许多关键图片存在造假，这些数据已无法支持研究结论。论文第一作者 Hetz，18 年前是 Glimcher 的博士生，被指控在参与的其他已发表的研究论文中存在违规行为，即篡改实验结果照片。

这些都是对科学和学术研究的真理性、严肃性、神圣感没有敬畏之心的表现。不仅给当事人的学术声望带来损失，也给科学研究带来很大负面影响。

敬畏之心，也体现为独立思考的批判和自我批判精神。对学术真理的追求高于一切，一旦发现自己有错误，勇于公开承认和改正自己的错误。人在认知和判断上犯错误是很常见的，研究中出现错误的结果也司空见惯。我们对科学的真理，对每一个研究结果的真理性要有敬畏感。这也是为什么我们对获得的实验结果，特别是有重要意义的研究结果，要有阳性对照、阴性对照，要有多次重复。有时还要通过不同的实验路线进行证实或证伪。很多大科学家都曾公开承认自己研究中的错误。伟大物理学家斯蒂芬·霍金曾三次公开承认凝聚着他一生的心血的黑洞理论存在三个重要错误。两次诺贝尔奖得主莱纳斯·鲍林在对 DNA 结构进行猜测的时候，提出了三螺旋结构，后来承认这是他最大的失误之一。

除了上述对科学与学术研究的敬畏之心，对于一位研究生还应对很多方面常怀敬畏之心。比如也要对实验室的危险因素，诸如易燃易爆物质、剧毒化学品、放射性物质、病原微生物等的使用与处置，对相应的安全规则要有敬畏，有很多重大事故的产生，就是因为对实验室的安全规则没有敬畏之心。我们还应对重大仪器设备的使用规则心存敬畏，经常有自作聪明，随意操作贵重仪器，而造成贵重仪器损坏的情况，既造成经济损失，更延误科研进展。

我们对实验室的危险因素，安全规则特别要有敬畏。2021 年 10 月 24 日南京航空航天大学材料科学与技术学院实验室发生连续两次爆炸。该事故造成 2 人死亡，9 人受伤，多数为研究生。2018 年 12 月 26 日，北京交通大学环境工程实验室使用搅拌机对镁粉和磷酸搅拌、产生的火花引发镁粉粉尘爆炸，造成参与实验 2 名博士生 1 名硕士生死亡。

生命科学领域还要特别注意实验室生物安全事故。2010 年 5 月 31 日，法国国家农业、食品与环境研究院（INARE）一名叫埃米莉（J. Émilie）的 24 岁研究人员，被实验室镊子刺一下，8 年后死亡。当时她通过分析感染疯牛病小鼠的冰冻大脑切片来研究朊病毒，朊病毒是一类错误折叠的传染性蛋白质，会导致致命的脑部疾病。这种疾病的潜伏期很长，埃米莉在 7 年后才开始出现症状。2019 年 1 月，已经完全失去了语言能力和行动能力的埃米莉在痛苦中死亡，医生随后对其进行了尸检，证实了她是由于那场实验室事故而感染了朊病毒。这份详细的病例报告最终发表在了医学顶刊 NEJM（新英格兰医学杂志）上。

2004 年 7 月 1 日，中国疾病预防控制中心 (CDC) 腹泻病毒实验室，由于一位博士生的违规操作，将带有 SARS 病毒的试剂盒带入普通实验室，发生了严重的 SARS 病毒泄漏事故，第 2 天 1 人感染，第 3 天 9 人感染，随后 895 人紧急隔离，从而引发了一场让北京市民不安的长达两个多月的 SARS 疫情。国家卫生健康委员会通报全国，中心主任撤职。

在此我要特别强调珍爱生命、敬畏生命！包括自己的与他人的生命。本质上每一个人都是唯一的，每个人在人世间走一遭都是一个极其偶然，非常珍贵，永远不会再现的事件。我们应当珍惜自己，善待自己。同样，我们应当珍惜他人，善待他人。特别是自己和他人的生命。研究生中也发生过因为没有这一理念而发生惨痛悲剧的例子。1991 年美国万圣节这天，美国爱荷华大学中国留学研究生卢刚（毕业于北京大学）因为博士论文答辩未能通过和极端自私内向的性格，枪杀了自己同一导师指导下的研究生山林华（毕业于中国科技大学），同时枪杀了自己的博士生导师和爱荷华大学物理系主任以及系秘书，最后自杀，造成 5 人丧生的震惊中美的悲剧事件。

2013 年复旦大学医学院研究生林森浩因为个人间的矛盾纠葛，在寝室里的饮水机中下毒，毒杀了同寝室的研究生黄洋，最终林森浩因谋杀罪在 2015 被执行死刑。不久前，湘潭市公安局雨湖分局 2024 年 4 月 14 日通报，指出湘潭大学法学院在读研究生张海阳因多器官衰竭于 4 月 13 日不幸去世，疑似被人投毒，警方调查发现，同寝室的研究生周某某（男，27 岁）涉嫌与案件有关，并已被依法刑事拘留，案件正在进一步侦办中。

前述悲剧的作恶者首先是不珍惜自己的生命和人生，其次是不爱自己，因为自爱是每个人心理健康的基本前提，爱自己才会懂得爱别人。另外自杀事件高校常有所闻，有研究生遇到压力、困境、不幸，情感挫折而轻率放弃生命，更是不珍惜自己的生命和宝贵人生。我们对父母给予的生命也要有敬畏之心，前面提到：每一个人都是唯一性的，每个人的人生即便平凡、普通，都有其独特的价值。大自然给每个人赋予了平等但独特的人生之路，其中一定有属于你自己的幸福，即便在别人看来如何平凡，如何微不足道。每个人都不是完美的，但每个人都有别人没有的某种优点和才能，尽管别人可能认为不值一提。我们要勇于接纳一个不完美的自己，我们也要有自信追随自己内心的召唤，不要按照别人的眼光去生活。而爱自己就要学会接纳自己的一切，在当下拥有的基础上，发掘自我生命的价值，走出一条属于自己的人生之路。每个人都可能遇到逆境与挫折，要相信时间能治愈一切，相信父母给我们的生命是顽强的，即便处在山穷水尽之境，但经过自身努力，定会有柳暗花明之期。

总之，常怀敬畏之心，是一个人面对自然、面对科学研究，面对社会、面对人生的一种智慧选择。它让人的行为更符合客观规律，且更能让人的行为稳妥可靠，行稳致远。

苹果电脑公司创始人史蒂夫·乔布斯 2005 年 6 月在他胰腺癌手术后在斯坦福大学讲演时，最后给学生提出的有很强震撼力的两句建议是 "Stay Hungry，Stay Foolish"，有人将其翻译为 "求知若饥、虚心若愚"。一定意义上说，Stay Hungry 可以理解为保持好奇心，Stay Foolish 可以理解为保持敬畏心。

好奇之心与敬畏之心是每一个科学研究者应具备的基本素质，因而也是每一个刚进入科学与学术领域的研究生修行的不可或缺的功课。心有好奇，心存敬畏，将使我们的研究生生涯心情愉悦，行稳致远，并最终成功。

上述发言也是从自己当研究生和作研究生导师，以及参与研究生教育过程中的学习体会，今天与各位研究生作的这个交流，肯定有不当与片面之处，欢迎各位研究生批评指正，也欢迎各位研究生提出疑问。

谢谢大家！

（2024 年 5 月 24 日，于湖南师范大学生命科学学院）

《中国动物多肽毒素》导论节选

  自古以来，人类与自然界的有毒动物相处在同一个地球上。在世界上不同文化的记载中，很多危险的有毒动物都长期激发人类的神秘感甚至恐惧感，从古代的历史传记到现代的文艺作品，有毒动物常被人们提到，如导致古埃及女王克拉巴特拉七世之死的毒蛇，好莱坞电影《天外魔蛛》中的食人蜘蛛等。人类对神秘和令人恐惧的事物都会进行好奇的探索，求知欲是人类比其他动物更高贵的主因。人类对有毒动物的好奇与探索是这种求知欲的典型例子。 最早对有毒动物进行探索的就有我们中国人。我国最早的药典《神农本草经》就有用蜈蚣治疗蛇咬伤的记载，我国最早的医典《黄帝内经》的《异法方宜论篇》就曾提出"毒药治邪"，即以毒攻毒的治疗理念。国外也很早就有利用动物毒治病的记载，如公元前的古罗马人就有用蜂毒治疗疼痛的记载。然而，对动物毒液为什么具有毒性，为什么能够药用的问题，直到近代科学的发展，特别是近半个世纪现代生物化学与分子生物学技术发展以后才开始有科学的答案。现在人们认识到，有毒动物毒液中含有各种特定结构与功能的毒素分子是上述问题的答案，而且大量研究证明这些毒素分子主要是以氨基酸残基作为结构单元的多肽类毒素分子。

  自然界亿万年进化过程中，一些动物如蛇、蝎、蜘蛛、蜂、蜈蚣、芋螺等，为适应特定的生态环境，保证物种的生存和发展，特别是防卫和捕食及制服竞争对手的需要，逐渐进化形成能产生毒液（venom）的毒腺（venom gland）。各种动物毒腺分泌的毒液中含有很多结构不同、性质各异，且通常情况下对其他生物呈现毒性的化合物分子，这些化合物分子即称为毒素（toxin）。英国《牛津生物化学与分子生物学词典》中将毒素定义为"通过生物途径产生的具有各种特定毒性的化合物"（Any of various specific poisonous substances that formed biologically）。上述定义中的"特定毒性"并无十分严格的界限，动物毒液中含有众多不同活性的分子，有的对哺乳动物有毒性，有的对昆虫有毒性，有的对鱼类或其他动物有毒性，有的则对一般动物基本没有毒性；但有其他生物学活性。学术界通常把有毒动物毒腺产生的毒液中含有特定生物学活性的化合物分子皆称为毒素。

很多实验证明，动物毒液中主要的毒素成分是多肽类化合物，多肽是一类由不同数目的氨基酸残基通过肽键逐个连接成的分子，因而多肽和蛋白质的化学结构在本质上是一样的，不同之处在于蛋白质含有更多的氨基酸残基（一般在 100 残基以上）。动物毒液中发现的多肽毒素多数是几十个残基的多肽毒素，也有含上百个甚至数百个残基的蛋白质毒素，它们在化学结构上基本为同类化合物，因而也在本书介绍的范围之内。大多数动物多肽毒素虽然分子量较小（与蛋白质分子相比），只含有十几个到几十个氨基酸残基，但它们都有确定的三维结构，很多肽类毒素含有数对二硫键，能形成非常稳定的结构框架，这对它们的生物活性十分关键。虽然对大多数有毒动物而言，多肽毒素主要由有毒动物的毒腺产生，但也可能产生于有毒动物机体的其他器官和组织。例如，研究发现，南美洲毒蜥蜴的唾液中，间斑寇蛛的卵粒中都发现有多肽毒素。一些有毒动物的毒液中还含有一些非肽类的毒素，如多胺类、烯醇类等有机小分子毒素，它们也有重要的学术研究价值。

实际上，除上文提到的几类有毒动物外，几乎所有的动物门类都包含有产毒的物种，如哺乳动物中的鸭嘴兽，鱼类中的石鱼，无脊椎动物中的海葵、水母等，保守地估计，世界上能产生毒素的动物物种至少有 170 000 种。这是一个极其巨大的动物毒素研究资源，而绝大部分产毒动物，人类尚未涉足其毒素研究。更值得关注的是，产毒动物在亿万年进化过程中为防卫和捕食及与其他物种竞争，面临不断变化的生态环境和长期激烈的生存斗争，特别是在与捕食对象和竞争对手长期博弈的进化过程中，不仅形成了极其高效的毒液产生、分泌和输送系统，而且产生的多肽毒素具备其他生物活性物质通常没有的显著特征，即惊人的分子多样性、强活性和高专一性。

人类对大自然的探索最开始是好奇，因为对其未知或不了解而研究，很多发现开始并不知道其有何应用价值，后来才逐渐发现这些自然的奥秘对人类的生活或生产有意义。虽然从 20 世纪 60 年代开始从分子水平研究动物多肽毒素已有半个多世纪，并且已有很多重要的发现，但人们对自然界成千上万种有毒动物的毒素的了解远不及冰山一角，绝大多数有毒动物物种的探索人类还未涉足，如对全世界约 4 万种已鉴定含有毒腺的蜘蛛进行了毒素探索的仅有一百来种（不到 1%）。全世界已发现的海洋腹足纲有毒螺类超过 10 000 种，而进行过毒素研究的仅百余种。因此，我们对动物毒素进行研究的一个基本原因可以说是我们对它们了解仍然太少，极大分子多样性的毒素"丛林"里隐藏的很多奥秘我们还知之甚少。虽然如此，但近几十年国内外对动物多肽毒素探索的研究成果已经证明该领域的研究有重要的科学意义并有显著的应用价值。

人类对动物多肽毒素的探索与研究，遇到和需要解决的科学问题是多方面的，而且是逐渐深入的。例如有毒动物对人类的伤害甚至致命的毒素成分与毒理机制是什么，如何有效救治；动物多肽毒素产生生理作用的靶蛋白和受体是什么，如何相互作用；如此复杂的毒素组分各有何生物学功能，是否有协同作用；有重要生物学活性的多肽毒素结构与功能之间的关系怎样；动物多肽毒素是肽毒素是否可作为药物先导分子与探究重要生理与病理机制的工具分子，多肽毒素基因的起源和进化及分子多样性机制等。

虽然人类关注自然界的有毒动物和它们的毒液并进行探索已有数千年历史，但真正从分子水平利用现代生物化学、生理学和生物物理学等技术对其进行研究不过半个多世纪的历史，短短五六十年时间，动物毒素领域已取得了跨越式的突破，标志性的成果是发现了一批有重要学术意义和应用价值的多肽毒素分子，这些发现不仅满足了人类的好奇心，也为人类的生活带来显著的利益。然而，我们至今仅触及了这个自然资源的极小一部分，因而可以预计，未来一定会有更多令人兴奋的发现等待着今后的探索者，只是此举既需要努力，也需要机遇。我国疆域辽阔、地貌各异、生态复杂，有着极其丰富的有毒动物资源，正如我国生物毒素研究前辈戚正武院士在本书的序言中所言："我国与先进国家在科技上的竞争，多肽毒素是可以利用的极其宝贵而又难得的资源优势。我们极有可能从我国独特的物种中找到结构与功能全新的毒素，且可能具有重要的应用开发价值"。因而，面对我国宝贵的生物毒素资源和我们祖先数千年利用有毒动物的历史，我国生物毒素领域的研究者应当有一种使命感。

牛顿曾以在海边拾贝壳比喻他的科学探索，我们这些动物毒素研究者现在做的也就是在大自然亿万年发展中产生的天然多肽毒素的"海边"拾取"贝壳"，我们从找到的一些精巧奇妙的毒素分子中感知自然界的奥妙。当然，如果我们能从中找到某种有重要学术价值和应用前景的毒素分子，能在与毒素相关的研究中探明某些重要的科学规律，我们的多肽毒素研究将更有意义，也更能得到科学发现的快乐。而这，需要机遇，也更需要我们智慧的思考和不懈的努力。

（注：《中国动物多肽毒素》，梁宋平、张云等著，科学出版社，2016年，北京。）

《宁清园诗话》序

父亲退休后常有诗作，每有佳节聚会，故友重逢，行游所感，往事怀念，常拿出一笔一纸，将当时的思绪吟写成诗作。时逢九十华诞而收集整理，不期已有一百三十余首，今天将其编印成这本诗集。

父亲一生在长郡中学从事体育教育，退休后心系长郡校友会工作，写作古体诗词，仅是他晚年的闲暇爱好。然而，得益于他少时5年私塾和后来在第一师范和国立师院打下的国学基础，其诗作，读来朗朗上口，有古风韵律，且饱含情怀，真挚感人，虽为业余休闲之作，我以为其中多首，谓之可登堂入室的佳作也不为过。

父亲在中年时很少有诗作留下，其原因可能为当年忙于工作和养家糊口，很少闲暇；另一个重要原因是上世纪50至60年代政治运动不断，父亲多年因所谓历史问题身处逆境，心情不展，难有写诗的情绪。自70年代末改革开放以来，国家政通人和，国泰民安，父亲的心情也渐轻松愉悦，也就有了发自内心的写诗的欲望。

父亲的诗文也是他内心的写照，父亲的一生为普通中学老师，没有什么丰功伟业，他心中常念并为之默默奉献一生的，一是他的教师工作，二是他的家庭亲人。他踏实为人，不卑不亢，随遇而安，豁然处世。他一辈子未有追名逐利之困惑，也无升官发财之烦心，却常怀质朴的童心和对真善美的向往、对亲人和朋友共情、怜惜、关怀的普适人性，以及普通老百姓的爱家乡、爱祖国之情怀，这些都体现在其诗作的字里行间。我以为生活中能感受到诗意并能写出诗作的人当时应该是幸福的，因为他们能从平淡、繁杂，有时甚至是艰辛的生活境遇中走出来，给心灵带来诗意，让思想引至远方。

父亲晚年能有兴趣和闲暇作诗，也应感谢另一个人，那就是我的母亲。父亲和母亲相濡以沫七十年，母亲无微不至地照顾，使父亲生活起居无所忧虑，从而有心情和闲暇吟写诗文。我还认为，母亲本人也是父亲写诗的动力，父亲曾在"庚寅冬至回眸往事"一文中，提及 1944 年初见母亲时一见钟情的往事，在那个年代，也算有一点浪漫色彩。父亲在他的"八十抒怀""八五自述"和"九十初度"三首诗作中，都提及了几十年前的青年时代对母亲的真挚情怀。

父亲将他的这本诗集定名为《宁清园诗话》。宁清园是我们家在谷山山麓悦禧山庄自建的一个宅院，取母亲的名字（匡宁我）和父亲的名字（梁涤清）中各一字而得名。该园依山而建，视野开阔，松樟环抱，四季常青，是父亲晚年最喜爱的居所，父亲还曾写过一篇《宁清园记》的文章，记述宁清园的风景和感受。本诗集中的不少诗作写自宁清园。

所谓"诗话"，取意古人论诗之言："欲知之子美高人处，只把寻常话作诗"。父亲的一些诗句实为寻常话，以话为诗，以诗为话，少有雕饰，内心直白，自然感人。

本诗集的封面为宁清园晚霞，我以为可比父亲和母亲夕阳红般的晚年生活与心情。在这庆贺父亲九十华诞之际，衷心祝愿父亲和母亲更加健康长寿，也希望父亲沐浴在宁清园的朝晖和晚霞中时，有更多灵感，能吟诵出更多好的诗章，以飨后人。

（2007 年 1 月 10 日）

一位儿童头脑中的形体与色彩

先佑从小喜欢绘画，从 3-4 岁起喜欢手握铅笔在纸上涂画，画的多为动物、家里的物品、动画片中的各种形象。其父母见其有此爱好，也曾让他参加了多期儿童美术班，使他逐渐增加了对形体和色彩的悟性，儿童形象思维能力亦有所加强，加之其有较高的想象力，他的绘画习作逐渐为人喜爱。他的几件习作曾获得梦想家国际青少年儿童书画大赛银奖与铜奖，也有习作被选登在澳门国际学校的宣传册上。先佑天性开朗乐观，受老师与同学喜欢，曾获得澳门国际学校颁发的快乐儿童个性奖（Kid of Character Award for Joyfulness）。

先佑的绘画习作汇编成一本画册，这些绘画习作展现了一个儿童头脑里的外部世界和色彩。难能可贵的是，一般儿童绘画常以临摹复制为主，而先佑的习作都有他自己的创造性。如他选登在澳门国际学校宣传册上的作品"红日出海"，介乎写实与抽象之间，画面线条简单但色彩丰富，画面的主题非常明显，体现出他对形象和色彩的悟性。他的获奖作品铅笔画"水上之城"完全是他想象中的世界，可能有些素材来自他曾看过的电影与游戏，但图中的很多物件与建筑在现实中并不常见，是他创造的形象，一些细节的含义只有他自己能解释，有时他自己也难说得明白，因为可能仅来自某种灵感。他的另一幅获奖作品彩色画"斗鸡"，各种色彩用得丰富而又鲜明，把两只斗鸡画得活灵活现，但又并非完全写实，我们看不到鸡的脚和翅膀，但斗鸡的形象一点也不会产生怀疑。这本画册的很多习作，反映出一个儿童眼中的世界和色彩，是一种原生态的少有大人干预的自然之作，因而这本画册的作品，也许是研究儿童绘画心理学的好的素材。

从生物学的角度来看，儿童的绘画是大脑中亿万神经元细胞与外界视觉信号的一种互动过程，绘画这一技能的形成与提高，是大脑中视觉与绘画相关的巨大数量的神经元建立新的稳定的相互联系后的集合性行为（也包括指挥手部肌肉的小脑神经元的参与），参与的神经元数目越多，回路中神经元之间的突触连接越强，这一技能的水平就会越高，这必须经过一个学习与记忆的过程。虽然对于一个年龄不到十岁的儿童，先佑的画的确是很好的，但绘画既需要天赋，也需要学习和专业指导，更需要长期训练。画册中的很多习作，虽然还未脱离儿童画的稚嫩与萌真，但也能看出一些灵气和学习提高的潜力。

绘画对于儿童是一种很好的爱好，可培养孩子宁静的心灵，提高孩子对周围世界的观察力，增加孩子对美的追求，也有人提出绘画可以提高孩子的智商。因此，无论先佑将来会朝哪一个方向发展，对他在绘画技能和视觉美感上的培养，对他的人生是很有意义的。从先佑现在表现出来的对于形体和色彩的悟性，经过系统的科学的培养和训练，说不定有一天，他的绘画真的能够登堂入室并给他的生活带来更多快乐。

让我们予以期待。

（2018 年 10 月）

张云教授二三事

人生确实短暂，包括我们所有的人，大多数寿命也就相差十多年。

但每个人都会如夜空划过的流星，会展现一道光芒，只不过有的人的光芒会有很多人看到，而有的人的光芒可能只有朋友、同事、同行和亲人看到。

张云老师短暂的一生也在夜空划过一道光芒，我以为是一道独特的、富有个性的、富有科学成就的光芒，也许看到的人并不很多。

我第一次见到张云是在 1996 年昆明动物所国际生物毒素学术会上，那次会议是熊郁良教授担任主席，但张云是会上会下最忙的，给所有与会者印象最深刻的会议组织者。那时他刚从法国做完博士后回来，青春焕发、热情洋溢，每次分会结束，有关会务的通知都是他用中英文发布的，那次会议国际同行评价很高，我以为是我国第一次举办的最成功的国际生物毒素大会。

张云教授对中国的生物毒素研究做出了重要贡献，他在我们共同出版的《中国动物多肽毒素》一书中发表的《我们为什么研究动物多肽毒素——毒素与生存斗争及人类疾病》，我认为是到目前为止我国有关生物毒素研究价值的最好、最全面的综述，该文的英文版发表在《Zoological Research》上，引起国内外同行关注。在他的众多杰出研究中，我印象特别深的是他的有关两栖类动物三叶因子的研究，这是世界领先水平的。他以两栖类动物三叶因子为分子探针揭示了人的三叶因子与蛋白酶激活受体之间的联系和作用，首次发现三叶因子复合物的存在及其在炎症和天然免疫中的重要作用。这些成果促进了黏膜免疫、损伤修复和血小板激活调控机制的解析，提供了新药物作用靶点和创新药物研发的科学依据。另外，他参与研制的基于眼镜蛇毒神经毒镇痛新药已广泛用于临床，蛇毒抗菌肽（cathelicidin）的研发，有望成为临床抗耐药菌感染的新型肽类抗生素。他还参与研发了治疗蛇毒中毒的蛇伤急救盒，产生了良好的社会效益和经济效益。他对中国生物毒素研究的贡献还特别表现在他培养出了如赖仞、杨仕隆等一批优秀青年科学家。

我邀请张云老师为我们湖南师范大学蛋白质化学与发育生物学教育部重点实验室的学术委员，历时十年。他每次在学术委员会上的发言都十分认真，从来不是一般的应付，他的每次发言都说到点子上，且风趣幽默，对我们实验室很有帮助。平常，他就是一个很乐观，说话喜欢开玩笑但又从不过分的人。我想很多同事在他担任中国生物毒素专业委员会主任期间与他接触都会有同样的感受。

张云老师待人非常诚恳，也是很乐意帮助人的。2018 年 5 月，我们湖南师大生命科学学院主办的《生命科学研究》几位编辑人员，想去昆明动物所学习《动物学研究》的办刊经验，就是在张云老师的帮助下促成的，他亲自来高铁站接我们，帮我们订好酒店，第二天他请来动物所姚所长给我们讲办刊理念，陪同我们参加了与《动物学研究》编辑部老师的座谈，后来他带我们参观并亲自讲解动物所的动物标本博物馆（全国最大最好的动物标本馆），张云老师为我们忙碌了整整一天，让同去的湖南师大的老师深受感动。

2023年1月17日，也就是春节前三天，我与张云老师通了电话，这时他因对肺癌的靶向药物产生耐药性，已做过几次化疗。他说话精神仍然很好，只是声音稍有点沙哑。他告诉我化疗过程对他有很大副作用，很难受，但他会坚持治疗下去，他也在电话中告诉我，即使出现最坏的情况，他心里也很坦然，已经与病魔斗争了5年。

没有想到，这是我最后一次与张云老师的交谈。

张云老师永远离开了我们。

他的声音笑貌，他的朋友之情，他的科学探索精神，他对中国生物毒素研究的贡献的光芒将永久留在我心中，也将留在他的朋友、同事和他的学生心中。

（2023 年 3 月 24 日）

致谢锦云老师

谢老师，敬爱的谢老师，请接受我的——我们的，对您的最深切的感激之情，全研究室的老师和研究生们，都在惦记您，思念您，最衷心地祝福您战胜病魔，早日康复。我们多么地盼望，您能再回到实验室，我们能像往常一样天天见到您那慈祥的面容与坚韧的身影。

在您暂时不在我们身边的日子里，多少往事的回忆，使我们更加感受到，您崇高的人格与金子般的敬业精神。您是我们湖南师大生物化学学科和生物化学实验的创建者，但您从来不提起，也从未有过一丝一毫的居功。在学科与实验室的每一个成就里，都留下过您辛勤的足迹，但您从来都是默默奉献，而把荣誉和光环留给他人。

您曾经很平常地谈起，在 60 年代创建生化教研室的情景，那时候您刚从北大进修归来，为建立蛋白质定氮实验，您一件件清洗那些收集来的别人废弃的玻璃器皿，用的是冬天冰凉的清水与农家用的木盆。假如能记录下当年您工作中的件件往事，那一定是对年轻人艰苦创业最实际、最生动的教程。

虽然您是我们实验室最年高的长者，虽然斑斑白发已侵袭您的双鬓，但您经常最早来到实验室而又最后离开，您对实验室的情感和责任心，超过了我们之中的任何人。您的办公室经常是研究生们与您倾心交谈的场所，他们向您倾诉内心的疑惑与家庭的困难，犹如面对自己的母亲。因为您从来是发自内心地关心他人，而从不是口头敷衍，因为您关爱学生，就如同关爱您自己的儿女。您曾为困难的学生垫付学费，您曾为生病的学生买来药品，您是他们的老师，更胜似他们的亲人。

您从来没有因为个人的得失，有过哪怕一词一语的计较；您从来没有因为个人的名利，有过哪怕一言半句的争锋。每当报奖排序，文章排名，您总是说，"把年轻老师排在前面吧，这对我并不重要"。每当实验室出现难做的工作您总是说，"这事让我来做吧，可能比年轻人多一份经验与耐心"。每当我遇到困难，总是在您那里得到最及时、最有效的帮助，每当我遇到挫折，总是有您给予我最真挚、最实际的鼓励和关心。您对我工作的指导和帮助，是我最可信赖的长者，您对我生活和家庭的关心，就像我亲姐姐一样真情。

有多少回，为了修改学生的论文，您辛勤工作到深夜。即使在不久前病魔缠身的时候，您还在病床前与研究生当面批讲论文。有多少回，在研究室会议上，您提出过对实验室发展最有意义的建议，而对年轻人的批评，是那么中肯而又充满爱心。

最难忘那不久前的八月二十一日，同学与老师的代表来到您养病的家中，当他们见到您是那么高兴，而您满头白发和消瘦的身影，又使他们极度的伤心，您对每一位都问长问短，带着往常一样的微笑和热情，您对自己的病情从不说起，却反复询问同学们情况与研究室工作的进程。

谢老师，敬爱的谢老师，请再次接受我们心中的最真情的感谢吧！祝愿您能最终战胜病魔，再回到岳麓山下——我们当中。我们一定会更加努力加倍珍惜和您在一起的每一天，我们一定会更加努力把教学和科研做好，以此来报答您——我们最可敬可爱的师表，我们心目中最高尚的人。

（本文载于 2007 年 9 月湖南师范大学报）

（注：谢锦云教授是湖南师范大学生物化学学科奠基人，湖南师范大学生物化学理论和实验课教学的开创者，她因患癌症于 2007 年 12 月 19 日逝世，享年 71 岁。）

怀念母亲

2015 年 11 月 27 日下午 6 时，这个世界上最关爱我和我妹妹的人，也是赋予我们兄妹生命和给我一生带来幸福的人，我的母亲，安静地、永远地走了。我守护在母亲病床边，经历她离开我们的最后一刻，泪水流经我的脸庞，我像孩提时代一样，对着她老人家的遗容大声呼唤了数声"妈妈"，但她再也听不见了。

如无声的山崩，在沉默中冲击我身心，我此刻感觉到，我的人生发生了某种重大的转折，更认识到母亲的存在对我是多么的重要，即使是看一眼她老人家衰老的身影，听一声她那沙哑的对我乳名呼唤，都是我人生间的幸福，这种幸福，永远不会再有了。

母亲给予了我生命，也是我生命的守护神，在过往的所有的日子里，母亲给我的关爱难以言尽。

我小时候最早的记忆是一件母亲关爱我的往事，那时母亲每天早晨提着篮子上街买菜，我 3 岁左右，吵着要跟着妈妈，母亲怕我走失，没有同意。我等母亲走后，远远地看着她的背影跟了上去，因怕母亲责备，又不敢走近她，只是远远地跟着。等离开三府坪长郡中学的校门到学院街拐弯处，妈妈回头发现了我，便马上走过来，面带慈祥的笑容，一点也没有责备我，牵住我的手一同去买菜，还在路边的包点铺给我买了一个包子，这是我人生最早的记忆：那个我幼年最幸福的早晨。

1953 年早秋的一天，母亲给我买了一个绿色的帆布书包，里面放有石板、石笔和铅笔，她把书包斜挂在我肩上，对我说"从今天起，你就是小学生了"。妈妈带着我走进靠近长沙南门口的南墙湾初级小学的校门，我见她和一位女老师交谈了什么，离开时对我说："好好读书，听老师的话。"七十年前的这一幕，至今鲜活地保留在我的记忆中。

我少年时代一个冬天的往事一直铭刻在我心中。20世纪60年代初的三年困难时期，我们家住在长沙市长郡中学教师宿舍，那是木板为墙的简陋平房。记得有一天傍晚时分，窗外下着小雪，室内室外一样寒冷。因为停电，家里点着一盏煤油灯，昏暗的灯光下我和妹妹们围着一盆小小的炭火取暖，这时，母亲在屋外走廊清洗完餐具走进来，坐到我们身旁，她面带微笑深情地注视着我们兄妹，依次握一会我们的手，亲切地问我们冷不冷，一种温馨幸福的感觉涌入我心间，我感受到一份得到母亲关爱与呵护的幸福。那一幕，特别是那闪烁的煤油灯光中母亲慈祥的面容，深深地刻印在我的脑海里，至今难忘，犹如昨日。

在我以后的生活中，无论遇到什么难事，无论有何种烦恼，一想到身后有妈妈的关注，就会感到一切终将会有希望。有位作家说过一个人无论在任何年龄，一旦失去父母，便成为孤儿，父母在，人生还有来处；父母去，人生只剩下归途。这句话的含义，我今天才领会到。

母亲年轻时，美丽而有气质，父亲在他"庚寅冬至回眸往事"一文中，回忆1944年见到母亲时，写道"她很秀美，举止娴雅，让我十分倾慕"。母亲从小聪慧善学，是安化五区高小成绩最好的学生，以至校长亲自到我外公家对我外公说，您女儿很聪慧很会读书，你们家要一直送她读书。外公下决心送母亲去因躲避日寇搬到安化蓝田的周南中学，并最后在周南中学高中毕业。母亲年轻时写得一笔好字，我在长郡中学读书时听到长郡的老师夸母亲的字写得好，心底里曾为之骄傲。

母亲 1950 年在长郡中学参加工作，创办长郡幼儿园，任第一任园主任，她工作任劳任怨、废寝忘食、尽责尽职，使长郡幼儿园成为当时长沙市中最有名的幼儿园之一，曾多次得到市教育局的表彰，多次被评为长沙市优秀幼儿园，直到今天，一些当年的孩子，还记得长郡幼儿园的匡老师。

1961 年，三年困难时期，母亲因患肝炎与水肿，离开她奉献十年的幼儿园，身体稍康复，即调长郡总务处工作，她在这个岗位上一直工作到退休，在这个岗位上，母亲当过保管员、接待员，管理学生与教工食堂，接待安排新老师，负责粮油户口，票证发放，也当过农村班与华侨班学生的辅导员，她工作从来一丝不苟、细心负责、体谅同事、关爱学生，曾被长郡的校领导称为长郡的红管家，老师们评论母亲是长郡人缘最好的老师。

母亲为人正直、诚实厚道、光明磊落，她在长郡总务处工作数十年，从不占用、挪用公家财产，哪怕一笔一纸，日常生活中从不占他人一丝便宜。她晚年住在悦禧山庄，一次在雷锋大道一家菜店买菜时，店主多找给她二十元钱，她回来发现后，马上叫我们送回多找的钱，深得店主尊重，以后我去该菜店，店主总是问："匡娭毑还好吗？"

母亲把她的一生奉献给了我们兄妹——她的六个儿女，母亲是用心血把我们抚养大的。三年困难时期，粮食短缺，我们全家人饥肠辘辘、食不果腹，那时母亲不仅是全家最辛苦的人，也是全家每天吃得最少的人，她把自己碗里的口粮让给了我们兄妹，以致严重营养不良，下肢水肿，并患上肝炎。我们几十年感受到母亲无私的爱，即使退休后，她从不要我们儿女一分钱，而且精打细算，从她和父亲的退休金中省下钱，每逢我们生日给我们红包，每有老家困难的亲戚来长沙，她都给钱资助。她唯恐给我们兄妹添任何麻烦，在她病危期间，我们兄妹去看她，她总是说："你们早点回去吧，我没事，你们都是六七十岁的人了，你们要注意身体呀。"

母亲永远地离开了我们兄妹，但我总是感到，她仍在什么地方深情地、面带微笑地注视着我们。

谁言寸草心，报得三春晖，母亲对我们的恩情暖似阳光，深似海洋，我们永远再也无法报答。

或许，我们今生仍然有一种报答，那就是在我们此生余年，像母亲那样，做一个正直善良，关爱后代，善待他人，不求虚名，尽到所有应尽的责任，并且，如她所期望的，愉快地生活着的普通人。

（2015 年 12 月）

母亲的故事

——根据母亲晚年的讲述撰写

一、关于母亲的故乡小淹——青山碧水旁的美丽小镇——清朝两江总督陶澍的故乡，左宗棠的旧游地

资江，湖南的第三大河流，因其中上游区段穿行于崇山峻岭，常年碧绿清澈，在其流经的安化县境内，有一小镇，名曰小淹，这就是母亲匡宁我老人的出生地和故乡。相传南宋嘉定17年（公元1224年），南宋宁宗之子理宗自邵州诣京师（今杭州市）继位过此，正值夏季，江水伏涨，镇区被淹，下首石门潭无法通行，淹没数日，便赐名"小淹"。母亲的故乡由此而得名。

小淹风景秀丽、人杰地灵，除资水常年流淌，其旁的香炉山（因其远看像一座香炉而得名），高耸入云、树木繁茂、峰峦秀美。小淹的印心石屋、文澜塔、御书崖、城墙崖、观音崖、奉义亭散布于资水石门潭两岸，另有朝阳庵、水月庵隔河相对、古松环绕，使得小淹虽为边远小镇，却为古代经留此处的文人墨客多有赞誉。曾有古人将小淹景致概括为八大景观即"淹市晴岚，石峰晚翠，香炉烟霭，笔架凌霄，白云出岫，朝阳鸽凤，崖水回澜，石潭印月"。小淹镇诞生的历史名人中最著名的是清朝道光年间的两江总督陶澍，其旧居和墓地是小淹最重要的人文景观。晚清重臣，湘军统帅之一左宗棠曾在小淹生活多年，当时他被陶澍请为家庭老师，后来与陶澍结为亲家，其女嫁给了陶澍的儿子。

公元1924年农历十月十九日，小淹街上当地颇有盛名的匡泰安商行的主人匡会儒先生家，生下他家最小的女儿，取名银娥，匡会儒老先生第一、二个女儿分别名为月娥和嫦娥（关于我母亲名字的更改见后面的故事），即为我母亲，银娥因为是匡家满女，深得父母及姐姐和哥哥的关爱和关照，尤其是大哥匡诚忠（我的大舅），对我母亲的求学与成长起到保驾护航的关键作用。

二、匡泰安商行的故事——江西移民——万寿宫的聚会——大比滩翻船——母亲第一张照片

母亲的父亲匡会儒老人，我的外公，祖籍江西泰和县。外公在安化出生，外公的父亲早年从江西过湖南来谋生，落户小淹，先替别人家帮工，后做一些小本小利的生意。外公在父亲的引导下也学做生意，由于勤奋努力，事业有所发展，他自己创建了匡泰安商行，主要做布匹、糖盐、粮食、南货生意。外公办事精明、诚实守信、勤奋自强，使匡泰安商行成为小淹街上和附近乡里最有名的商铺。外公乐于助人、办事公平、善待乡邻，因而在镇上人望很高，是小淹镇上江西会馆的掌门人。江西会馆也叫万寿宫，是一座青砖青瓦的古式建筑，离匡泰安商行约有七个门面，每年阴历惊蛰节，外公主持万寿宫聚会，然后众人举旗牌在街上游行，鼓乐齐鸣，甚是热闹，成为小淹街上一件盛事。

匡泰安商行是一座两层楼的木质建筑，有一个很大的中堂，两厢为商柜，进门右边的商柜主要卖布匹，左边商柜则卖食品、盐糖、南货等。楼上为仓库，大部分进货放在楼上。外公的生意不拘一格，无论大小，临街的台阶上常会出售包子等面点。商行的后面为食品加工作坊，当时匡泰安生产谷酒，远近闻名，酒糟则由农民挑去喂猪、喂牛。当时匡泰安做的各色糕点炒货有数十种，逢年过节，远近乡邻争相购买。我至今记得解放初时外公常托人从小淹捎来用铁皮桶装的各种糕点，品种多样、色香俱佳，成为我童年难忘的记忆。作坊的后面是一个小园子，种有樱桃树，柳树，其中有一棵大柳树母亲结婚时外公用之做了木器。当时匡泰安还做竹木生意，外公在小淹周边乡下买下几座山的竹子，编成竹筏，顺资江而下，卖到益阳或长沙。

匡泰安商行到 1935 年前后是鼎盛时期，那时我母亲约十岁，她至今记得外公五十寿庆时，热闹非凡。匡泰安商行内摆流水席，邻里乡亲都来就宴，连街上的叫花子（乞丐）也请进来吃饭。当时小淹街上有照相馆，外公五十岁生日请照相师到家里照了一张照片，这是一张非常珍贵的照片，照片上的母亲是第一次照相。

外公做生意从来公买公卖、本分守法，但旧社会官员和政府常巧立名目欺压百姓，外公家也深受其害，有一年小淹镇长发布告，各家要抽壮丁，公布的名单上有外公的小儿子匡如意（我的小舅）。小舅有病在身，外公多番给镇上官员送礼求情无果，小舅为了躲壮丁，逃到长沙。后来几经周折，外公花了很多钱买了一个壮丁的名额才算了结。

抗日战争爆发以后，国事艰难，外公的生意也逐渐走下坡路，尤其是 1940 年左右，有两船货物在小淹下面的大比滩因船翻落水，血本无归，大伤元气。匡泰安也逐渐衰落，但商行一直运转到解放初期。

我的外婆姓肖，名桂玉，早年随父母到安化，也是江西人，外婆的父母在安化黄沙坪做小生意，他和外公共生有二子三女，即我的大舅匡诚忠，二舅匡如意，大姨匡月娥，二姨匡嫦娥，和我母亲银娥。

三、母亲童年的故事：端午节龙舟比赛——三保学堂的发蒙——五区高小的优秀学生——参加抗日宣传活动

母亲在父母和哥哥、姐姐的关爱下，在小淹度过了快乐的童年，小淹虽是山区小镇，其生活还是丰富多彩，母亲记忆最深的是逢年过节的活动。

每年春节小淹街上节日气氛很浓，鞭炮声从大年三十响起，断断续续地直到元宵节，因外公人缘好，每年来拜年的人应接不暇，母亲印象最深的是每到春节外公给她做的新衣，穿新衣是旧时儿童过年最快乐的事之一。

那时候，每到端午节，小淹举行龙舟比赛，比赛在中午进行，方圆十几里的乡亲都来资江岸边看比赛。然而有一年发大水，仍照常比赛，龙舟在比赛中不幸翻覆，因江水湍急淹死十余人，后来镇上组织小淹街上的商人捐钱，才将死者安葬。

母亲于1932年7岁进小淹三保学堂读书。三保学堂离家很近，每天早上背书包走十分钟就到学校，那时的三保学堂一共只有两个老师，母亲至今记得她的发蒙老师叫曾夏云，是一位男老师。那时初小共三门课，国文、算术和常识。

读完三年初小之后，母亲进了小淹的五区高小（这也是我父亲梁涤青老人曾就读的学校），五区高小在小淹的街后，方圆近百里的乡亲的子女来五区高小读书，因而有寄宿也有通学（我父亲在五区高小时就是寄宿），因五区高小离匡泰安商行只有一百多米，我母亲每天跑通学。母亲记得五区高小的课程有：国文、数学、自然、音乐、体育、图画等。

母亲从小聪慧善学，是班上成绩最好的学生，深得老师喜爱，当时一位名叫王占魁的老师到外公家，跟外公说，母亲很会读书，劝外公一定要继续送她读书。

在五区高小的最后一年，抗日战争爆发，抗日救国浪潮遍布全国，小淹这个山区小镇也不例外，那时候，在老师的带领下，母亲参加了五区高小的救亡宣传活动，在小淹、大桥水、冷家咀、羊角塘等地以宣讲、唱歌、连花闹（快板书）等形式宣传抗日，也就在那时，母亲学会了"我的家在东北松花江上"等抗日歌曲，那时母亲年仅 11 岁。

四、母亲中学时代的故事——马迹塘的五卅中学——第一次远离家乡的长途跋涉——蓝田的脏乱——手上长疮动手术

读完小学五年，母亲十二岁时，考入益阳马迹塘的五卅中学，五卅中学离小淹三十余里地，母亲坐船沿资江顺流而下去上学，五卅中学是从武汉搬过来的，因为日寇入侵而转移南下。母亲在五卅中学读完一学期之后，当时五区高小一位叫唐淑娴的老师来自蓝田（现在为涟源），对外公说在蓝田的由长沙转移来的周南中学更好一些，因而决定让母亲转学周南。当时抗日战争到了最艰苦时期，日寇到武汉，威胁长沙，长沙的所有中学转移到蓝田。1938年暑期，母亲 14 岁，和一位同学一道步行远涉 200 里，从小淹到蓝田周南中学读书，外公找了一位认识路的挑夫，一边带路一边挑行李。这是母亲第一次远行，一路翻山越岭（经过梅树岑、乌鸡岑、新龙凹等地）。第一天走了 80 里，因脚上走出水泡，只好在过梅城约十里的路边客栈过夜休息。第二天早上母亲双脚疼痛、举步艰难，但为了按时走到蓝田仍坚持上路，一直坚持到第二天深夜走到目的地。到时母亲几乎成了跛子，好几天才恢复正常。

去周南中学读书时，外公在小淹的最要好的朋友，后来任长郡中学校长的彭国钧一次提到母亲原来的名字银娥，他认为有点俗气，对外公建议改为宁我，意义更深些，从此母亲的名字便为匡宁我。当时周南中学租用蓝田镇笃庆堂的房子办学校，几间大房子为教室，院子里搭一个大棚子做厨房和食堂，非常简陋、艰苦。当时有两三百学生，全是女生，来自全省各地。校长是李士元，毛泽东主席的同学周世钊先生当教导主任，教师大都讲长沙话。当时周南办学条件艰苦，但仍比较正规，用的是全国统一教材，著名的杨少岩老师教数学，陈家军老师教体育，周南的女子排球开展得很好，也是周南的传统体育项目。

当时蓝田的生活条件也十分艰苦，母亲印象最深刻的是环境相当差，到处脏乱不堪，尤其是生活用水污染严重，用的水都是黄泥水。母亲的一位周南的同学和朋友彭先珍，是长沙长郡中学校长彭国均的小女儿，有一次彭先珍因用脏水感染，手上长了烂疮，不能洗手，母亲帮她洗手，结果也传染上烂疮，并且日益严重，疼痛无比，伤口化脓腐烂，骨头都露出来了。后来到蓝田街上的医院做了手术，切除了一小块骨头才治好，至今母亲手上的伤疤犹在。

每年寒暑假，外公派人到蓝田接回母亲，母亲要走200里路回家，每次到家，大舅和外公都要将带回的所有衣被用开水和硫磺消毒。一到临近开学，外公就为会母亲准备行装，十分细致周到，日常生活用品一件件清点放入行李箱中，唯恐有所遗漏。

母亲读完初中后，外公因做生意不顺利，亏了本，供母亲上学出现困难，曾决定不再送母亲上高中，后来是家里大哥（我的大舅）决定由他想办法筹钱，坚持送母亲继续上高中。

五、母亲高中毕业的经历——身患痢疾——失去考湖南大学的机会从此失学——与我父亲订婚的经过

1941年冬天，日本鬼子逼近蓝田，周南中学也准备要撤退到樟梅乡，母亲的一个家住烟溪的同学决定到新化去上成达女中，也劝母亲一同前往。母亲征得家里同意，和周南的另外五六个同学，步行一天，走到新化城里，进了成达女中。母亲在成达女中读了两年，至高中毕业。1943年母亲和她的高中同学彭瑞英（是长沙民生厚商店老板的侄女）一起报名考湖南大学，然而临近考期，母亲得了痢疾，当时医药条件很差，疾病一拖数月，母亲因此失去了考入湖南大学的机会。

母亲当时年方十八，端庄秀美，亭亭玉立，加上当时已高中毕业，在小淹街上很引人注目。外公开始考虑母亲的婚事，当时我父亲梁涤青老人的故乡安化大桥水董家仿村离小淹三十里路，已久闻匡泰安商行大名。父亲在国立师范学院读书时有一年从长沙回安化，搭乘外公的货船。因久仰匡泰安大名，且在船上亲眼见到匡会儒老人仪表威严，办事精明，言谈不俗，十分敬佩仰慕。1943年父亲从国立师范学院毕业后，到有名的长郡中学任教。父亲早知匡泰安小女品貌双全，他在外公的商铺偶见母亲一次，一见钟情，便委托一个叫刘雄伟的原五区高小的同学到匡泰安提亲。当时刘雄伟在小淹开旅店，父亲到小淹常住他家。对此次提亲，外公并未当场明确表态，后外公派人了解父亲的情况，去调查的人认为父亲家数代为农，且父亲书生气太盛，不太精明，外公便没有同意。

父亲没有放弃，第二年暑假又叫刘雄伟和另一个同学李占生一起去提亲。李占生家就住匡泰安隔壁，其母是我外婆的朋友。我父亲也专程登门拜见我外公，此次我母亲藏在楼上，远远对我父亲的形象和举止做了目测，并且母亲从李占生那里了解到，父亲会读书，忠厚老实，待人诚恳，当时又在长沙名校长郡中学任教，便表示了对父亲的认同。就这样，外公同意我父亲和母亲订婚，这是1944年春天的事。

我父亲能与我母亲结合，能被我外公认同，除了缘分，还归因于我父亲能读书到大学毕业。父亲家为安化大山里的农民，其兄弟皆是农民，唯我父亲能有机会读书，这要归功于一个人，那就是我父亲的祖父，父亲的祖父名叫梁绍宗，会写字，能看风水，人称绍宗先生。在董家坊人望很高，有一年（清末期间）安化闹饥荒，绍宗先生被推为族长，带领全村人（有 200 余人）到常德、桃源逃难，后又将众乡亲带回家乡。绍宗祖父最喜爱幼年时的父亲，他 73 岁那年因哮喘去逝，临逝前交代，将来无论怎么困难，都要送我父亲读书。遵照绍宗祖父的嘱托，我的爷爷和几个伯父省吃俭用、节衣缩食，一直送我父亲从私塾，到小学，到第一师范再读到国立师范学院（当时只有师范可免学费）。

六、母亲和父亲结婚时的情况——母亲和父亲第一次同回长沙——长郡中学楼上的宿舍

父亲和母亲的婚事在小淹街上按新式婚礼进行，然后回父亲老家大桥水乡董家坊村，为此婚事祖父在董家坊盖了新房（一座有六缝五间的木质房屋）。当时外公家送嫁妆的队伍绵延有近一里路长，其中包括一整套西式木器。当时我外婆也专程坐轿子从小淹到董家坊祝贺。

母亲和父亲结婚之后，1945 年过完春节两人一道回长沙，这是母亲第一次来长沙，当时交通不便，一路坐船，先到益阳，路上用了三天才到长沙。到长沙后住在长郡中学澄池（一个有假山的小池）旁边的办公楼上，楼下是办公室和教室，楼上是老师宿舍，南北各一排，整个楼房全木结构，房间很小，东西各有一个楼梯。当时父亲住在靠北边的一排。

当时住房不仅狭小，而且老鼠猖獗，父母从安化带来的腊肉用绳子悬挂，也遭老鼠啃食。父亲便把所有腊肉交给食堂的戈顺凡师傅，给老师们食用。在长郡中学楼上住了半年，母亲怀孕，当时妊娠反应很剧烈，呕吐不止，邻居熊克立校长说母亲怀上的一定是一个男孩。长郡住半年后，父母搬到黎家坡的一个旅店，当时那个旅店生意不好，便拿出部分房屋出租。到了暑假，父母便回安化，准备第一个孩子的诞生。

七、母亲生下第一个孩子——长沙李觉公馆——妹妹家英的出生

1946 年农历九月二十九日，当日是农历霜降节，母亲在安化董家坊村的新屋里生下第一个孩子，这便是我，接生的是我的二伯母，在当时深山沟里没有医生的情况下，母亲能平安生下我，真是我和母亲的幸运。我出生时，父亲不在身边，他在长郡中学任教。

我母亲生下一个男孩，给董家坊梁家带来一片欢喜气氛，我的祖父梁廉法老人更是乐不可支。我满周月时，按乡下习俗由乡亲送名，当时安化老家几辈人商定，参照族谱和字意，送给我的名字为宋平。父亲还确定了我的乳名为燕贻，取意于成语燕翼贻谋，意思是将来要为后嗣做好安排打算，惠及子孙。

过春节时，父亲从长郡回安化过年，年后便接母亲和我回长沙，回长沙后便住在黎家坡。父亲租了两间房，小的一间住安化带来的宁珍，是一个十三四岁的女孩，她是专门来协助我母亲带小孩的。当时该租住地住了五户人家，其中一家主人是做生意的，有三个女儿，特别喜欢我。1947 年，我父亲的同事，教地理的李人琢老师（后来成为长郡中学校长），因其夫人要从醴陵来，约我父亲一同租住长沙南门口社坛街的一个叫李觉的公馆，各租一间。后来李老师夫人未来，我父亲便租了楼上两间。在我的幼时最初的记忆里，有一个窗户很高很大的房间的印象，那便是来自李觉公馆。

母亲不久又怀孕了，1948 年冬回安化过年，1948 年 4 月 10 日，母亲生下第一个女儿，仍然是由我的二伯母接生。生我大妹时父亲亦不在安化，他听说生下一个女儿，十分高兴，便取名佳音，母亲生下佳音满月后回小淹居住，由外婆照顾，直到暑假父亲才回安化接母亲和我们兄妹二人回长沙。

这次回长沙后，父母住在长郡中学旁边的三余里。三余里是长郡中学围墙外的一个很长的巷子，从三府坪长郡中学校门围墙的东侧进入，住的都是长郡的职工。学校分给父亲的房子在三余里的最里端，靠近长郡中学体育器材室。我家有两个住室，打开窗子就可见长郡的操场。我家还有一个小偏屋，木板壁，头上是斜盖的青瓦，是父亲花 30 元从原住此地的老师那里购买的。我家厨房搭建在操场的围墙边，有一个侧门打开即是操场。所以，长郡的操场便是我童年的乐园。我们家在三余里共住了 8 年，我童年时所有的记忆几乎都与三余里和长郡操场相联系。我家后来在长郡搬家四次，让我至今最留恋的还是三余里的家。

八、二妹小燕的出生，母亲第一次走出家门工作，任长郡幼儿园主任

三余里的我家房子正门前最初是一个大坪，比现在的一个篮球场还大，记得坪中间种了蔬菜。穿过大坪，通过一个门便是长郡的教室。1952 年，大坪中建了长郡中学的图书馆，图书馆不大，仅为木架结构的一层平房，有两间藏书室和一间阅览室，相比今天长郡中学的图书馆大楼，可谓十分简陋，解放初期办学条件是很艰难的。

1949 年 9 月 18 日，我的二妹梁小燕出生了，出生地就在我家三余里房子的偏屋里，那时我三岁多，至今记得很清楚，大人们忙进忙出，母亲在屋里呻吟，我心里很奇怪也害怕，这是我幼年最早记忆深刻的事。

1950 年长郡中学工会要办一个幼儿园，工会女工委员邹容怡认为母亲很能干，又有文化，字也写得好，劝母亲出来工作，几次到家里来劝母亲，父亲体育教研室的同事杨宗华老师也到家里来劝母亲。最终母亲同意了和袁诗懿老师一起创办长郡中学幼儿园。

母亲初次参加工作，热情很高，全力以赴，幼儿园越办越好，要求入园的孩子越来越多。后来学校就把幼儿园搬到长郡中学校门口进门右边的一个大教室，前面还有一个小坪，供孩子们户外活动。同时增加了一位工作人员叫胡桂英，是长郡工友王海青的妻子，当时孩子们叫我母亲和袁诗懿老师为匡老师和袁老师，叫胡桂英为阿姨。由于幼儿园办得出色，当时市教育局还给长郡幼儿园发了奖状，还奖了一台风琴。母亲成为幼儿园主任，每月工资 42 元。幼儿园开始只收长郡中学职工子弟，1955 年以后开始接收校外人员的小孩，并开始有全托（即孩子住园），后来因用房不够，二府坪原城防部队的营房收回后，幼儿园搬到了文化电影院旁的一个原部队的办公楼里，有房间数间，前面有一个大坪，工作人员包括老师、保育员、厨师、洗衣工，最多时达到 12 人。当时学校要求幼儿园以园养园，送一个孩子全托一个月收费 3 元，一个保育员的工资是每月 30 元。母亲全盘负责幼儿园工作，和所有员工关系十分融洽，幼儿园越办越有名，长沙城南一带都知道长郡（后来又叫二中幼儿园）的匡老师。

九、母亲对安化亲人的帮助

母亲从小淹到长沙后，对家乡来的亲人一直尽力帮助。母亲大姐的女儿，我的表姐陶柳絮至今常说如果没有我母亲的关心和帮助，她可能没有后来上学和工作的机会。柳絮姐姐的父亲陶崴生 1939 年患肺病去世，当时柳絮姐才 5 岁，到 1944 年，她的母亲（我的大姨妈）也因病去世，已成孤儿的柳絮姐姐被送给别人做童养媳。1950 年，柳絮姐姐来长沙投靠我母亲，虽然当时母亲生活也困难，但仍把柳絮姐姐留在身边。当时长郡中学办了一个缝纫社，柳絮姐姐便去了该社学做衣服，后来母亲认为柳絮姐姐应该读书将来才有出息，便劝柳絮姐姐把其母亲的嫁妆卖掉作为学费去读书。柳絮姐姐便按母亲的建议，回到小淹读书，从小学三年级读起，当时她15岁。两年后柳絮姐姐考取安化黄江中学（今天的安化二中），初中毕业后，又考取长沙畜牧兽医学校。柳絮姐姐从小受苦，非常珍惜读书机会，学习勤奋，追求上进，一直担任学生干部，1961年毕业后分配到南京工作。我和妹妹们至今记忆深刻，柳絮姐姐在长沙读书时，周末常来我家看望母亲，我和家英、小燕、末芳等妹妹也有几次在周末到长沙黄土岭的畜牧兽医学校去看柳絮姐姐，沿路采集水腻子（学名鼠曲草，一种做粑粑的野菜）。到了柳絮姐姐的学校，她就带我们到食堂吃饭，当时正是困难时期，粮食定量，柳絮姐姐用她自己的餐票每次都让我们吃饱了回家。

春生哥是我大舅匡诚忠的大儿子，1946年和我母亲及父亲一道从小淹到长沙，进明德中学读书。1948年春生哥在明德中学毕业后，正临解放，准备报考新闻训练班，他住到长郡中学我们家。父母把春生哥安排住在父亲在长郡中学办公楼上的工作室，春生哥便在那里看书、住宿，一日三餐到我家吃饭。在长郡生活半年后，春生哥考取新闻训练班，且参加了解放军。

德琼姐是春生哥的大妹妹，1953年左右考取长沙市第五中学，来长沙入学体检发现得了肺病要休学。当时母亲听杨宗华老师介绍，小孩生下来时的胞衣（胎盘）对肺病有益处，母亲便通过当医生的杨宗华老师的姐姐帮助，先后得到5个胞衣，炖煮给德琼姐姐吃。琼姐姐第二年考取常德女子中学，后来中学毕业考取西安建筑学院。琼姐姐经过长沙去西安时，母亲送琼姐姐上火车，买了10个法饼还夹了10元钱送给琼姐姐，是当时母亲月工资的四分之一。琼姐姐大学毕业后分配到长沙冶金设计院工作，"文化大革命"期间，她经常出差，当时维汉哥还在部队，他们的两个小孩黄卫和黄政相当长一段时间都住在长郡中学，由我母亲看护，母亲对两个孩子细心照看，关爱有加。他们现在仍叫母亲为娭毑。

十、三妹耒芳、四妹耒新和小妹小农的出生——母亲病危我们兄妹得知大哭——困难时期开始——母亲得肝炎离开幼儿园

1951 年农历十月十九日，母亲生下我的三妹耒芳，当时耒芳生下来母亲无奶，请了好几个奶妈，当时由于母亲已有四个孩子，又有幼儿园的工作，家里需要请保姆，前后请了好几个都不太满意，后来长郡张元靖老师的夫人介绍了他家乡的马桂贞来我家，我们叫她马姨。我至今记得马姨来时，我还未上学，在房门口玩，马姨第一次来叫我带路找倒垃圾的地方，马姨非常勤奋，能吃苦，她在我家工作了近八年。

1953 年农历八月四日，四妹梁来歆出生了，来歆妹出生长得很结实，就像一个男孩子。来歆二三岁时，能说会道，聪明可爱，长郡中学的孩子们都非常喜欢她。记得那年夏天，长郡的一些大孩子在树下乘凉轮流给来歆打扇子，讲故事。

1955 年农历八月十四日，母亲生下最小的妹妹小农，当时母亲生产时感染细菌，得了产后子痫，大出血，抽搐、呕吐（母亲吐出来的全是蕹菜，医生都说可怜），生命十分危急，当时长郡工友彭娭毑来到我家，我和妹妹们在厨房外的小天井里，彭娭毑对我们说："你们的妈妈不行了，快要死在医院里了。"我和几个妹妹十分害怕，齐声大哭起来。后来母亲在医院里经过抢救，特别是长郡肖鸾君老师的妹妹肖医生的精心治疗，最终转危为安，其间父亲两天两夜未合眼。小妹小农出生后，父母十分爱怜，我至今记得父母有一次对着摇篮里的小妹说，这个妹子长得很漂亮。

1959 年，由于天灾人祸等各种原因，三年困难时期即老百姓所称的"苦日子"来临，母亲因幼儿园工作劳累，加之为了养育六个儿女，自己省吃俭用，经常挨饿，以致营养不良，得了肝炎。她脚上水肿，不能继续在幼儿园工作，便离开了幼儿园。她在长郡幼儿园从创建到离开共工作十年。母亲走后，长郡幼儿园由田素芳老师（体育教员宋迪生老师的夫人）和丁月娥（长郡老职工戈顺凡的夫人）接手。

十一、母亲在长郡总务处工作，1982 年光荣退休

母亲病情稍好转以后，被安排到长郡中学总务处工作，当时的总务主任是李士媒老师，也是父亲和母亲多年的朋友，母亲当总务处的事务员、保管员，负责过多种工作，包括管理学生和职工食堂，负责学生户口、粮油，后来长郡召了农村班和华侨班，母亲也负责这两班学生的生活供应安排和福利。母亲在总务处工作十余年中，工作一丝不苟，廉洁奉公，体谅学生和同事，关爱学生，加之母亲精明能干，工作成绩出色，得到学校领导和师生广泛好评。

母亲于 1982 年退休，为教育工作默默奉献三十余年。

母亲退休之后，仍然勤劳不止，全部汗水和心血用在照顾父亲和我们这些子女，以及我们的后代身上。母亲出生于艰苦的年代，饱受磨难，有着中国传统妇女的诸多美德，母亲的生活是平凡的也是伟大的。母亲对我们的恩情是任何语言都无法记叙的，我们对母亲的感激是任何文字都无法表达的，我们盼望母亲能更加健康长寿，母亲的健康就是我们最大的幸福。

（2010 年 11 月 18 日，写于母亲 86 岁生日）

思念四妹来歆

来歆，我的妹妹，你走了，永远地离开了我们和这个世界，我再也听不到你叫我哥哥的声音，看不到你明亮、温柔而又智慧的眼神。在你的身体和心灵被癌症折磨的日子里，我感受到你向哥哥求助的目光，我知道你是多么希望你唯一的哥哥能给你一点点帮助，把你从病痛的深渊里拉回来呀，可是你无能又无助的哥哥没有能帮助你，甚至没有能丝毫减轻过你的痛苦，你哥哥的心里是满满的悲伤呀！

世界上除了爸爸和妈妈，哥哥是看着你长大，陪伴你成长时间最长的人。哥哥最知道你是一个多么热爱生活，热爱知识和事业，也热爱音乐的人；哥哥最知道你是一个多么意志坚强，努力追求人生价值的人，最知道你是一个多么温和，可亲可爱的人。

记得五十多年前，在长郡中学教师宿舍里，你刚刚学会说话，你长得像一个小男孩，你是那么活泼可爱，你天真而又有灵气的童语，使所有宿舍里的大孩子们都特别喜欢你，说你是宿舍区最有意思的小孩。

记得你在南墙湾上初小时，有一天下雨，哥哥去接你，背着你回家，你在哥哥背上说，"哥哥，我们老师教了一首新歌，我唱给你听好吗？"你便在我背上唱起"越南有个小姑娘，家住南方小村庄"的歌句，这一幕仿佛就在昨天。

记得哥哥在上高中时，从同学那里借来一把小提琴，不到十岁的你是那么喜欢这件乐器，后来，你几乎完全靠自学，学会了五线谱和小提琴，哥哥是多么地佩服你。

你求学上进的精神是那么的顽强，因为"文化大革命"，你没有上过一天高中，你一个初中生完全靠努力自学考上了大学本科和硕士研究生，你没有获得过博士学位，完全靠自己的奋斗，成为中南大学的经济学教授和博士生导师，并指导了十余位博士生完成学业。

来歆，我的好妹妹，你的意志是那么坚强，当确诊癌症在湘雅医院完成手术切除后，为了保持体质，你仍坚持每天爬岳麓山；手术切除了你的部分牙床，影响你的讲话，为了能继续为学生上好课，你每天坚持练习朗读。

你对事业是那么热爱，那么投入，那么敬业，每一次拿到国家社科基金项目，你总是高兴地告诉我，让我分享你的快乐；当我听到你的学生说道"梁老师的课上得好"时，哥哥由衷地为你感到自豪。

在你被癌症折磨极其痛苦的最后日子里，那一天晚上你一个人回到学校，你知道你的时间不多了，你要最后看一眼你挚爱的校舍和办公室，就在那天晚上，你忍着疼痛对每一个研究生做了最后一次指导和交代。你是多么舍不得你的事业，你的学生呀！

你舍不得的还有你关爱的儿子和丈夫，你年迈的父亲和母亲，还有你多年朝夕相处的哥哥姐姐和妹妹，你还有那么多事情没有完成，你还有那么多愿望未能实现，就连你努力多年刚刚装修完的新房子也没能住上一天。对你这样一个温和善良，对世界满怀爱心的人，命运为什么这样的不公平，为什么这么早地剥夺你满怀希望的生命，还让你承受常人难以想象的癌痛的折磨。

来歆，我的好妹妹，记得2010年夏天，得知你癌症复发并转移后，

　　为了做最后的努力，我和妹妹小农陪你专程去北京，到北京北大三医院看医生，当医生说"已经太晚了，为什么没有早几个月来"，哥哥心里是多么懊悔和遗憾。离开北京前，我带你去国家大剧院观看"电影交响音乐会"，走出国家大剧院时，你对我说"谢谢你，哥哥，这将是我最后一次听交响音乐会"，当时眼泪立即润湿了我的眼眶。

　　来歆，我可怜的妹妹，如果有一件事此刻可以安慰哥哥的心灵，那就是你已经从折磨你近三年的极度的痛苦中解脱了，你现在可以带着你往日一样的微笑轻松地远行了，此时此刻，哥哥舍不得你呀，哥哥真希望人还有来世，我还能再做你的哥哥，我会更加努力呵护你，为你保驾护航。

　　来歆，我的好妹妹，你走了，去了那没有归程的远方，你给哥哥留下了你一生的声音笑貌，留下了永久的、无尽的思念。

（2011 年 2 月）

忆父亲

父亲离开我们已整整十周年了。

我有时会走近我家客厅里父亲的照片，近距离凝注父亲良久，心中常涌出一股深深的怀念之情，周围无人时，我会对着他的照片喊出一声"爸爸"，眼前会长久浮现出和他在一起的很多往事。

我童年最初的记忆都联系着父亲教学的长郡中学操场。我十岁之前全家住在长郡中学操场边，有一个侧门就对着操场。妈妈曾对我说，我学走路时，就是父亲用一条长围巾，绕着我小小躯体的上腰，父亲在后面牵着，在长郡的操场上让我迈出人生最初的几步。有一张 1949 年的照片，年轻的、面带微笑的父亲搂着 3 岁的我，我的手上抱着一个篮球，背景就是长郡中学的操场。

2012 年 10 月 14 日的《长沙晚报》用一整版的篇幅登出了 7 张父亲在长郡中学的老照片，其中有 1951 年父亲与长郡中学学生篮球队的照片，1953 年父亲与长郡中学教师篮球队的照片，还有一张父亲与民国时期长郡中学足球明星王振老先生的照片，还包括上面提到的抱着 3 岁的我在长郡操场的照片，另有一张唯一的彩色照片，那是父亲 95 岁时在长郡现在的操场，其身后是长郡的校训"朴实沉毅"。同时长沙晚报该版还刊登了我写的一篇短文，题为"长郡中学老操场就是父亲的大教室"。

父亲 1918 年农历正月出生于安化县大桥水董家坊村，这是与桃源接壤的乌云界山麓一个偏僻的小山村。祖辈世代农民。父亲从小聪慧，深得他的祖父（家族称绍宗公）喜爱，绍宗公临终之时留下遗言，当举全族之力，供父亲读书。我的祖父廉法公也深知"地瘠栽松柏，家贫子读书"之道，于是谨遵父命，不遗余力地供子读书。但在落后贫穷的旧中国，一个农家供子弟读书，谈何容易。

父亲读完五年私塾后考入安化五区高小。毕业后，又考入长沙妙高峰中学读初中。学校离家近五百里，父亲和我的伯父芝生公挑着行李，两兄弟走了五天五夜，才走到妙高峰中学。只读了一个学期，家里再无力承担高昂的学费，无奈停学。当年秋天，父亲考入无需学费、生活费的安化县立师范，插班进入二年级读书。后又考入毛主席的母校湖南第一师范。

1938年秋，国民政府在湖南安化县蓝田镇（现为涟源市）建立我国的第一所独立设置的师范学院：国立师范学院（简称国师），是现在湖南师范大学的前身。父亲从第一师范毕业后考入国立师范学院体育科第一班。成为他老家全乡第一位大学生。父亲1943年7月在国立师范学院体育科第一班毕业后，应当时的长郡中学鲁立刚校长之邀，到当时也因抗日迁往安化蓝田的长郡中学任体育教师，时年25岁，之后从未离开长郡，在长郡工作近五十年，其中担任体育教研组组长近三十年。学校从蓝田迁回长沙时，他组织并与师生们亲自动手将杂草丛生的旧操场建成为由炉渣铺成的200米跑道，两个沙坑和5个三合土地面篮球场，那就是解放初期的长郡操场。就在这个操场上，他组织了长郡50年代和60年代长郡中学的历届全校运动会。他也是国家田径一级裁判，曾担任湖南省首届运动会田径裁判长。

我对父亲刻骨铭心的思念，是他对我们兄妹几十年的无言的父爱，父亲是一个言语不多的人，但他给我们春风化雨般的父爱，深似海洋，让我们兄妹永生怀念。

记得我 7 岁时，父母带我们搭乘民船去安化老家，经过清澈见底的资江，父亲抱我下船至江水中，寒冷且深的江水使我害怕，父亲将我搂在怀中，用双手擦热我的身体，第一次教我游泳，我第一次感受到父亲宽阔强健的胸怀。

我在南墙湾小学读三年级时，父亲将《黄河大合唱》中的黄水谣的歌谱和歌词工整地抄在一张纸上，一句接一句地教我唱"黄水奔流向东方，河流万里长……"这是我小时候第一次学的一首"大歌"，第一次知道有这么好听而深情的抗战歌曲。

1960 年前后的三年困难时期，粮食短缺，父母亲为了让我们六兄妹能有基本的营养，费尽心思。记得父亲好几次在凌晨提一个水桶去南门口碧湘街市场排队，为买一点不收粮票的绿豆腐。记得父亲在我家对面的墙边挖出一条一尺来宽的土地，种上南瓜。夏秋天的南瓜、南瓜花、南瓜藤嫩枝都成为我家餐桌上的主食。那时候父母宁愿自己饿肚子，尽力让我们兄妹吃得多一点，父亲因缺乏营养，面色蜡黄，原本结实的身体出现水肿（后来才知道这种水肿病是因食物严重缺少蛋白质引起的）。

三年困难时期，有一次父亲带我和妹妹佳音坐一辆运煤的便车去安化老家，由于驾驶室座位有限，父亲让我和妹妹坐在驾驶室里，他自己坐在煤车厢里。一路北风劲吹，到达时见到父亲让我和妹妹吓了一跳，父亲被吹得满身满脸煤灰，简直成了一个黑人。

记得也是三年困难时期，因学生吃不饱饭，学校取消体育课，父亲由长郡中学领导指派到长沙郊区树木岭办农场。那一年暑假父亲接我去农场住，他每天辛勤劳动之余为我亲自做准备三餐饭，教我认识各种蔬菜秧苗，还有可以食用的各种野菜，如胡葱、蒿子、地菜子、水芹菜、蕨菜、马齿苋等。

最令我难忘的是，有几次傍晚，他带我到农场附近的一个水坝里摸鱼。父亲水性很好，他可以潜到水下待数分钟，在水下深处的石头缝里捉到鱼，我则在岸上等待他的收获。每次捉到鱼，父亲便浮出水面，从水中将鱼有力甩到岸上，我即将鱼抓住放入水桶中。有一次父亲摸到一条一尺多长的大鱼，甩到岸上后鱼不断蹦跳，我差一点没有抓住，险些让它跳回水中。现在回想起来，当年父亲提着水桶带我去水坝在前面走的身影，那夏天水坝边爽心的凉风，傍晚倒映在水中的彩霞，抓住父亲甩上岸的活蹦乱跳的鱼儿的兴奋，就像发生在昨天。那是困难时期给我留下的最快乐的记忆，也平添我对父亲的无限思念。

父亲将其一生奉献给了长郡中学的体育教育工作，他对长郡中学一往深情，退休后仍全心为长郡的校友会工作了十余年。长郡中学党委书记杜慧老师在父亲逝世时的追悼词中曾提到："梁涤青老师热爱长郡，在长郡度过了青年、中年、老年三个年龄段总计 70 多年，被人们誉为长郡的活辞典。他亲历了长郡的成长、壮大、发展、兴旺，他对每段历史、人物、典故如数家珍，尤其是对新中国成立以前的历史和老校友记忆犹新，有时向他问及某位校友，他能马上就能说出是毕业于哪一年哪一班。1993 年为筹备建校九十周年庆典撰写校史，年逾古稀的梁老师遍访了湖南档案馆、党史办及省市图书馆，写出详细的访问报告，可以说梁老师为校史的编写工作立下了汗马功劳。"

父亲晚年喜欢习作诗词，他虽然从事的是体育专业，但他早年 5 年私塾读的都是古文经典，以及在第一师范和国师时积累的国学基础，他的一些诗词也达到登堂入室的水准，在他 90 岁时所编辑的他的百余首诗集《宁清园诗话》里，有五十多首是怀念长郡的故友，追忆长郡的往事，歌颂长郡的发展。

父亲在安化蓝田的国师、长郡中学学习工作了六年，那是他一生最难忘的经历，他写过一首追忆蓝田的诗：

怀念蓝田

蓝桥涟水绿如兰，战地弦歌火后还。

玉种蓝田传绛帐，梅开樟岭待春回。

双江口下中流击，吴氏堂前燕语喃。

忽报倭奴遭覆灭，青春做伴还乡关。

在诗中也充分表达了抗战胜利后，父亲随长郡中学从安化蓝田迁回长沙时愉快的心情。

他的诗集中有三首回忆长郡中学的彭国钧老校长。彭国钧老校长是父亲的安化同乡，长郡中学"朴实沉毅"校训就是彭国钧校长提出的，父亲在一首题为"老虎校长"的诗中回忆了彭国钧老校长：

老虎校长

学院街头杨柳春，郡庠成立九三星。

韩玄墓上惊风雨，屈贾祠前破鬼魂。

辈辈英才鸣海内，行行子弟看精神。

澄池泽畔思遗爱，晚节芳同晚稻馨。

诗题称老虎校长，因为彭国钧校长因对学生严格，被师生称为老虎校长。另外诗中所提"破鬼魂"之事，指当时长郡学生宿舍传言有鬼，彭校长亲自住进去，以破迷信。

父亲与曾担任 5 届长郡校长的鲁立刚先生和他的夫人李相琼老师保持了数十年的友谊。母亲曾告诉我,她生下我和妹妹佳音后,她陪父亲一道登门到鲁立刚校长家中,向鲁校长和李相琼老师请教养儿育女的经验,因为鲁校长和李相琼老师成功地养育了十个儿女。鲁校长和李老师很热情地给我父母谈了他们的经验和建议。

父亲的诗集中,有六首是追忆鲁立刚校长和李相琼老师的,以下是其中追忆鲁校长的一首:

长相思·忆鲁校长

涟水流,弥水流,

芒鞋千里代扁舟,奔走为生徒。

校务稠,奖学稠,

五任校长忘春秋,肝胆照九州。

涟水流,弥水流,

百里行军到桥头,篝火炽同仇。

月悠悠,云悠悠,

十双儿女东西留,腾飞两半球。

父亲为人忠厚、宽怀待人,从来不对学生疾言厉色。他与很多长郡校友成为长期乃至终生的朋友,与他的很多学生一直保持密切联系。我十岁前家就住在长郡操场边上,记得经常有三三两两的学生下午锻炼之后到我家喝茶,和父亲聊天,有时父母还招待他们吃晚饭。1987 年正月,父亲 70 岁生日,他在 50 年代教的7 位学生(包括学生会主席、高 31 班的周华湘,高 27 班的班长李淼,当年文体部长、高 30 班的周泰文,高 30 班的倪保元,高 31班戴跃华,高 34 班的周可和盛赋霞)自发成立了一个祝寿筹备小组,没有花公家一分钱，参会的每位校友每人出资 10 元，在父亲生日当天举行了一个隆重的庆贺会，也邀请长郡中学校领导和部分老师参加，还有他的百余名学生从欧洲、美洲及全国各地赶回长沙参加庆贺，成为长郡一次有影响的校友聚会。为此，长沙晚报以"桃李满天下，门生尽栋梁"为题，作了专题报道。

父亲的诗集中，有近十来首是受邀参加他的不同年代的学生的聚会的感触。以下这首是他参加长郡高 28 班（1952 年毕业）同学聚会有感而作。

庚辰高28班稀龄团聚

世纪龙吟会学宫，稀龄团聚趁秋风。

江河跨越云中鹤，书剑峥嵘雪里鸿。

伏枥壮心犹未已，希文忧乐九州同。

不嫌老圃秋容淡，且慕枫林爱晚红。

2014 年 10 月，也就是父亲病逝前两个月，他写下了人生的最后一篇文章，即为纪念长郡中学校庆 110 周年而编辑的长郡中学校友回忆录《流年碎影》[1]的序言。在这篇序中，表达了他对长郡中学的一往情深，也回忆了他在长郡度过的难忘岁月，以下是他这篇文章的主要段落。

我，1918 年生人，71 年前，我走进长郡，我再也没有走向别处。我陪着长郡，从抗战一直走到现在。走着走着，长郡发展了，长大了，我也垂垂老矣。

---

①《流年碎影》为长郡中学校友回忆录，杜慧主编，湖南人民出版社 2014 年出版。

　　我时常会想起蓝田玉茶庄两层楼的旧木房，阴暗潮湿的办公室和一星期才打一次的"牙祭"；想起三府坪澄池的天光云影、韩玄墓的荒草杂树和天井边的桐荫深深；想起我们师生为躲避日军战火，撤离蓝田去樟梅乡一路的有惊无险；想起我作为体育教研室主任和童子军教官，带领学生们穿闹市，跨湘江，挺进岳麓山露营时的往事。想起一次师生大会上鲁立刚校长掷地有声的话："有人说，长郡读死书，死读书，读书死。是的！怕死的就莫来！"想起我的恩师和同事杨少岩先生的《杨氏几何》；想起我当年的体育课代表、后来的长郡校友会联络员周泰文；想起当年的学生会主席、我90岁生日曾专程从美国回来看我、如今已82岁的老先生陆懋增……

　　我永远忘不了我在长郡上的第一堂课。那是1943年8月，正当国难当头，抗日战争最艰苦的日子，学校已从三府坪迁至蓝田，租借蓝田玉茶庄的厂房作为校舍。没有操场，老师和同学们自己动手，在一块菜地上开出了一小块平地，大概只有两个篮球场大小。第一堂课就是在这里上的，我给学生们讲体育的重要，没有身体，何以救亡。接着我给同学们教习晨操，这些穿着布衣芒鞋平时只有蔬菜和糙米饭吃的同学们，怀着将来救国兴邦的信念，操练起来格外精神。从那以后，每天早上，天蒙蒙亮，喇叭声响起，我和学生们翻身起床，奔赴操场集体练晨操，可谓"闻鸡起舞"。

　　那时抗战刚胜利的三府坪，原来的操场荡然无存，取而代之的是颓垣败瓦的棚屋，棚屋里住着文夕大火后无家可归的老百姓，棚屋之间杂草丛生。我们师生艰苦奋斗，重修操场，中间是三合泥沙子地的篮球场，周围的跑道用煤渣铺成，一圈只有200米。每年过完一个暑假，土质的球场跑道长满杂草，开学时，我们师生齐动手将杂草拔去。可是就在这样简陋的场地，我们召开了长郡中学第一届田径运动会。在这里，我和刘冠东老师组建了长郡中学自中华人民共和国成立后的第一支学生篮球队，初战就小胜当时久负盛名的"工程兵学院队"，后来，我们学校的篮球队获南区冠军。在这里，刘牧愚老师组建了长郡第一支体操队，刘牧愚、我，还有尹楠等老师一起负责训练，没有鞍马，我们请木工制作。为了宣传抗美援朝，我们带领体操队上街义演，后来体操队员曹策问和孙孝贞走进了国家队。

长郡的操场，就是我的教室，是我一辈子魂牵梦绕的所在。如今，长郡 110 岁了，我为能陪伴长郡从她的 39 岁到 110 岁而感到幸运。

学生来复去，教员来复去，长郡永留在，因为长郡是永远不会衰老的。

谨以此文，献给长郡 110 周年。

父亲是一位很普通的人，一位普通的中学教师，他一生没有做出什么丰功伟绩，但他在他的很多学生眼里是一位好老师，而在我们兄妹的心中，他是一座大山，一生给我们以无数的关爱，带给我们人生幸福的父爱的大山。父亲对我们兄妹的父爱，也与他对母亲的爱息息相关，父亲与母亲相濡以沫，相互关爱七十余年。母亲曾回忆抗战胜利那年（1945 年）父亲多次去我外公家追求母亲的故事，父亲的憨厚和一片痴情感动了母亲。父亲的诗集中有多首是写母亲的，以下这首是写母亲八十岁生日的：

贺爱妻匡宁我老师八十华诞

受降城外故乡行，匡泰堂前淑女迎。
心印耄年盟赤石，眉齐花甲结黄金。
欣闻四代儿孙笑，喜看三千桃李芬。
八骏悠悠常健步，长天秋水夕阳情。

父亲永远地离开了我们，但愿有传说中的另外一个世界，他或许能在那里与母亲再相聚，携手前行。现在想来，父母在时，我们是多么幸福，我们一直在享受父母在世的当下，我们从未想过自己的归途。父亲和母亲走了，我们也都是古稀老人，更加怀念当年父母和我们在一起的岁月，思念之情，萦回脑间，常难以解脱。

父亲永远离开我们了，我们再也看不到他那常带微笑的慈祥的面容，再也听不到他那带有安化口音的浑厚的声音，长郡中学的操场、悦禧山庄的林荫道上再也看不到他舒缓行走的身影。

父亲永远地离开了我们，但他的声音笑貌，他忠厚朴实的品德，他正直诚恳的为人，他那总带着童心和诗情的气质，他对长郡中学的深情和敬业，他对亲人特别是我们儿女慈父的情怀，将永远铭刻在我们的心中。

（2024 年 2 月）

附录

诗词习作选

念奴娇·再别燕园

塔光潋潋，未名湖，最是燕园情结。画阁轩斋，松径里，印记峥嵘时月。聚会因缘，西东由志，留得情真切。何年何处，举酒重逢时节。

行将再别燕园，南行万里，百感总交结。老去书生，心尚在，余有几回拼决。十载京华，中关旧事，毕竟难泯灭。迢迢前路，闻鸡再舞晓月。

（1983年7月初稿，记叙当时硕士研究生毕业将再次离开北大时的心情，2015年修订，载于2016年《告别未名湖——北大老五届诗集》，由九州出版社出版）

开学感赋

——与九七级研究生共勉

岳麓千年秀，楚材代有生，自然多奥秘，探索当惜珍。广阅前贤著，立身在巨人①，有疑方有悟，所求在创新。他人或引路，学问靠自身，勤奋生高技，实践才知真。无为方有治②，术业贵专攻，自古功成者，甘处寂寞林。科学神圣事，尊严不可轻，实事必求是，成败有精神。

现象层层析，数据细细衡；见微当思著，笔记最需勤。文献常追踪，信息万里通；竞争世界广，机遇惠有心③。同窗常磋切，相辅可相成；实验每总结，事半而倍功。望断天涯路，目标自在心；觅寻千百度，回首豁然通。世上无难事，只要肯攀登。琢锲而不舍，心诚果自成。

（载于 1997 年 9 月《湖南师大报》）

---

①牛顿言：吾辈之所以有成，只因站在巨人肩膀上。
②谚语：要期有所为，须得无所为。
③巴斯德言：机遇只青睐有准备的头脑。

念奴娇·珍惜生命

茫茫宇宙，亿兆年，君逢此时造就。荣耀卑微，无须论，特质空前绝后。珍爱此生，自主命运，时光莫虚度。追随内心，出彩当有时候。

环顾四海高朋，八方来客，有缘同船渡。怪杰凡人，君不见，总有一面独秀。珍惜生命，善待他人，同享此宇宙。人间千彩，幸福不同皆有。

（2022年5月，此词为2022年在湖南师大生命科学学院的讲座《幸福感的由来——珍惜自己，善待他人》的结语）

新疆行（四首）

过天山

2017年暑假，高中同窗一行十位古稀老人自驾游新疆。其间从独山子经巴音布鲁克到库车，两度翻越海拔3500米的天山隘口，沿途景色之雄，之美，之奇令人难忘，得以下五言诗以记之。

神往新疆久，今日过天山，峰回路千折，驱车雪峰间。草甸天边阔，牛羊布广原，碧水弯九曲，天鹅浮清泉。云杉立绿野，苍鹰展云间，正叹雪山峻，忽见水天蓝。最是惊绝处，丹霞耸云天，峡谷如魔境，奇石更流连。久闻天山美，今日醉其间，共唱高原曲①，欲叙已忘言。

①行完独库公路到达库车后，当晚席间兴浓，与老同学大川学兄齐唱高原之歌："翻过千重岭，爬过万道坡，谁见过水晶般的冰山，野马似的雪水河……"

喀纳斯

喀纳斯国家级景区，位于新疆最北端，处阿尔泰山中段，与哈萨克斯坦、俄罗斯、蒙古国三国结邻。喀纳斯湖面海拔1375米，平均水深90米，面积6.9万亩。喀纳斯景区有喀纳斯湖、喀纳斯河谷、白哈巴村、那仁草原、禾木村、喀纳斯村等国内外享有盛名的八大自然景区，景色奇特、雄浑秀美、四季不同，公认为新疆旅游必去之地。

大美喀纳斯，仙境有人知，神仙伴弯月，卧龙出碧池①。登得观鱼顶，湖景令人痴，水色碧如玉，雪山映雄姿。牧村炊烟袅，驼铃伴马嘶，毡房飘层雾，牛羊暮归迟。待到秋霜日，红黄叶万枝，人间有此境，何必羡瑶池。

---

①喀纳斯河谷有神仙湾，月亮湾和卧龙湾三处著名景点。

伊犁河

　　才遇赛湖美，又见果沟奇，云杉如仪仗，迎我到伊犁①。一川雪水急，两岸白杨齐，湲湲河面阔，滔滔直向西。山阻东南北，云来大洋西，天就伊河谷，绿洲最宜栖②。忽闻手鼓起，河岸人攘熙，乐奏赛乃姆，正遇庆婚期。新娘白纱秀，新郎晒心怡，伴者随心舞，潇洒不拘泥。广场成舞海，欢情满伊犁，道声远方客，不舞待何期。

---

①从乌鲁木齐去伊犁地区的高速途经海拔2100米的赛里木湖，经风景秀美的果子沟下天山，即到伊犁河畔的伊宁市。
②伊犁河谷北、东、南三面环山，唯西面低平，使西来的大西洋暖湿气流停留于伊犁河谷，形成水草丰盛的绿洲。

将军府

伊犁惠远古城有伊犁将军府，乾隆年间，清朝平定准噶尔叛乱后，设立"总统伊犁等处将军"，简称伊犁将军，为新疆地区最高军政长官，至辛亥革命，近两百年内共有48任伊犁将军。最早的伊犁将军府被沙俄军队拆毁，左宗棠收复伊犁后重建。

新疆归华夏，乾隆首命名[1]，春风度万里，祥云过玉门。设立将军府，把剑护九城，回廊绕正殿，帅府亦军营，古木参天立，双狮护府门。林公布恩泽，水利惠边民[2]，汉维共携手，丝路复繁荣。沙俄犯伊水，天山起战云，湘军随左帅，抬棺启远征[3]，艰战复疆土，万代垂英名。今见左公柳，感慨思故人，百族共团结，新疆永太平。

（2017年8月以上"新疆行（四首）"载于《告别未名湖——北大老五届诗集2》，九州出版社，2022年出版）

---

[1]乾隆皇帝首次将当年以伊犁为中心的中国西部国土命名为新疆。
[2]林则徐曾在惠远古城生活两年，帮助新疆人民修水利，发展生产，深得民心。
[3]为收复伊犁地区，当年年近古稀的左宗棠抬着自己的棺材率湘军出征新疆。

初雪忆故人

　　望今冬第一场瑞雪，今日正逢实验室谢锦云教授逝世一周年。研究室回廊处第一间办公室门内再也看不到她辛劳的身影。回想谢老师对湖南师范大学生物化学与分子生物学学科的建立与发展做出的贡献；她鞠躬尽瘁、敬业尽责、关爱学生的师表作风，她对我的真挚无私的关心和帮助，心中顿生无尽怀念。

初雪飘飘洒落云，
回廊转处无故人；
敬业爱生为懿范，
学科创立献苦辛。

忆昔研室初建日，
事有艰难君最勤，
坦诚无私心地阔，
今有踌躇问谁人。

（2008年12月19日）

观2017年中国诗词大会有感

中央电视台《中国诗词大会》盛况空前，万人空巷，吸引无数国人聚会电视屏前，更给诗词爱好者带来巨大欣喜。念我中华文明数千载，诗魂长驻，词脉传承，无论壮志柔怀，人间情结，山河美景，民俗乡风，皆可从中华诗词中觅得无数佳句。汉字独有的音形优势，使中国诗词不仅朗朗上口，结构优美，更有字意含蓄丰厚，词简意赅。中华诗词是华夏文明软实力最可赞叹的表征之一。人生自有诗意，中国人并不拘于日常的忙碌与苟且，更有诗与远方，中华诗词是先祖的宝贵遗产，也是给中华儿女留下的一份精神财富与幸福资源。有感于此诗词盛会，得以下七言诗草以记之。

诗魂千载传中华，
荧屏盛会聚万家。
百人团里多才俊，
擂主敏聪更有加。

李杜放翁今若在，
当有佳句伴酒夸。
诗邦代有才人出，
神州万代绽诗花。

（2017年2月8日）

烛光之恩永相思

——参加北大张龙翔先生百年诞辰纪念会有感

忆昔燕园秋叶时，
今生有幸遇恩师，
贝公楼内疑难解，
燕南国里语意慈。
点点师言如润雨，
熙熙德望我常知，
灯下朱笔含心血，
烛光之恩永相思。

（2016年3月16日）

张龙翔先生百年诞辰纪念

扬帆好望报国魂，

北大清华两相承①，

一代宗师彰大雅，

三千桃李秀寰中。

厚德载物为师表，

鞠躬尽瘁显赤诚，

高山仰止光明正，

千载燕园忆翔翁。

（2016年3月16日）

①抗战期间，张先生在加拿大与美国完成博士与博士后学业后，乘邮船绕道好望角历时一个月回到祖国，先在清华后在北大执教。

回桃源新湘溪

2018年4月，偕夫人崇义回其故乡桃源县新湘溪村踏春并祭奠先人。春光明媚,天朗气清,遇景忆旧,睹物思人,感世事之沧桑,思旧恩之难忘,得以下五言诗以记之。

清明归故里，春光沁我心，山间杉竹翠，江畔黄花明。遇景每忆旧，睹物更思人，当年情似酒，追思感恩深。忆昔竹园游，溪水伴欢声，难忘沅江泳，三姐呼我名①。之昱尚年幼，二哥担筐行②，最是外公婆，舐犊情何深。碧江景如故，不见至亲人，青山依旧在，遥衬夕阳红。

（2018 年 5 月 13 日）

①有一年回新湘溪，我下沅江游泳，水碧波清，一时兴起，便游到对岸，当时三姐在岸边未找到我，顿生惊吓，十分焦虑，不知我出了何事，便大声呼唤，我在对岸应答，她才放了心，三姐一直注目我游了回来。
②我女儿之昱幼年隔奶时，三姐和姐夫（我称二哥）带之昱回马石乡，二哥挑担，一头筐中放之昱，另一头放其他物品，我和崇义登船回常德，在船上看着二哥挑担的背影，一时热泪盈眶。

登南京中华门城堡

2018 年 10 月 23 日，我们北大"胜利团"老同学在南京聚会，入住夫子庙附近酒店，闻著名的南京中华门城堡离酒店仅约 1.5 公里，我欣然步行前往参观。南京中华门城堡是明太祖朱元璋于明朝洪武二年（1369 年）在原南唐国都江宁府南门旧址上拓建而成，该城门原名聚宝门，1931 年（民国二十年）国民政府改名为中华门。中华门是中国现存规模最大的城门，也是世界上保存最完好、结构最复杂的堡垒瓮城。1937 年 12 月，日本侵略军就是在摧毁中华门之后攻入南京城开始惨绝人寰的大屠杀。

虎踞龙蟠地，六朝帝王都，太祖纳高策，霸气筑城楼。历时二十载，砖自百县州，马道陡峻阔，镝楼接云头。瓮城设多道，藏兵有智谋，门有千斤闸，雄立六百秋。可恨东夷恶，猖狂犯国都，重炮轰城堡，狼烟毁镝楼，卅万同胞难，鲜血染江流，千年遗恨在，万代铭国仇。今日秋风爽，伴我登名楼，眼底秦淮水，钟山一望收。镝楼不复见，城台恢宏留，当年血战地，今人乐壮游。秦淮笙歌密，不可忘国忧，晚霞映城堡，凭墙意难收。

（2018 年 10 月，此诗载于《告别未名湖——北大老五届诗集 2》，九州出版社，2022 年出版）

铜铺街小学百年校庆有感

2018 年 12 月 21 日，我作为校友参加了长沙市铜铺街小学校庆百周年活动。入校门时，一位小姑娘给我这个古稀老人戴上了红领巾，骤然使我回想起六十多年前在铜铺街小学读高小的日子。斗转星移，物换人非，竟然已整整过了一个甲子，然而有些当年往事犹如昨日，感叹光阴似箭，令我唏嘘。

> 红巾追忆六十春，校景当年难再寻，
> 雍正石狮依旧在，江西桐树已无踪①。
> 邱老诗吟犹在耳②，少年伙伴各西东，
> 曾记放学心猿马，湘江击水趣无穷③。

（2018 年 12 月 23 日）

---

①当年铜铺街小学校门前一对石狮为清朝雍正年间制品，现作为长沙市一级文物保存在校园内。铜铺街小学前名江西小学，为江西商会所办，当时校园里有数株高耸的梧桐树，据说是从江西移种过来的。
②我们小学五年级的语文课老师为邱石如老先生，他在课堂上用古调吟诵唐诗，有点像吟唱歌曲，当时我觉得很有韵味。
③铜铺街小学离湘江不远，当年几个住河边的同学下午放学后带我和其他几位同学到湘江游泳，尽管学校有不准下河游泳的纪律，但小伙伴们一到放学时心猿意马，抑制不住去江中游泳的向往。我就是在铜铺街小学时在湘江里学会游泳的。

稀龄柚趣

谷山麓的我家宅院内，西头有一小块坡地，立于坡地可见远处笔架形的尖山。以前坡地有各种杂树，近年改种各种柚树。柚树有诸多优点，其一是常年碧绿，不惧严寒；其二少有病虫害，且柚果不被鸟雀啄食；其三柚花香特别浓郁，远胜橘花；其四，营养学家认为柚果富含维C、柠檬酸、钾离子和膳食纤维，有利增强免疫、改善肠道、降低血压、减少尿酸。每到深秋，柚树挂满金黄色柚果，煞是养眼。常邀亲人、朋友及学生前来采摘品尝，确为古稀之年的一件趣事。

结庐谷山麓，守拙归园田，种柚西坡下，悠然见尖山。柚树具五种①，品味各所长，春夏除杂草，秋冬施肥浆。三月春风起，吹度柚花香，待到秋霜日，枝头挂金黄。因柚聚朋友，美汁共品尝，学子农家乐，攀树摘果忙，最是孩童喜，欢声满院墙。古稀有此趣，忧事皆遗忘，余日重当下，心平对夕阳。

（2023 年 11 月）

---

①五种柚树分别为沙田柚、红蜜柚、白蜜柚、葡萄柚和贡柚。

忆长郡中学老校园（二首）

公元 2024 年 10 月，长郡中学迎来 120 周年校庆。长郡中学既是我的母校，长郡校园亦是我童年的故园乐土，我父母在长郡工作与生活逾半个世纪，我从小在长郡老校园里长大，至今脑中存有老校园立体的、鲜活的全景。今天的长郡中学誉满三湘，新校园青春亮丽，而我则常在梦中回到那难忘的长郡老校园。

（一）

澄池水碧映天穹，教舍窗高见梧桐①，
韩玄墓畔书声琅②，内操场里跃腾龙。
礼堂艺演师生乐，操坪赛会校旗红，
百廿轮囷培俊秀，铎声不落誉寰中。

①原长郡中学共有 4 排老教室，西半区每排 5 间，东半区每排 4 间，（因澄池占去两间教室位置），教室地面至室顶很高，因而上带弧形的边窗也都很高，每排的两间教室间有一个天井，天井内均种有 1 棵梧桐树，高耸入云。每到秋天我们职工子弟常收集梧桐籽，可以炒食。
②长郡大操场北面有小山形韩玄墓，矩形周边麻石相围，墓前立有石碑，上刻"汉忠臣韩玄之墓"，墓顶常年杂草，每日清晨常见长郡学子坐在墓边麻石上晨读。

（二）

春种瓜秧稚趣浓，夏望长天数雁鸿。

秋斗园中霸王草，冬打雪仗逐脸红。

旧食堂内锅巴品，洗衣店旁蟋蟀寻[1]，

最忆球场晚霞里，童子官兵捉盗雄[2]。

---

[1]老长郡学生食堂是大锅煮饭，烧柴木或谷糠，饭熟后，锅底为黄色带黑的锅巴，开饭时香气绕梁，儿时有小朋友的父母在食堂工作，我们闻香去食堂能分享到香甜的锅巴。上世纪50年代在大操场的东头开设洗衣店，有多名工友为学生与职工洗衣被，用的是清澈的井水，井边有连在一起的几个洗衣池。洗衣店周围杂草茂盛，靠学校围墙根有散在的砖石，是蟋蟀出没之地，斗蟋蟀是当时长郡子弟童趣之一。
[2]上世纪50年代，长郡职工家都很狭窄，很少有收音机，更无电视机。职工子弟每天晚餐后的一大乐事是相约来到操场，玩"官兵捉强盗"的游戏。十几个孩子，分为两组，一组为"官兵"，一组为"强盗"，分别选操场上相隔较远的两个篮球架为各自大本营。待全部"强盗"被擒获后，则两组孩子对换角色，开启新一轮游戏。这是那年代孩子们锻炼身心的很好娱乐。

访蓝田国师故地有感

2024 年 10 月 15 日，我们部分退休老同志访问了湖南师范大学的前身原国立师范学院旧址（当年属安化县蓝田镇），今为涟源市第一中学校园。涟源一中梁书记、李校长带领我们参观了原国师遗迹，热情讲解了有关国师的历史故事，深受教育，感触良多。

抗日烽烟遍陌阡， 国师艰苦建蓝田，
九思堂内名师集， 光明山上蜡炬燃。
仁爱精勤承世代①， 惟师有学范为先②，
教育兴邦张大义， 涟水麓山一脉传。

（发表于 2024 年 10 月 28 日《湖南师大报》）

---

① "仁爱精勤"为国立师范学院创建者廖世承先生为国师所立的校训，现在也是湖南师范大学与涟源市一中的校训。
② "惟师有学"一词，摘自原国师中文系主任、著名国学大师钱基博先生（钱钟书之父）的文章《国立师范学院成立记》。

图书在版编目（CIP）数据

两山居笔记／梁宋平著. --长沙：湖南师范大学出版社，2025.4.
-- ISBN 978 - 7 - 5648 - 5870 - 4

Ⅰ. I267. 1

中国国家版本馆 CIP 数据核字第 2025141T9A 号

两山居笔记
LIANGSHANJU BIJI

梁宋平　著

◇出　版　人：吴真文
◇责任编辑：莫　华
◇责任校对：朱卓娉
◇出版发行：湖南师范大学出版社
　　　　　　地址／长沙市岳麓区　邮编/410081
　　　　　　电话/0731 - 88873071　88873070
　　　　　　网址/https：//press. hunnu. edu. cn
◇经销：新华书店
◇印刷：长沙雅佳印刷有限公司
◇开本：710 mm×1000 mm　1/16
◇印张：16. 5
◇字数：240 千字
◇版次：2025 年 4 月第 1 版
◇印次：2025 年 4 月第 1 次印刷
◇书号：ISBN 978 - 7 - 5648 - 5870 - 4
◇定价：89. 00 元